THE SISTERHOOD OF THE TRAVELING PANTS
by Ann Brashares

이 도서의 국립중앙도서관 출판예정도서목록(CIP)은
서지정보유통지원시스템 홈페이지(http://seoji.nl.go.kr)와
국가자료공동목록시스템(http://www.nl.go.kr/kolisnet)에서 이용하실 수 있습니다.
(CIP제어번호: CIP2015024497)

청바지 돌려 입기

청바지 돌려 입기

앤 브래셰어스 장편소설 | 공경희 옮김

1

문학동네

일러두기

1. 주석은 모두 옮긴이주이다.

2. 본문 중 고딕체는 원서에서 이탤릭체나 대문자로 강조한 부분이다.

조디 앤더슨에게,
진짜를 보내며

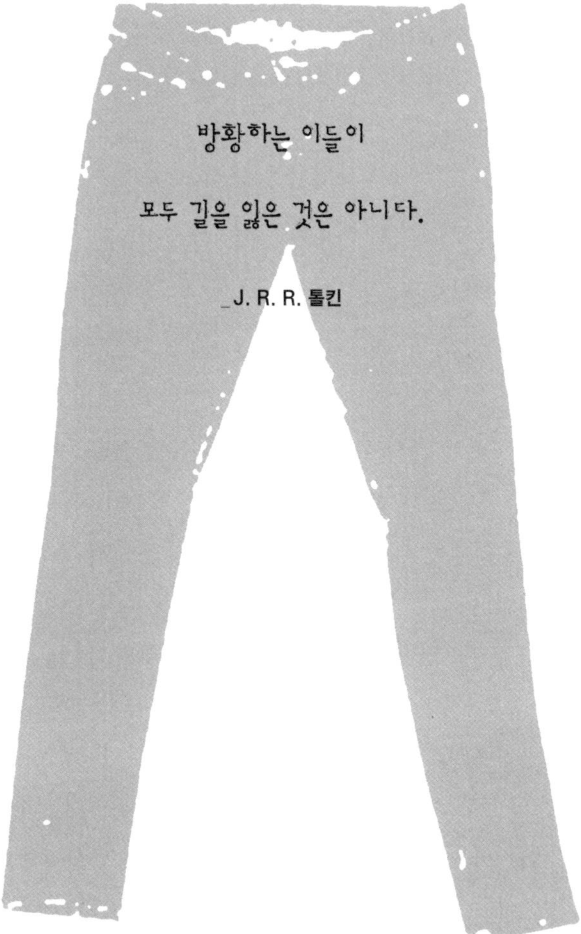

방황하는 이들이

모두 길을 잃은 것은 아니다.

_J. R. R. 톨킨

프롤로그

오래전 청바지 한 벌이 있었다. 평범한 바지였다. 새 학기 첫날 많이들 입고 오는 빳빳한 새 바지와는 달랐다. 천이 부드럽고, 무릎과 엉덩이 부분의 색이 바랬고, 밑단에 흰 물결무늬가 있는 바지였다.

바지는 우리를 만나기까지 아주 잘 지낸 듯했다. 척 보면 알 수 있었다. 재활용품점은 어찌 보면 동물 보호소와 비슷하다. 거기서 물건을 구할 수 있는 것은 모두 전 주인 덕분이니까. 우리 바지는, 혼자 두면 아침부터 밤까지 목이 쉬도록 짖어대는 신경질적인 강아지와는 달랐다. 개로 치자면 주인 가족이 사랑을 쏟아 길렀지만 아파트나 한국처럼(한국 맞나?) 개를 잡아먹는 곳으로 이사를 하는 바람에 두고 갈 수밖에 없는 어른 개에 가까웠다.

난 청바지가 슬픈 일을 당해서 우리에게 온 게 아님을 알 수 있었다. 바지는 흔히 있는, 하지만 가슴 아픈 인생의 변화를 한 차례 목격했을 뿐이었다. 훗날 드러나듯 그것이 '바지의 길'이기도 하다.

청바지는 고상했지만 눈꼴사납지는 않았다. 힐끗 보면서 그저 '아, 바지군' 하고 생각할 수도 있고, 걸음을 멈추고 예쁘게 물이 빠진 빛깔과 박음질을 찬찬히 살펴볼 수도 있었다. 억지 감탄을 채근하지는 않았다. 엉덩이가 실제보다 뚱뚱해 보이지 않게 하는 기본 역할을 하는 것만으로도 행복한 그런 바지였다.

내가 이 바지를 손에 넣은 곳은 조지타운 외곽의 재활용품점이었다. 그곳은 생수 가게(여러분은 어떤지 모르지만 나는 집에서 공짜 물을 먹는 편이다)와 '예스!'라는 건강보조식품 가게 사이에 있었다. 우리는 그 가게 얘기만 나오면(기회 될 때마다 꺼낸다) 숨을 잔뜩 들이마셨다가 내쉬며 힘차게 "예스!"라고 소리친다. 그날은 레나와 레나의 동생 에피, 레나 엄마를 따라서 그 재활용품점에 갔다. 에피는 10학년* 프롬 파티에 입고 갈 드레스를 산다고 했다. 다른 애들은 블루밍데일 백화점에서 가는 어깨끈이 달린 빨간 드레스를 샀지만 에피는 유별나게도 빈티지 드레

* 우리나라의 고등학교 1학년에 해당한다.

스를 구하고 싶어했다.

내가 그 바지를 산 것은 레나의 엄마가 재활용품점을 싫어했기 때문이다. 레나 엄마는 남이 입던 옷은 가난한 사람들이나 사 입는 거라고 말했다. "에피, 그건 좀 구질구질해 보이지 않니?" 그녀는 에피가 옷걸이에서 옷을 꺼낼 때마다 그렇게 말했다. 나도 속으로는 그렇게 생각했지만, 동시에 그런 내가 부끄러웠다. 그래서 실은 깨끗하고 별생각 없이 입을 수 있는 옷을 파는 익스프레스 매장을 동경하면서도 뭔가 사야 할 것 같은 기분이었다. 그 바지는 계산대 옆 선반에 얌전히 개켜져 있었다. 세탁은 된 것 같았다. 게다가 세금 포함 가격이 겨우 3달러 49센트였다. 입어보지도 않고 산 걸 보면 내가 그 옷에 대해 진지하게 생각하지는 않았던 것 같다. 내 엉덩이를 커버하려면 꽤 까다롭게 바지를 골라야 하니까.

에피는 프롬 파티에는 어울리지 않는 살짝 전위적이고 반항적인 스타일의 드레스를 골랐고, 레나는 누구네 할아버지가 신었을 법한 낡은 단화를 찾아냈다. 레나는 발 사이즈가 260밀리미터나 됐다. 완벽한 외모지만 발만은 예외였다. 난 레나의 발을 좋아했다. 하지만 단화를 보고는 얼굴을 찌푸리지 않을 수 없었다. 헌옷만 사도 충분하잖아. 옷이야 빨아 입을 수 있다지만 남이 신던 신발은 좀?

집에 돌아온 나는 청바지를 옷장 깊숙이 넣어두고는 잊어버렸다.

다시 그 바지 생각이 난 것은 우리가 각자 여름을 보내기 위해 뿔뿔이 헤어지기 전날 오후였다. 난 사우스캐롤라이나에 가서 아빠와 지낼 예정이고, 레나와 에피는 할머니 할아버지가 계시는 그리스에서 두 달 동안 머물기로 되어 있었다. 브리짓도 축구 캠프에 참가하러 바하칼리포르니아로 날아갈 예정이라(거기는 알고 보니 멕시코였다. 그걸 누가 알았겠어?) 티비만 집에 남게 되었다. 우리가 처음으로 떨어져 지내는 여름이었다. 그래서 어색하고 떨리는 모습들이었다.

작년 여름에는 다함께 계절학기로 미국사 수업을 들었다. 레나가 여름에 수강하면 더 좋은 성적을 받을 수 있다고 했기 때문이었다. 아마 레나한테는 그랬을 것이다. 재작년 여름에는 모두 메릴랜드 동쪽 해안의 '키 큰 나무들' 캠프에서 강사로 일했다. 브리짓은 축구와 수영을 가르쳤고, 레나는 미술과 공예를 맡았으며, 티비는 역시 내내 부엌에 박혀 있었다. 나는 연극 워크숍을 돕다가 악마 같은 아홉 살 꼬마 둘에게 질린 후로 캠프 사무실에서 홀로 침을 발라 봉투 붙이는 일을 맡았다. 주최 측은 날 당장 해고하고 싶었겠지만, 우리가 거기서 일할 수 있도록 부모님들이 찬조금을 내서 어쩔 수 없었던 모양이다.

그전에는 여름마다 록우드 공영 수영장에서 베이비오일과 선인*을 잔뜩 바르고 각자의 몸매를 끔찍해했다(난 가슴이 컸고 티비는 절벽이었다). 내 피부는 더 까매졌지만, 기대와는 달리 머리카락은 한 올도 금발로 변하지 않았다.

그전에는…… 뭘 했는지 모르겠다. 티비는 한동안 주간 사회주의자 캠프에 가서 가난한 사람들을 위한 집 짓기 사업을 거들었다. 브리짓은 테니스 레슨을 자주 받았다. 레나와 에피 자매는 매일 자기 집 수영장에서 물놀이를 했고, 나는 솔직히 텔레비전을 많이 봤다. 그래도 우리는 하루에 최소 몇 시간은 서로 만날 수 있었고, 주말이면 꼭 붙어다녔다. 유별난 해도 있었다. 레나네 집에 수영장이 생긴 여름. 브리짓이 수두에 걸려서 우리 모두에게 옮긴 여름. 우리 아빠가 집에서 나간 여름.

무슨 이유인지 우리 인생에서 중요한 일은 다 여름에 벌어졌다. 레나와 나는 공립 초등학교에 다녔고, 브리짓은 다른 운동선수 친구들과 사립학교에 다녔다. 티비는 '임브레이스'라는 작고 이상한 학교에 다녔다. 책상 대신 푹신푹신한 빈백이 있고 점수도 매기지 않는 곳이었다. 여름은 우리가 모이는 시간이고, 모두의 생일이 있는데다가, 가장 중요한 일이 벌어지는 계절이기도 했다. 브리짓의 엄마가 세상을 떠난 해만 빼고. 그애 엄마는 크리스마스 때 돌아가셨다.

우리는 태어나기도 전부터 '우리'였다. 넷 다 여름이 끝날 무렵 십칠 일 사이에 연달아 태어났다. 8월 말에 태어난 레나가 맨

---

* 머리카락이 금발처럼 밝아 보이게 하는 제품.

처음이고 9월 중순에 태어난 내가 마지막이었다. 그것은 우연의 일치라기보다, 우리가 처음 만난 계기 자체였다.

우리가 태어나던 해 여름, 엄마들은 '길다 클럽'이라는 곳에서 임신부를 위한 에어로빅 수업을 들었고(그 광경을 상상해보시라), 그곳에서 9월 출산 예정자들의 모임이 만들어졌다(레나는 예정일보다 약간 빨리 태어났다). 그 당시는 에어로빅이 선풍적인 인기를 끌었다. 내 생각에 겨울이 되기 전에 아이를 낳을 수강생은 우리 엄마들뿐이었던 것 같다. 예정일이 너무 코앞이라, 강사는 엄마들 중 누군가가 덜컥 애라도 낳을까봐 노심초사했다. 결국 엄마들을 위해 정해져 있던 강의 내용을 바꾸었다. "9월 출산 예정 여러분! 이 네 동작만 따라하세요. 조심하세요! 조심하시라니까요!" 엄마 말로는 강사가 내내 그렇게 소리를 질러댔다는 것이다. 강사 이름이 하필 4월을 뜻하는 에이프릴April이라는 걸 우리 엄마가 알아내자, 엄마들은 그녀가 더 마음에 들지 않았다.

9월 멤버들은 수업이 끝난 후에도 같이 어울리기 시작했다. 서로 발이 얼마나 부었는지 살이 얼마나 많이 쪘는지 불평을 했고, 에이프릴의 험담을 늘어놓기도 했다. 우리가 태어난 후—브리짓의 쌍둥이 남매를 제외하고는 신기하게도 모두 딸이었다—엄마들은 초보 엄마 친목회를 만들고 우리가 강보에서 꼼지락거리는 동안 잠이 부족하다느니, 살이 여전히 빠지지 않는다느니 푸념을 늘어놓았다. 얼마 지나지 않아 친목회는 해체됐지만 엄마들은 우리가 한 살이 되고, 두 살이 되고, 세 살이 되던 여름까지도 우리를 데리고 록우드 수영장에 드나들었다. 우리는 어린이 전용 풀장에서 오줌을 쌌고 서로의 장난감을 들고 놀았다.

그후 엄마들의 우정은 그다지 깊게 지속되지 않았다. 이유는 나도 잘 모른다. 아마 삶이 너무 복잡했기 때문일 것이다. 두 사람은 직장에 복귀해야 했고, 티비의 부모님은 록빌 파이크 외곽에 있는 농장으로 이사를 갔다. 아마 같은 시기 아이를 가졌다는 사실 말고는 서로 공통점이 많지 않았던 모양이다. 그 모임의 구성은 누가 봐도 이상했다. 티비의 엄마는 젊은 급진주의자였고, 사회복지학교에 다녔던 레나의 엄마는 성취욕 강하고 야심만만한 그리스인이었다. 브리짓의 엄마는 앨라배마 사교계의 일원이었고, 우리 엄마는 불안정한 결혼생활중인 푸에르토리코인이었다. 그렇지만 잠시나마 엄마들이 친구처럼 지낼 때가 있었다. 그 모습을 나조차 어렴풋이 기억한다.

요사이 엄마들에게 우정이란 선택사항이 되어버렸다. 우정이라는 항목은 남편과 아이들, 직업, 가정, 돈보다 훨씬 뒤로 밀려나 그릴 파티와 음악감상 사이 어딘가에 자리하고 있다. 우리로서는 이해가 안 되는 일이다. 엄마는 내게 말했다. "나중에 네가 남자나 학교 문제로 심각해질 때가 오면 알게 될 거야. 서로 경쟁이라는 걸 시작하면 자연스레 그렇게 되지." 하지만 엄마가 틀렸다. 우리는 그런 일이 일어나도록 두지 않을 것이다.

결국 엄마들의 우정은 그대로 끝나버렸지만, 우리 딸들 때문에 친분은 지속될 수 있었다. 엄마들의 관계는 일종의 이혼한 부부 같았다. 아이들과 과거를 제외하면 공통분모를 찾을 수 없으니까. 사실 엄마들은 서로 어색해했다. 특히 브리짓의 엄마에게 그 일이 생긴 이후로는. 서로에게 실망했는지도 모르고, 어쩌면 엄마들 사이에 모종의 비밀이 생겼는지도 모른다. 그래서 위태로운 관계가 유지되는지도.

이제는 우리가 9월의 멤버다. 진정한 하나. 우리는 서로에게 전부다. 다른 말은 필요 없다. 진실이니까. 가끔 우리 네 명은 떨어져 있기보다 함께 있어야 온전히 한 사람이 된다고 느낄 정도로 친밀하다. 각자 특징이 있다. 브리짓은 운동선수, 레나는 미인, 티비는 반항아, 그리고 나 카르멘은…… 글쎄, 뭐라고 해야 하나? 나로 말하자면 그다지 성격이 좋은 편은 아니다. 하지만 친구들을 많이 챙기는 편이다. 우리가 함께할 수 있도록 신경을 많이 쓴다.

비결이 뭐냐고? 아주 간단하다. 우리는 서로를 사랑한다. 서로에게 좋은 사람이다. 그건 정말 대단한 일이 아닐 수 없다.

엄마는 계속 이렇게 지내지는 못할 거라고 말한다. 하지만 난 우리 관계가 변하지 않을 거라 믿는다. 청바지가 그 징표다. 서로를 온전하게 만들어준다는 약속. 무슨 일이 있어도 우리가 함께할 거라는 약속. 하지만 청바지는 도전을 의미하기도 한다. 우리는 메릴랜드 주 베세즈다의 에어컨 달린 집에 쭈그리고 앉아 있지만은 않을 것이다. 우리는 서로에게 약속했다. 언젠가는 드넓은 세상으로 나가 중요한 무언가를 찾겠다고.

청바지에게 깊은 신뢰와 무한한 감사를 보낸다는 인사를 할 수도 있다. 혹은 바지를 버릴 뻔했었다고 솔직하게 털어놓을 수도 있다. 하지만 그러려면 우선 시간을 거슬러올라가 이 '청바지 돌려 입기'가 어떻게 시작되었는지부터 얘기해야 한다.

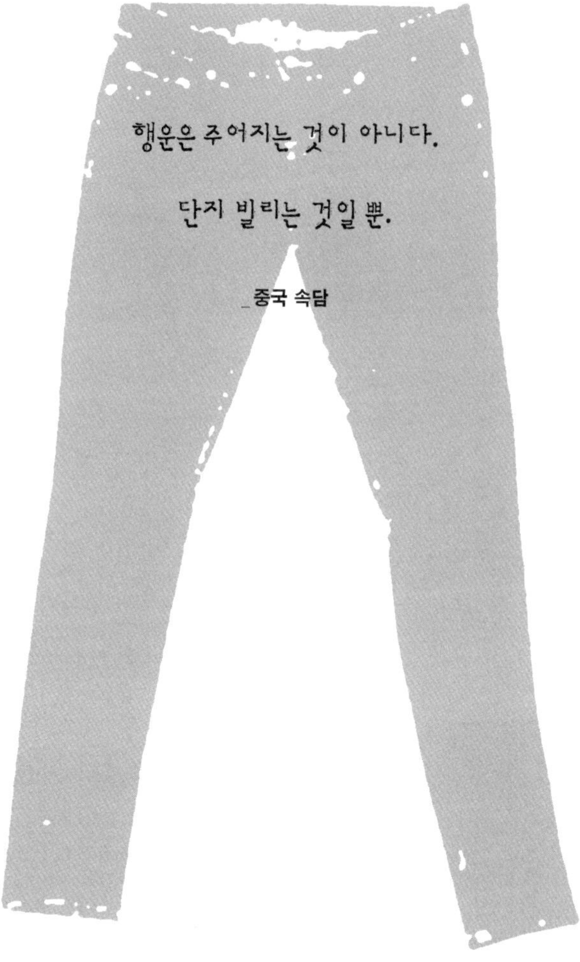

행운은 주어지는 것이 아니다.

단지 빌리는 것일 뿐.

_중국 속담

"저 가방 좀 닫아줄래?" 티비가 카르멘에게 부탁했다. "보고 있으려니 정말 미치겠어."

카르멘은 침대 한가운데 아무렇게나 입을 벌리고 있는 여행가방을 흘끗 보았다. 완전히 새 속옷을 갖고 싶다는 생각이 불현듯 들었다. 제일 좋은 실크 속옷도 허리 부분 고무줄이 삐죽 나와 있다.

"정말 미치겠는 건 나야." 레나가 말했다. "짐 싸는 거 아직 시작도 못했어. 일곱시 비행기인데."

카르멘은 가방 뚜껑을 풀썩 내려 닫고는 카펫이 깔린 바닥에 주저앉았다. 발톱의 군청색 페디큐어를 지우던 중이었다.

"레나, 그 얘기 좀 그만할 수 없니?" 티비가 카르멘의 침대에 살짝 걸터앉으며 풀죽은 목소리로 말했다. "내가 미치겠다, 정말."

"무슨 얘기?" 브리짓이 물었다. "짐 싸는 거? 비행기? 일곱시?"

티비가 잠시 생각하더니 말했다. "전부 다."

"그러지 마, 티비." 카르멘이 티비의 발을 잡으며 말했다. "괜찮을 거야."

티비가 카르멘의 손에서 발을 뺐다. "너야 괜찮겠지. 가버릴 거잖아. 하루종일 바비큐 먹으면서 폭죽이나 터뜨리는 곳으로."

사우스캐롤라이나 사람들의 생활에 대한 티비의 생각은 터무니없었지만, 카르멘은 여기서 더 따지면 안 된다는 걸 알고 있었다.

레나는 안됐다는 듯 흠 하는 소리를 냈다.

티비가 돌아보며 짜증을 냈다. "레나, 그런 동정하는 소리 내지 마!"

레나는 헛기침을 하더니 바로 "내가 뭘?" 하고 시치미를 뗐다.

"짜증내지 마." 브리짓이 티비를 다그쳤다. "왜 자꾸 짜증을 내?"

"그런 거 아냐." 티비가 쏘아붙였다. 그러더니 브리짓을 막는 마법이라도 걸듯 양손을 들어올려 X자로 손목을 교차시켰다. "위로 따윈 필요 없어. 옳지 않다고. 그런 건 너희나 필요할 때 해."

"위로 같은 거 할 생각 없었어." 사실은 위로하려고 했던 말이지만 브리짓은 방어적으로 대꾸했다.

카르멘도 정색을 하며 말했다. "티비, 그렇게 자꾸 심술부리다간 우리가 보고 싶지 않아질 거고, 우리도 널 그리워하지 않게 될 거야."

"카르멘!" 티비가 벌떡 일어나 카르멘의 팔을 세게 밀며 쏘아붙였다. "나도 다 알아! 너 지금 내 심리 분석이라도 하겠다는 거야? 됐다고! 싫어!"

빰이 붉게 달아오른 카르멘이 조용히 말했다. "그런 거 아냐."

앉아 있던 세 사람은 침묵으로 티비를 책망했다.

"티비, 우리가 뭐라고 말해주면 좋겠니?" 브리짓이 물었다.

티비는 잠시 생각에 잠겨 방안을 둘러보았다. "음……" 그 눈에 눈물이 글썽거렸지만 카르멘은 모른 척했다. "그러니까……" 티비는 카르멘의 옷장에 쌓인 옷 무더기 맨 위에 있는 청바지를 보고는 눈을 반짝였다. "이렇게 말해줄 수도 있잖아. '티비, 저 바지 가질래?'"

카르멘은 어리둥절한 눈치였다. 페디큐어 리무버 뚜껑을 닫고 일어나서 옷장으로 다가가 바지를 꺼냈다. 티비는 원래 괴상하거나 반항적으로 보이는 옷을 좋아했다. 하지만 그건 그냥 평범한 청바지였다. "이거 말이야?" 아무렇게나 던져져 있던 바지는 세 군데 주름이 잡혀 있었다.

티비가 뚱하니 고개를 끄덕였다. "그래."

"정말 이게 갖고 싶어?" 버리려던 바지라는 말을 차마 할 수가 없었다. 그 말을 했다가는 상황이 더 심각해질 것 같았다.

"응."

티비가 지금 원하는 건 무조건적인 애정을 조금이라도 더 보여주는 것이었다. 사실 그애 입장에서는 당연했다. 세 친구는 내일이면 비행기를 타고 신나는 모험의 세계로 떠나는데, 혼자 이 경치 좋은 베세즈다에 눌러앉아 기껏 월먼 같은 가게에서 최저임금보다 5센트 높은 시급을 받고 일해야 하니까.

"좋아." 카르멘이 상냥하게 대답하며 바지를 건넸다.

티비는 멍하니 바지를 받아들었다. 자기 얘기가 너무 쉽게 받아들여져서 다소 맥이 빠진 듯했다.

두 사람을 쳐다보던 레나가 말했다. "그 청바지, 예스! 옆에 있는 재활용품점에서 산 거지?"

"예스!" 카르멘이 큰 소리로 대답했다.

티비가 바지를 펼쳐들며 말했다. "근사한걸."

갑자기 카르멘의 눈에도 바지가 달라 보였다. 남이 좋다고 해서 그런지 더 괜찮은 것 같았다.

"먼저 입어보지그래?" 레나가 현실적으로 말했다. "카르멘 옷이면 너한테는 안 맞을 수도 있잖아."

카르멘과 티비는 누가 먼저랄 것 없이 동시에 레나를 노려보았다.

"왜?" 브리짓이 끼어들어 레나를 거들었다. "너희 둘은 누가 봐도 몸매가 다른데, 그거 모르는 사람 있어?"

"알았어." 티비가 말했다. 다시 발끈할 기회를 잡아 흡족한 모양이었다.

티비는 다 떨어진 갈색 카고 바지를 벗었다. 속옷은 연보랏빛이었다. 극적인 효과를 위해 티비는 친구들에게 등을 돌린 채 청바지를 입었다. 그리고 지퍼를 올리고 단추를 채운 뒤 몸을 돌렸다. "짜-잔!"

레나의 눈이 휘둥그레졌다. "와!"

"티비, 진짜 끝내주는데." 브리짓도 감탄했다.

티비는 자꾸만 올라가려는 입가를 억눌렀다. 그리고 거울 앞으로 달려가 옆모습을 비춰보았다. "정말 괜찮아 보여?"

"그거 정말 내 바지 맞니?" 카르멘이 말했다.

티비는 엉덩이가 작고 체구에 비해 다리가 길었다. 바지는 골반께에 걸렸는데, 엉덩이 부분은 딱 맞았다. 그 덕에 희고 날씬한 배와 쏙 들어간 배꼽이 보였다.

"굉장히 여성스러워 보여." 브리짓이 말을 보탰다.

티비는 딱히 트집을 잡지 않았다. 자기가 평상시 사이즈가 큰 바지만 입고 다녀서 비쩍 마르고 볼품없어 보인다는 걸 누구보다 잘 알고 있었다.

바지 밑단이 약간 길었지만 그마저도 티비에게 잘 어울렸다.

갑자기 티비가 자신 없는 얼굴로 말했다. "잘 모르겠어. 이 바지 누가 좀 입어볼래?" 그러더니 천천히 단추를 끄르고 지퍼를 내렸다.

"티비, 무슨 소리를 하는 거야?" 카르멘이 말했다. "그 바지가 너를 사랑하는데. 네 몸과 마음을 원하고 있다니까." 카르멘의 눈에는 바지가 완전히 새롭게 보였다.

티비가 레나에게 바지를 던졌다. "네가 한번 입어봐."

"왜? 네 거잖아." 레나가 반박했다.

티비는 어깨를 으쓱했다. "그냥 한번 입어보라니까."

카르멘도 레나가 관심 있는 눈치라는 걸 알아챘다. "안 될 거 뭐 있어? 레나, 입어봐."

레나는 주의깊게 바지를 살펴보더니 입고 있던 카키색 바지를 벗고 갈아입었다. 단추를 확실히 채우고 엉덩이 부분 맵시를 확인하고는 거울을 봤다.

브리짓은 생각에 잠겼다.

"레나, 정말 환상적이야!" 티비가 말했다.

"젠장, 레나!" 카르멘도 동의했다. 그러더니 곧장 주여, 용서하소서라고 덧붙였다.

"그래, 멋진 바지네." 레나는 경건한 목소리로, 거의 속삭이다시피 말했다.

자기들이야 익숙해서 잘 모르지만, 카르멘은 누구든 레나를 보고 감탄한다는 걸 알았다. 레나는 지중해 혈통답게 가무잡잡한 피부에, 곱슬기 없는 검은 머리카락은 윤기가 흐르는데다, 커다란 눈동자는 셀러리색에 가까웠다. 게다가 이목구비도 어찌나 오밀조밀하고 예쁜지 배가 아플 정도였다. 한번은 영화감독이 레나를 픽업해가면 어쩌나 하는 걱정을 티비에게 털어놓은 적도 있었다. 티비 역시 같은 걱정이라고 고백했다. 하지만 유달리 아름답다는 것은 유달리 웃기게 생긴 것과 비슷한 구석이 있다. 일단 익숙해지면 그 사실을 잊어버린다.

바지는 레나의 허리에서 엉덩이로 내려오는 선을 따라 몸에 착 달라붙었다. 허벅지도 꼭 맞고 발등 위에서 딱 떨어졌다. 레나가 두 걸음 앞으로 나오자 바지 위로 다리 근육의 움직임이 고스란히 드러났다. 카르멘은 레나를 경이로운 시선으로 바라보았다. 멋대가리 없는 카키색 제이크루 유니폼 바지를 입은 평상시 모습과 이렇게나 다르다니.

"진짜 섹시하다." 브리짓이 말했다.

레나는 다시 한번 거울에 비친 모습을 흘끗 보았다. 거울을 볼 때마다 어색하게 목을 약간 앞으로 내밀었다. 그러고는 몸을 움츠리며 말했다. "아무래도 너무 꽉 끼는 것 같아."

"지금 농담하니?" 티비가 소리쳤다. "얼마나 예쁜데. 평소에 입고 다니는 형편없는 바지보다 백만 배는 나아."

레나가 티비를 돌아보았다. "지금 그 말, 칭찬이야 뭐야?"

"진짜, 이 바지 주인은 너야." 티비가 말했다. "이거 어쩐지……

모양이 휙휙 바뀌는 것 같네."

레나는 바지의 허리 부분을 만지작거렸다. 자기 외모 얘기만 나오면 언제나 불편한 기색이었다.

"넌 어떻게 해도 예뻐." 카르멘이 말을 보탰다. "하지만 티비 말도 맞는 게…… 그걸 입고 있으니까…… 평소와 달라 보여."

레나는 바지를 벗으며 말했다. "브리짓도 입어봐야 해."

"내가?"

"응, 네가." 레나가 확신하듯 말했다.

"브리짓한테는 짧지 않을까?" 티비가 말했다.

"한번 입어보라니까." 레나가 고집했다.

"난 이제 청바지는 필요 없어. 아홉 벌이나 있는걸." 브리짓이 말했다.

"도대체 뭐가 무서워서 못 입는데?" 카르멘이 빈정거리듯 대꾸했다. 이런 식의 짜증을 불러일으키는 도발은 브리짓에게 언제나 효과가 있었다.

브리짓은 레나에게 바지를 건네받았다. 짙은 남색 청바지를 바닥에 쌓인 옷더미 위에 벗어던지고 그 바지를 입어보았다. 처음에 허리까지 바짝 끌어올리자 기장이 좀 짧은 듯했지만 손을 놓으니 이내 보기 좋게 몸에 맞았다.

"두-두-두-두." 카르멘이 영화 〈환상 특급〉 주제곡을 흥얼거리기 시작했다.

브리짓은 몸을 돌려 뒤태를 살폈다. "어때?"

"딱 맞아. 전혀 짧지 않은데?" 레나가 말했다.

티비는 브리짓의 모습을 유심히 살피며 고개를 갸웃했다. "왠지 네가…… 좀 작아 보여, 브리짓. 평소처럼 아마존 여전사 같진 않은걸?"

"어째 갈수록 말들이 심해지는 것 같다?" 레나가 웃으며 말했다.

브리짓은 키가 크고 어깨가 딱 벌어진데다 다리가 길고 손도 컸다. 굉장히 덩치 있어 보이는 체형인데, 그 청바지를 입으니 허리는 가늘고 엉덩이는 놀랍도록 작아 보였다.

"티비 말이 맞아." 카르멘이 말했다. "네가 평소에 입던 바지들보다 훨씬 잘 어울려."

"정말 그런 것 같네." 브리짓은 거울 앞에서 몸을 돌려 엉덩이 쪽을 비춰보았다. "와! 이 바지 마음에 들어!"

"엉덩이 진짜 작아 보여." 카르멘이 구체적으로 짚어 말했다.

티비가 웃으며 말했다. "이상 엉덩이 여왕의 말씀!" 그녀의 눈에는 장난기가 어려 있었다. "얘들아, 이게 진짜 마법의 바지인지 한번 확인해볼까?"

"어떻게?" 카르멘이 물었다.

티비가 침대에 앉아 발을 흔들며 대답했다. "네가 한번 입어봐. 이 바지는 원래 네 거긴 해도 과학적으로 보면 사실상 너한테 맞을 가능성이 전혀 없잖아."

카르멘은 입 안쪽을 잘근잘근 씹었다. "지금 내 엉덩이 흉보는 거야?"

"아니야, 카르멘. 내가 네 엉덩이 부러워하는 거 잘 알잖아. 단지 이 바지가 너한테는 안 맞을 것 같다는 거야." 티비가 조리 있게 설명했다.

브리짓과 레나도 고개를 끄덕였다.

카르멘은 문득 친구들 몸에 보기 좋게 맞았던 바지가 자기 허벅지에는 딱 걸려 올라가지 않을까봐 두려워졌다. 카르멘은 뚱뚱하다고 하기는 어려워도 엄마에게 푸에르토리코계의 특성을 고스란히 물려받은 체형이었다. 그래서 몸매에는 늘 자신이 있었지만, 유독 엉덩이가 작은 이 세 친구 앞에서는 엄청난 뚱보가 된 기분이라 굳이 나서고 싶지 않았다.

"됐거든. 난 안 입을래." 카르멘은 자리에서 일어나며 화제를 바꾸려 했다. 하지만 여섯 개의 눈동자는 여전히 바지를 향해 있었다.

"그러지 말고 한번 입어봐." 브리짓이 말했다.

"제발, 카르멘." 레나도 거들었다.

기대에 가득찬 친구들의 얼굴을 보니 카르멘은 차마 거절할 수가 없었다. "좋아. 하지만 기대하지는 마. 틀림없이 나한테는 안 맞을 테니까."

"카르멘, 그 바지는 원래 네 거였잖아." 브리짓이 꼭 집어 말했다.

"그래, 알아. 그런데 지금까지 한 번도 안 입어봤다니까 그러네." 더는 딴소리를 못하도록 카르멘이 힘주어 대꾸했다. 그러고는 검은색 나팔바지를 벗고 청바지를 입었다. 다행히 바지는 허벅지에서 걸리지 않았다. 아무 문제 없이 엉덩이 위로 스르르 올라갔다. 카르멘은 바지 단추를 채웠다. "어때?" 차마 거울을 볼 자신이 없었다.

아무도 대답하지 않았다.

"어떠냐니까?" 카르멘은 불안해졌다. "왜들 그래? 그 정도로 별로야?" 용기를 내서 티비의 눈을 보았다. "말 좀 해봐."

"나…… 난 그저……" 티비가 말끝을 흐렸다.

"세상에." 레나가 조용히 말했다.

카르멘은 몸을 움츠린 채 눈을 돌렸다. "그냥 벗을래. 못 본 걸로 해줘." 어느새 뺨이 붉어졌다.

간신히 할말을 찾은 브리짓이 입을 열었다. "카르멘, 절대 그런 게 아니야! 네 모습을 좀 봐! 너무 예뻐. 정말 끝내준다니까. 슈퍼모델 같아."

카르멘은 엉덩이에 손을 올리고 씁쓸한 표정을 지었다. "말도 안 돼."

"진짜야. 거울 좀 봐." 레나가 말했다. "정말 마법의 바지인가봐."

카르멘은 거울 속 자기 모습을 보았다. 처음에는 멀찍이서 보다가 가까이 다가갔다. 그리고 몸을 앞뒤로 비춰보았다.

플레이어에 걸어놓은 CD가 멈추었지만, 아무도 그 사실을 알아차리지 못했다. 멀리서 전화벨이 울렸지만, 아무도 나가서 받으려 하지 않았다. 평소에는 시끄럽기만 하던 거리도 지금은 고요했다.

카르멘이 겨우 숨을 내쉬었다. "이건 마법의 바지야."

그것은 브리짓의 생각이었다. 마법의 바지를 발견한 날이고, 게다가 난생처음 떨어져 여름을 보내기 전의 마지막날이므로 당연히 길다 클럽으로 가야 한다는 것이었다. 티비는 먹을 것과 비디오카메라를 챙겼다. 카르멘은 끝내주는 1980년대 댄스음악, 레나는 분위기를 돋울 만한 것들, 브리짓은 큰 머리핀과 마법의 바지를 가지고 왔다. 각자 부모님들에게는 평소처럼 둘러댔다. 카르멘은 레나 집에서 잔다고 했고, 레나는 티비와, 티비는 브리짓과 함께 있겠다고 했다. 브리짓은 쌍둥이 남매 페리에게 카르멘 집에서 잔다는 말을 아빠에게 전해달라고 했다. 어차피 브리짓은 늘 친구네 집에서 시간을 보내니 페리도 굳이 말을 전하지 않고, 아빠도 딱히 걱정하지 않을 것이다. 어디까지나 요식행위인 셈이다.

넷은 아홉시 사십오분 위스콘신 애비뉴의 클럽 입구에서 다시 만났다. 클럽은 어두웠고 당연히 문이 잠겨 있었다. 챙겨온 머리핀이 활약할 순간이다. 모두 숨을 죽이고 전문가처럼 자물쇠를 따는 브리짓을 지켜보았다. 지난 삼 년 동안 적어도 일 년에 한 번은 이런 방법으로 이곳에 들어갔지만, 그렇다고 불법 침입의 짜릿함이 줄어드는 것은 아니었다. 다행히 길다 클럽 경비원들은 변함없이 엉성했다. 하기야 훔쳐갈 게 뭐 있다고. 냄새나는 푸른색 매트? 맞는 짝이 하나도 없는 녹슨 근력운동 기구들?

자물쇠가 딸깍하더니 손잡이가 돌아갔다. 다들 깜깜한 계단에서 일부러 살짝 미친 척 난리치며 우르르 2층으로 뛰어올라갔다. 레나가 담요를 깔고 초를 꺼냈다. 티비는 먹을 것들을 펼쳐놓았다. 냉장고에서 꺼내온 쿠키, 분홍색 아이싱으로 장식한 딸기맛 팝타르트, 모양이 망가진 치즈볼, 새콤한 지렁이 젤리와 오드왈라 주스 몇 병이었다. 카르멘이 음악을 틀자 폴라 압둘의 그 옛날 근사한 목소리가 흘러나왔다. 그사이 브리짓은 벽에 붙은 거울 앞에서 풀쩍풀쩍 뛰어다녔다.

"여기가 너희 엄마 자리였나봐, 레나." 마룻널이 움푹 팬 곳에서 통통 튀어오르며 브리짓이 외쳤다.

"말도 안 돼." 레나가 말했다. 클럽에는 배가 잔뜩 부른 엄마 네 명이서 1980년대 에어로빅 복장으로 찍은 유명한 사진도 있었는데, 레나 엄마의 배가 특히 많이 나와 있었다. 레나는 출생 당시 몸무게가 브리짓과 페리 쌍둥이를 합친 것보다 더 많이 나갔다.

"준비됐어?" 카르멘이 음악 볼륨을 줄이고 무슨 의식을 행하듯 마법의 바지를 담요 한가운데 내려놓았다.

레나는 여전히 초에 불을 붙이는 중이었다.

"브리짓, 이리 와." 카르멘이 거울에 제 모습을 비춰보며 깔깔대고 있는 브리짓에게 소리쳤다.

모두 한자리에 모이자 브리짓도 에어로빅을 멈췄다. 카르멘이 말을 꺼냈다. "작별을 앞둔 마지막 밤이야." 친구들이 자기 말을 음미하고 감탄할 수 있도록 카르멘은 잠시 뜸을 들였다. "우린 마법을 발견했어." 갑자기 발바닥의 오목한 부분이 간질간질하면서 따끔거리는 기분이었다. "마법은 여러 형태로 나타나지. 오늘 우리에게는 청바지 한 벌의 모습으로 나타났어. 난 이 자리에서 이 바지를 동등하게 소유하자는 제안을 하고 싶어. 이 바지는 우리가 가는 곳을 전부 찾아다닐 거고, 떨어져 있는 동안에도 서로를 하나로 묶어줄 거야."

"청바지의 서약을 하자." 들뜬 브리짓이 티비와 레나의 손을 잡았다. 브리짓과 카르멘은 언제나 천연덕스럽게 우정의 의식을 연출했다. 티비와 레나는 누가 영상을 찍고 있기라도 하는 것처럼 행동했다.

"오늘밤 우리는 바지로 맺어졌다." 서로 둥글게 손을 잡자 브리짓이 나지막이 말했다. "지금 이 순간부터 우리 우정을 바지에 담아, 어디에 있더라도 서로에 대한 사랑을 잊지 않기로 한다."

천장이 높은 커다란 방에서 촛불 빛이 너울거렸다.

레나는 엄숙한 표정이었다. 티비는 뭔가를 참느라 애쓰는 얼굴이었는데, 그게 웃음인지 눈물인지 카르멘은 알 수 없었다.

"그럼 규칙을 정하자." 레나가 제안했다. "바지로 무엇을 할지, 그러니까 누가 언제 가질지 그런 거 말이야."

모두 동의하자 브리짓이 작은 사무실에서 메모지와 펜을 훔쳐왔다.

다들 간식거리를 먹었다. 티비는 규칙을 정하는 이들의 모습을 후세에 남기기 위해 카메라로 촬영했다. 카르멘의 말에 따라 규칙은 성명서라고 부르기로 했다. "내가 마치 미국 헌법 제정자라도 된 것 같아." 카르멘이 진지하게 말했다. 규칙을 종이에 옮기는 임무는 글씨를 가장 잘 쓰는 레나가 맡았다.

규칙을 정리하는 데는 잠시 시간이 걸렸다. 레나와 카르멘은 우정의 형태에 대한 규칙과 여름 내내 서로 연락을 취하고 각자에게 반드시 바지가 돌아가야 한다는 점에 중점을 두고 싶어했다. 티비는 바지를 입고 해도 좋은 일과 해서는 안 되는 일—이를테면 코 후비는 일—을 정하기를 원했다. 브리짓은 다시 모이게 될 때 바지에 얽힌 추억들을 기록하자고 제안했다. 마침내 열 가지 규칙이 만들어졌고, 레나는 진지한 항목부터 우스꽝스러운 항목까지 잡다하게 뒤섞인 목록을 작성했다. 카르멘은 다들 그대로 따르리라 확신했다.

다음으로는 바지를 얼마나 오랫동안 가지고 있다가 다음 사람에게 보낼지 의논했다. 마침내, 각자 적당하다고 생각되는 시점에 다음 사람에게 넘겨주기로 의견을 모았다. 하지만 불가피한 경우가 아니라면 한 사람이 일주일 이상 가지고 있어서는 안 된다. 여름이 끝나기 전에 모두 적어도 두 번씩은 바지를 입을 수 있다는 의미였다.

"일단은 레나가 가지고 가는 걸로 하자." 브리짓이 두 개씩 묶인 젤리의 매듭을 물어뜯으면서 말했다. "뭐든 처음으로는 그리스가 괜찮은 것 같아."

"그다음에는 내가 입어도 돼?" 티비가 물었다. "이 절망의 늪에서 빠져나갈 무언가가 필요하거든." 티비의 말에 레나가 이해한다는 듯 고개를 끄덕였다.

다음 순서는 카르멘으로 정해졌다. 마지막은 브리짓. 얘기가 골고루 섞이도록 바지가 되돌아올 때는 거꾸로 브리짓, 카르멘, 티비, 레나 순으로 거치기로 했다.

이야기를 나누는 동안 어느덧 자정이 되어, 함께하는 마지막 날이 지나고 떨어져 지내는 첫날이 시작되었다. 흥분으로 긴장된 분위기가 감돌았다. 친구들의 얼굴을 보고 카르멘은 자기만 그렇게 느끼는 게 아니라는 걸 알았다. 이 바지에 이번 여름의 약속이 새겨진 듯했다. 카르멘은 어린 시절 이후 처음으로 아빠와 여름을 보낼 예정이었다. 이 바지를 입고 아빠와 함께 웃는 자신의 모습을 그려보았다.

레나는 성명서를 엄숙하게 바지 위에 올려놓았다. 잠깐의 침묵 후 브리짓이 외쳤다. "바지의 명예를 위해."

"그리고 우정을 위해." 레나가 덧붙였다.

카르멘은 팔에 소름이 돋는 걸 느꼈다. "이 순간을 위해. 이번 여름을 위해. 그리고 우리의 남은 삶을 위해."

마지막으로 티비가 끝을 맺었다. "따로 또 같이."

우리는 '청바지 돌려 입기'에 대해 다음과 같은 규칙들을 제정하는 바이다.

1. 바지는 절대로 세탁하지 않는다.

2. 접어 입지 않는다. 정말 꼴불견이다. 바지를 접어 입고도 안 흉해 보이는 경우는 절대 없다.

3. 입고 있는 동안 '뚱땡이'라는 욕설을 입에 담지 않는다. 또한 마음속으로라도 '나는 뚱뚱해' 같은 생각을 하지 않는다.

4. 절대로 남자애가 바지를 벗기게 두지 않는다(상대 면전에서 직접 벗는 것은 가능하다).

5. 입고 있는 동안 코를 후비지 않는다. 다만 코딱지가 생긴 경우 가볍게 콧구멍을 긁는 것은 가능하다.

6. 재결합시 다음 절차에 따라 바지와 함께 보낸 시간에 대한 기록을 남긴다.

- 바지 왼다리 위에, 입고 갔던 곳 중 가장 흥미로웠던 장소를 쓴다.
- 바지 오른다리 위에, 입고 있는 동안 일어났던 가장 중요한 사건을

쓴다. (예를 들면, '입고 있는 동안 육촌 아이번과 야릇한 시간을 보냈다'.)

7. 여름 내내 서로에게 편지를 한다. 서로가 없는 생활이 재미있든 아니든 간에 말이다.

8. 함께 정한 규칙에 따라 바지를 넘긴다. 이를 어길 경우 재결합시 엄한 체벌이 따를 것이다.

9. 바지를 입었을 때는 셔츠 자락을 바지 안에 넣고, 허리띠는 매지 않는다. 2항 참조.

10. 기억할 것: 바지=사랑. 친구들을 사랑하자. 자기 자신을 사랑하자.

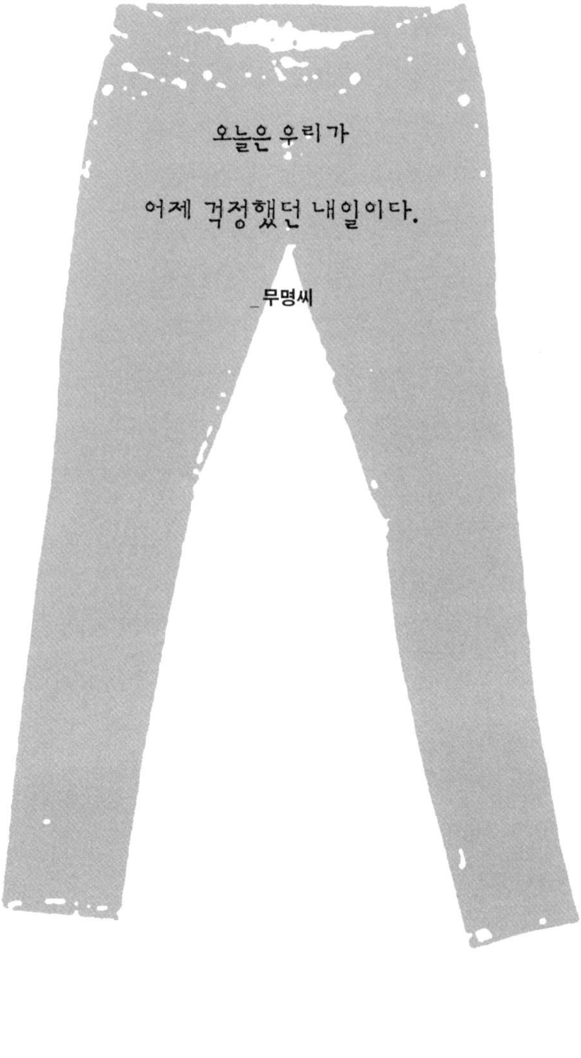

오늘은 우리가

어제 걱정했던 내일이다.

_무명씨

열두 살의 어느 날, 티비는 애완용 기니피그 미미를 통해 자신의 행복이 어떤 것인지 판단할 수 있게 되었다. 온갖 계획과 할 일에 쫓겨 정신없이 방을 뛰어나가던 그때, 미미가 사는 유리상자 옆을 지나며 아련히 슬퍼졌다. 톱밥 위에서 어슬렁거리는 게 전부인 미미와 달리 자기 생활은 너무 거창했다.

미미를 부러운 눈으로 바라보며 티비는 비참한 기분을 느꼈다. 미미가 되면 정확히 입 높이에 매달린 통통한 급수기에서 물방울만 받아 마시면 되는데. 따뜻한 톱밥 속에 폭 파묻혀서는 쳇바퀴나 몇 번 돌릴까, 낮잠을 한번 더 잘까만 결정하면 되는데. 중요한 결정을 내려야 할 일도, 실망할 일도 없다.

미미를 데려온 것은 일곱 살 때였다. 당시 티비는 '미미'를 세상에서 가장 예쁜 이름이라고 생각했다. 일 년을 기다리며 아껴 온 이름이었다. 보통은 봉제인형이나 상상 속 친구에게 자기가 생각하는 가장 멋진 이름을 붙여주는 법이다. 하지만 티비는 참았다. 그때만 해도 좋아하는 것에 대한 믿음이 있었다. 좀더 나중이었다면 기니피그에겐 그토록 좋아하는 미미라는 이름 대신 프레더릭 정도가 마땅하다고 생각했을 것이다.

그러나 오늘 초록색 월먼 작업복을 아무렇게나 옆구리에 낀 티비에게는 불평을 늘어놓을 친구도, 좋은 일이 있으리라는 기대도 없었다. 순전히 질투만이 마음에 가득했다.

아무도 기니피그에게 일을 시키지 않는다. 미미가 작업복을 입은 모습을 상상해보았다. 거기서 생산성이라고는 눈곱만큼도 찾아볼 수 없었다.

부엌에서 커다란 울음소리가 들려왔다. 이 집에 비생산적인 존재가 둘이나 더 있다는 사실이 떠올랐다. 두 살배기 남동생과 한 살배기 여동생. 두 꼬마는 소음, 파괴, 냄새 고약한 기저귀 그 자체였다. 점심시간이면 집보다 월먼이 더 편안하게 느껴질 정도였다.

티비는 디지털 비디오카메라를 전용 가방에 잘 넣어 니키가 방에 들어오더라도 손이 닿지 않을 높은 선반에 올려놓았다. 컴퓨터 전원 버튼과 CD 드라이브 구멍은 마스킹테이프로 막았다. 니키는 컴퓨터 끄기와 드라이브에 CD 쑤셔넣기를 좋아했다.

"저 일하러 가요." 티비는 보모 로레타에게 큰 소리로 인사하며 곧장 계단을 내려와 현관을 빠져나갔다. 로레타가 자기 일정을 꼬치꼬치 캐묻는 게 싫었다. 자기까지 보살필 대상으로 보는 것만은 피하고 싶었다.

11학년에 올라가는 또래 중에는 운전면허를 딴 아이가 많았다. 대신 티비에게는 자전거가 있었다. 작업복과 지갑을 옆구리에 낀 채 자전거로 한 블록을 갔다. 하지만 자세가 여간 불편한 게 아니라 결국 멈춰야 했다. 이성적인 방법은 작업복을 입고 그 주머니에 지갑을 넣고 가는 것이다. 그러나 티비는 다시 작업복과 지갑을 옆구리에 끼고 자전거를 몰았다.

브리사드 레인을 지날 때 지갑이 옆구리에서 빠져 땅에 떨어지고 말았다. 거기 정신이 팔려 지나가던 차를 들이받을 뻔했다. 결국 다시 자전거를 세우고 지갑을 주웠다.

재빨리 주위를 둘러보았다. 여기서 월먼까지는 네 블록이고 아는 사람은 보이지 않았다. 티비는 작업복을 머리 위로 덮어쓰듯 껴입고 주머니에 지갑을 넣고서 다시 바람처럼 달렸다.

"여, 티비!" 주차장으로 들어서는데 귀에 익은 목소리가 들렸다. 심장이 쿵 내려앉았다. 난 왜 톱밥 더미에서 뒹굴거리는 신세가 아닌 걸까. "어쩐 일이야?"

터커 로였다. 티비 생각에 웨스트모얼랜드에서 가장 멋있는 11학년. 여름방학 동안 기른 염소수염이 무척 매력적이었다. 자기가 타고 다니는, 기절할 정도로 멋들어진 1970년대식 머슬카 옆에 서 있었다.

터커를 차마 마주볼 수 없었다. 작업복을 입은 몸이 타들어가는 것만 같았다. 티비는 고개를 푹 숙인 채 자전거에 자물쇠를 채웠다. 그리고 재빨리 가게로 들어갔다. 터커가 잘못 봤나보다 생각하기를, 가슴에 자잘한 다트가 들어간 폴리에스테르 작업복 차림의 루저는 그저 티비를 꼭 닮은 사람이었나보다 생각하기를 바라면서.

보고 싶은 브리짓에게,

여기 내 작업복 안감을 조금 찢어서 보내. 이 옷을 못쓰게 만드는 게 재미있기도 하고, 이 두 겹 폴리에스테르가 얼마나 두꺼운지 네게 보여주고도 싶고.

티비

"브릴런드 브리짓?" 캠프 감독 코니 브로워드가 서류철을 보며 불렀다.

브리짓은 이미 자리에서 일어나 있었다. 도무지 앉아 있을 수가 없었다. 발을 가만히 두기가 힘들었다. "예!" 하고 대답한 그녀의 한쪽 어깨에는 더플백이, 다른 쪽 어깨에는 배낭이 걸쳐 있었다. 콘셉시온 만 쪽에서 따뜻한 바람이 불어왔다. 캠프 중앙에 있는 본부에서는 실제로 에메랄드빛 바다가 내다보인다. 브리짓은 혈관 속에 흥분이 흐르는 것을 느꼈다.

"4동이야. 셰리를 따라가도록." 코니가 지시했다.

수많은 시선이 자신에게 집중되는 것을 느꼈지만 브리짓은 신경쓰지 않았다. 사람들의 시선에는 이미 익숙했다. 자기 머리카락이 특이하다는 것은 잘 알고 있었다. 곧고 긴데다 껍질을 벗겨놓은 바나나색이다. 누구나 브리짓의 머리카락에 많은 관심을 보였다. 게다가 큰 키에 균형 잡힌 몸매도 한몫했다. 콧날이 곧고 이목구비도 또렷하다. 이런 특징들 덕에 다들 브리짓을 예쁘다고 착각했다.

하지만 브리짓은 예쁘지 않았다. 레나와는 달랐다. 브리짓의 얼굴에는 특별한 분위기나 우아함이 없었다. 브리짓은 그 사실을 잘 알았다. 자기 머리카락에 익숙해지고 나면 다른 사람들도 그걸 깨닫게 되리라는 것 역시.

"안녕하세요? 전 브리짓이에요." 브리짓은 셰리에게 인사하며 그녀가 가리킨 침대 위에 짐을 내려놓았다.

"반가워." 셰리도 인사했다. "어디서 왔지?"

"워싱턴 D.C.에서요." 브리짓이 대답했다.

"먼 데서 왔구나."

그랬다. 브리짓은 새벽 네시에 일어나 여섯시 비행기를 타고 로스앤젤레스로 가서, 비행기를 갈아타고 다시 두 시간 후 로레토의 작디작은 공항에 내렸다. 로레토는 바하 반도 동쪽 해안에 위치한 작은 도시로 코르테스 해에 면해 있었다. 거기서 밴을 탔는데, 하도 멀리 가는 바람에 곯아떨어졌다가 눈을 떠보니 정신이 하나도 없었다.

셰리는 다음으로 도착한 참가자를 데리러 갔다. 숙소에는 얇은 매트리스가 한 장씩 깔린 철제 침대 열네 개가 있었다. 실내 공사가 아직 끝나지 않았는지 소나무 널빤지들이 어설프게 붙어 있었다. 브리짓은 숙소 정면의 작은 현관으로 나왔다.

숙소 내부는 전형적인 캠프 분위기였지만 밖은 정말 환상적이었다. 앞쪽 만에 넓은 백사장이 펼쳐져 있고 야자수들이 서 있었다. 바다는 여행자용 팸플릿에 실으려고 일부러 보정한 듯 완벽한 푸른색을 자랑했다. 만 건너편으로는 마치 바다를 보호하듯 나란히 콘셉시온 반도를 가로지르는 산들이 보였다.

캠프 뒤쪽에는 그보다 험준해 보이는 낮은 바위산이 있었다. 바닷가와 메마른 산 사이에 표준 규격의 멋진 축구장 두 개를 만들고 반짝이는 초록빛 잔디가 고르게 자라도록 물까지 끌어온 것이 놀라웠다.

"안녕, 안녕." 브리짓은 숙소로 짐을 끌고 오는 두 여자아이에게 손을 흔들었다. 두 명 모두 햇볕에 그을리고 다리는 축구선수처럼 탄탄했다.

브리짓은 두 사람과 함께 숙소로 들어갔다. 이제 침대가 거의

다 찬 것 같았다. "수영하러 가지 않을래?" 브리짓이 물었다. 그녀는 낯선 친구들이 어렵지 않았다. 알고 지내던 사람보다 더 좋을 때도 있었다.

"아직 짐도 안 풀었는데." 한 여자애가 말했다.

"곧 저녁식사 시간일 거고." 다른 아이가 덧붙였다.

"알았어." 브리짓은 선뜻 대답했다. "아무튼 난 브리짓이라고 해. 좀 이따 보자고." 어깨 너머로 말하고 그녀는 밖으로 나갔다.

실외 샤워실에서 수영복으로 갈아입은 브리짓은 하얀 모래사장으로 뛰어갔다. 피부에 닿는 공기의 온도가 딱 좋았다. 해질녘의 바다는 다채로운 색으로 물들어 있었다. 아련한 햇살이 어깨를 감싸는가 싶더니 이내 낮은 산 너머로 사라져버렸다. 브리짓은 바다로 뛰어들어 한참 동안 잠수를 했다.

여기 오길 정말 잘했어. 브리짓은 생각했다. 잠깐 머릿속에 마법의 바지와 레나가 떠올랐다. 제 차례가 돌아와 바지를 입고 자기만의 이야기를 만들어갈 때까지 도저히 기다릴 수 없을 것 같았다.

잠시 후 저녁식사를 하러 간 브리짓은 또 한 번 흥분했다. 식사 장소는 긴 테이블들이 낮은 천장 아래 비좁게 들어찬 실내 식당이 아니라 그 옆의 널찍하고 심플한 테라스였다. 진한 자홍색 부겐빌레아가 지붕을 타고 내려와 난간을 휘감고 있었다. 이런 곳을 두고 실내에서 식사를 한다는 건 미친 짓이었다.

브리짓은 4동 아이들과 같이 앉았다. 숙소는 모두 여섯 개 동이었다. 재빨리 계산해보니 이곳에는 진지하게 운동선수를 꿈꾸는 여든네 명의 여자아이가 와 있는 셈이었다. 운동선수가 될 생각이 없다면 이 캠프에 오지 않았겠지. 차차 이 아이들을 알아갈 테고 어쩌면 좋아하게 될 수도 있겠지만 오늘밤은 누가 누군지 파악하기도 힘들었다. 검은 머리를 어깨까지 기른 아이가 에밀리라는 것은 확실했다. 맞은편의 곱슬곱슬한 금발은 올리비아, 줄여서 올리. 그 옆에 등까지 내려오는 긴 머리 아프리카계 미국인은 다이애나였다.

저녁식사로는 해산물 타코와 엄청난 양의 밥과 콩, 분말을 물에 타서 만든 듯한 레모네이드가 나왔다. 다들 식사를 하며 임시 연단에 오른 코니 감독이 올림픽 여자 국가대표팀에서 활약하던 시절의 이야기를 들었다. 식탁마다 여러 코치와 트레이너가 함께 앉아 있었다.

숙소로 돌아온 브리짓은 침낭으로 들어갔다. 천장 널빤지 틈으로 달빛이 새어들어왔다. 불현듯 한 가지 사실이 떠올랐다. 지금 여기는 바하다. 저렇게 멋진 하늘을 왜 천장 틈새로만 보고 있지? 브리짓은 자리에서 벌떡 일어나 침낭과 베개를 챙겨 옆구리에 꼈다.

"해변에서 잘 사람?" 그녀가 다른 아이들에게 물었다.

잠시 정적이 흘렀다가 간간이 의논하는 목소리가 들렸다.

"그래도 될까?" 에밀리가 물었다.

"안 된다는 소리는 못 들었어." 브리짓이 말했다. 하지만 그 정도 대답으로는 아이들이 동조할 리 없었다. 그래도 두 명이 따라나섰다. 다이애나, 그리고 조라는 아이였다.

그들은 넓은 해변 끝자락에 침낭을 깔았다. 밀물 때 바닷물이 얼마나 차오를지 모르는 일이었다. 밀려드는 파도 소리가 부드럽게 들렸고, 머리 위에는 별들이 찬란하게 펼쳐져 있었다.

브리짓은 너무 기쁘고 가슴이 벅차 침낭 속에 가만히 누워 있기가 힘들었다. 그녀는 머리 위로 반짝이는 하늘을 보며 한숨을 내쉬었다. "좋다."

조가 침낭 깊이 파고들며 말했다. "진짜 근사해."

세 사람은 잠시 아무 말 없이 하늘만 쳐다보았다.

다이애나가 고개를 들고 팔꿈치를 괴어 손으로 머리를 받쳤다. "이대로 잠들 수 있을까 모르겠어. 정말로…… 모든 것이 사라진 것 같아. 그렇지 않니? 다 부질없다는 느낌. 마음이 저 밖으로 나가서 그냥 계속 어딘가로 흘러가고 있는 거야."

브리짓은 감탄하며 소리내 웃었다. 순간 다이애나가 카르멘이 가장 다정할 때와 비슷하다는 생각이 들었다. 카르멘도 저렇게 철학적이고 정신분석을 하는 것처럼 이야기하는데. "그래?" 브리짓이 말했다. "난 그런 생각은 결코 못할 거야."

비행기는 정말 깨끗해. 카르멘은 그 점이 좋았다. 정돈된 대기업의 분위기도 기내식 트레이에 담긴 포장된 음식 개수도 마음에 들었다.

메뉴 자체도 감탄스러웠다. 조그만 사과가 나왔는데 모양이며 크기, 색깔이 다 완벽했다. 꼭 모형처럼 보였지만 그래도 덕분에 마음이 놓였다. 카르멘은 사과를 가방에 챙겨넣었다. 나중에 출출할 때 먹어야지.

이제까지 아빠의 아파트에는 가본 적이 없었다. 언제나 아빠가 만나러 왔으니까. 하지만 그 집이 어떤 모습일지는 상상해보곤 했다. 아빠는 게으름뱅이는 아니지만 그래도 X염색체가 하나뿐이니 창문에 커튼을 달거나 침대에 프릴이 나풀거리는 시트를 깔거나 하지는 않았을 것이다. 냉장고에 베이킹소다도 없을 테고, 바닥에는 먼지뭉치가 굴러다닐지도 모른다. 설마 방 한가운데 굴러다니진 않겠지만 아마 소파 근처에 쌓여 있을 것이다. (그런데 소파는 있겠지?) 카르멘은 순면 시트에서 자고 싶었다. 그녀가 아는 아빠라면 아마 폴리에스테르가 섞인 시트를 깔아놓았을 것이다. 카르멘은 폴리에스테르가 잘 맞지 않았다. 그녀도 어쩔 수 없는 문제였다.

테니스 시합이나 오우삼 영화를 보러 가는 길에, 아니면 할 일 없는 토요일 오후 함께 베드 배스 앤드 비욘드*에 가서 집안에 어

* 생활용품을 전문으로 취급하는 브랜드.

울리는 수건이나 찻주전자 같은 걸 사는 건 어떨까. 아빠는 투덜댈 테지만 그래도 나 덕분에 즐거운 시간을 보내는 걸 분명 고마워하겠지? 카르멘은 상상의 날개를 펼쳤다. 여름이 끝나는 게 너무 슬퍼서, 아빠가 그 지역 고등학교를 알아보고 사우스캐롤라이나에서 같이 사는 건 어떠냐고 진지하게 물어보면 어쩌지?

팔뚝을 흘끗 보니 소름이 돋아 거뭇한 잔털이 곤두서 있었다.

크리스마스 이후로 아빠를 보지 못했다. 크리스마스는 언제나 두 사람만의 시간이었다. 카르멘이 일곱 살 되던 해 엄마와 이혼한 후, 아빠는 해마다 크리스마스 휴가 나흘 동안 프렌드십 하이츠에 위치한 앰버시 스위트 호텔에 묵으면서 카르멘과 시간을 보냈다. 같이 영화도 보러 가고, 운하를 따라 산책도 했다. 돌아와서는 고모들이 보낸 선물을 신나게 풀어보았다.

그 외에도 일 년에 서너 번 아빠가 워싱턴으로 출장을 오면 만날 수 있었다. 아빠가 워싱턴 쪽으로 오기 위해 열심히 구실을 만들어낸다는 것을 카르멘도 잘 알고 있었다. 두 사람은 늘 카르멘이 고른 식당에서 식사를 했다. 카르멘은 식당이 아빠 마음에도 들었으면 했다. 그래서 아빠가 메뉴를 볼 때, 처음 한입을 먹을 때마다 조심스레 기색을 살폈고, 정작 자신은 음식이 코로 들어가는지 입으로 들어가는지도 몰랐다.

비행기 아래쪽이 삐걱거리기 시작했다. 엔진이 속력을 낮추거나 착륙을 위해 바퀴를 내리는 모양이다. 구름이 짙게 끼어 지상이 얼마나 가까운지 가늠되지 않았다. 카르멘은 차가운 플라스틱 창문에 이마를 갖다대고 혹시 구름 사이 틈새가 없는지 실눈으로 내려다보았다. 바다를 보고 싶었다. 어느 쪽이 북쪽일까? 착륙하기 전에 전체 모습을 조망할 수 있으면 좋을 텐데.

"자리에 앉아 좌석 테이블을 제자리로 올려주십시오." 승무원이 복도 쪽 옆자리 승객에게 말하고는, 카르멘 앞에 놓인 트레이와 컵을 치워갔다. 옆자리 승객은 머리가 거의 다 벗어진 뚱뚱한 남자였는데, 무릎에 놓인 인조가죽 서류가방이 자꾸만 카르멘의 정강이에 부딪혔다.

브리짓은 비행기만 타면 늘 잘생긴 남자 대학생이 옆에 앉고, 착륙하기 전에 어김없이 전화번호를 물어본다고 했다. 하지만 카르멘은 살찐 손가락에 졸업기념반지를 끼고 판매보고서를 읽는 아저씨들 사이에 앉기 일쑤였다.

"승객 여러분, 좌석으로 돌아가주시기 바랍니다." 스피커에서 기장의 목소리가 흘러나왔다. 카르멘은 온몸이 긴장되었다. 꼬았던 다리를 풀고 양발을 가지런히 바닥에 내려놓았다. 비행기가 착륙하기 전 엄마가 항상 그러듯 십자성호를 그었다. 어쩐지 사기꾼이 된 것 같았다. 그래도 이제는 미신에서 벗어나야 하지 않을까?

티비,

비록 몸은 떨어져 있어도 내 마음은 늘 너와 함께 있어. 여행은 좋지만 너 혼자 집에서 슬퍼할 걸 생각하면 마음이 안 좋아. 이렇게 나만 즐겨도 좋은지 모르겠어. 너희랑 떨어져 있으니까 좀 이상해. 티비, 네가 없어서 더 그런 것 같아. 네 마음에 비할 바는 아니겠지만.

엄청난 키스와 포옹을 보내며

카르멘

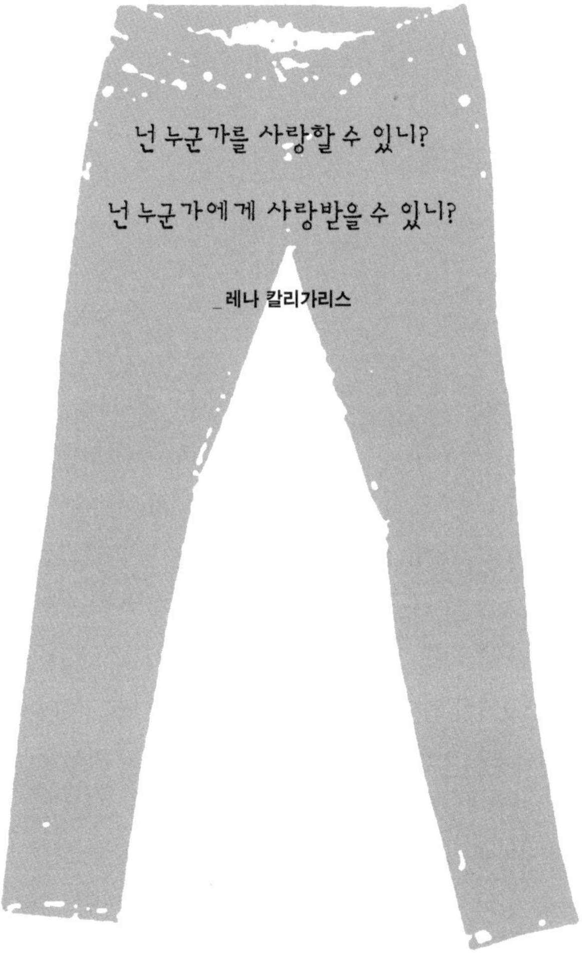

넌 누군가를 사랑할 수 있니?

넌 누군가에게 사랑받을 수 있니?

_레나 칼리가리스

맨 먼저 현관문이 보였다. 문은 살짝 익힌 계란 노른자처럼 굉장히 환한 노란색으로 칠해져 있었다. 정면의 나머지 부분은 눈이 부실 정도로 밝은 파란색이었다. 누가 이런 파란색을 상상이나 할 수 있을까? 레나는 고개를 들어 구름 한 점 없는 오후의 하늘을 올려다보았다. 세상에.

베세즈다에서 이런 색으로 집을 칠한다면 아마 마약중독자라고 손가락질을 받을 거다. 이웃에서 고소하거나 어쩌면 밤사이 몰래 베이지색 스프레이로 다시 칠해놓을지도 모른다. 그러나 이곳은 사방이 새하얀 벽과 파란색의 대비로 넘쳐났다.

"언니, 빨리 가자!" 에피가 레나의 여행가방을 발로 차며 칭얼거렸다.

"자, 다 왔다. 환영한다, 얘들아!" 할머니가 손뼉을 치며 말했다. 할아버지는 열쇠로 태양빛 현관문을 열었다.

시차와 강렬한 태양, 할아버지 할머니라는 낯선 존재들 때문에 레나는 환각에 빠진 것 같았다. 물론 상상에 근거한 것이다. 진짜 그런 상태에 빠져본 적은 한 번도 없다. 예전에 베이징 가든에서 상한 새우를 사먹었을 때 살짝 그랬던 것 같긴 하지만.

멍하고 정신이 혼미한 레나와 달리, 에피는 잠을 제대로 자지 못해서인지 심통이 나 있었다. 레나가 아는 에피는 쉴새없이 재잘거리는 아이인데 지금은 너무 힘들어서인지 입을 열 기운조차 없어 보였다. 작은 섬의 공항에서 여기까지 오는 동안 차안은 내내 조용했다. 오래된 피아트 앞좌석에서 할머니는 뒤를 돌아보며 말했다. "어쩜 둘 다! 세상에, 레나, 정말 예쁘구나!"

레나는 진심으로 할머니가 그 말을 그만했으면 했다. 안 그래도 신경에 거슬리는데, 심통까지 난 에피 기분이 어떻겠는가?

할머니는 오랜 세월 관광객을 상대로 레스토랑을 운영한 덕분에 영어를 유창하게 구사했다. 하지만 할아버지는 좀 다른 모양이었다. 레나는 주위 사람을 끌어당기는 매력이 있는 할머니 덕분에 레스토랑이 굉장히 인기였다는 사실을 알았다. 할아버지는 뒤로 물러나 주방을 맡다가 나중에는 경영에만 전념했다고 한다.

레나는 그리스어를 할 줄 모른다는 사실이 부끄러웠다. 부모님 말에 따르면 자기도 어렸을 때는 그리스어를 먼저 익혔지만 학교에 다니면서 점차 잊어갔다고 한다. 에피에게는 애초에 그리스어를 가르치려고도 하지 않았다. 세상에, 그리스어는 문자부터 영어와 완전히 다르니까. 하지만 지금 레나는 그리스어로 말하고 싶었다. 키가 더 컸으면, 세라 맥라클런 같은 목소리로 노래할 수 있었으면, 하는 바람과 맞먹을 정도였다. 하지만 이루어질 거라고 기대하지는 않았다.

"할머니, 문 색깔이 멋진데요." 레나는 문으로 들어서며 입을 뗐다. 집안은 바깥에 비하면 현기증이 날 정도로 어두웠다. 태양의 흑점이 소용돌이치듯 한동안 모든 것이 빙빙 돌았다.

"드디어 도착했다!" 할머니가 다시 한번 박수를 치며 소리쳤다.

할아버지는 다시 차로 가 더플백 두 개와 에피의 형광 초록색 배낭을 양쪽 어깨에 걸치고 돌아왔다. 그 모습이 귀여우면서 어딘지 짠해 보였다.

할머니가 팔을 벌려 레나를 꼭 끌어안았다. 레나도 기쁜 표정을 지었지만 사실은 어색했다. 어떤 반응을 보여야 할지 알 수가 없었다.

겨우 집안이 제대로 보이기 시작했다. 생각보다 컸다. 자기 타일로 장식된 바닥에 예쁜 러그가 깔려 있었다.

"이리 오렴, 애들아." 할머니가 순서를 정해주었다. "먼저 너희 방을 둘러본 다음에 뭐 좀 마시자꾸나. 괜찮겠니?"

두 좀비 소녀는 할머니를 따라 계단을 올라갔다. 좁은 계단참을 올라가보니 침실 두 개와 욕실 하나가 있고 짧은 복도를 따라 문 두 개가 더 보였다.

할머니는 첫번째 방으로 들어가며 자랑스레 말했다. "여기가 우리 예쁜 레나가 쓸 방이고." 할머니가 묵직한 나무문을 열어젖히자 상상도 못한 단순하고 소박한 방이 나왔다.

"아." 레나가 숨을 내쉬며 말했다.

"저기 보이는 게 칼데라야." 할머니가 창문 밖을 가리켰다. "영어로 가마솥이라는 뜻이지."

"아." 이번에는 경외감에 차서 레나는 말했다.

할머니와는 아직 어색했지만, 칼데라만은 보자마자 마음에 들었다. 하늘보다 더 짙은 색깔의 호수가 부드러운 바람결에 반짝이며 일렁이고 있었다. 넓게 펼쳐진 호수를 날씬한 반원형 섬이 감싸안았고, 그 가운데 작은 섬 하나가 동그마니 떠 있었다.

"이아는 그리스에서 가장 아름다운 마을이란다." 할머니의 단언을 레나는 조금도 의심하지 않았다.

아래를 내려다보니 하나같이 새하얀 건물들이 절벽을 따라 바닷가까지 빼곡히 늘어서 있었다. 지금까지 레나는 이곳 경사가 얼마나 가파른지, 집을 짓기에 얼마나 이상한 곳인지 미처 깨닫지 못했다. 결국 산토리니는 화산섬이었던 것이다. 예로부터 내려온 이야기로는 역사상 최악의 화산 폭발이 있었고, 뒤이어 해일과 지진이 수없이 일어났다. 섬 가운데는 말 그대로 바다에 잠겨버리고, 그 둘레에 깎아지른 초승달 모양 절벽과 검은 잿빛을 띠는 모래가 남았다. 지금 칼데라는 고요하고 아름답기 그지없지만, 진정한 산토리니 사람은 언제라도 다시 용암이 끓어오르고 화산이 분출할 수 있다는 점을 상기하곤 한다.

레나가 자란 곳은 모기와 순환도로의 교통체증을 능가하는 자연재해라고는 없는, 넓은 평지에 잔디밭이 펼쳐진 교외였지만, 자신의 뿌리가 이곳이라는 것은 잘 알 수 있었다. 바다를 바라보고 있으니 선조에게서 물려받은 저 깊은 곳의 기억들이 샘솟으며 고향에 왔다는 느낌이 들었다.

"내 이름은 덩컨 하우다. 부지배인이지." 그는 주근깨가 난 커다란 손가락으로 플라스틱 이름표를 가리키며 말했다. "이제 오리엔테이션은 끝났다. 월먼의 새 판매사원이 된 것을 환영한다." 수백 명의 청중 앞에서 연설이라도 하는 듯 권위적인 투였지만 그의 앞에는 지루해하며 껌을 씹는 여자애 둘뿐이었다.

티비는 한쪽 입꼬리에서 침 한 줄기가 흠집투성이 리놀륨 바닥으로 주룩 흐르는 장면을 상상했다.

부지배인은 서류판을 보고 말했다. "이제, 음. 티이비." '이'를 유독 강조했다.

"티비인데요." 티비는 그의 발음을 지적했다.

"이제부터 너는 2번 통로, 위생용품 코너의 진열을 맡도록."

"전 판매사원으로 들어왔는데요." 티비가 토를 달았다.

"브리애나." 부지배인은 티비의 항의를 무시한 채 지시를 내렸다. "넌 4번 계산대에서 시작하고."

티비는 불쾌해서 얼굴을 찌푸렸다. 브리애나는 껌을 짝짝 씹으며 빈 계산대로 갔다. 이게 다 저애의 비정상적으로 풍성한 머리카락과 작업복의 수많은 다트로도 감당이 안 되는 거대한 가슴 때문이다.

"어서 헤드셋 끼고 가서 일들 시작해." 부지배인이 거만하게 지시를 내렸다.

웃음이 터지는 것을 꾹 참았더니 마른기침과 콧소리가 섞인 이상한 소리가 새어나왔다. 티비는 재빨리 손으로 입을 막았다. 다행히 덩컨은 알아차리지 못한 듯했다.

그래도 출연자를 찾은 게 어딘가. 바지 서약식 다음날 아침 티비는 이 끔찍한 여름을 기록해 영화로 만들자고 마음먹었다. 어차피 조잡하고 어설픈 쓰레기 다큐멘터리일 테지만. 막 덩컨의 배역이 생겼다.

티비는 잘리기 전에 헤드셋을 끼고 서둘러 2번 통로로 갔다. 차라리 이대로 잘리는 게 낫겠다 싶기도 했지만 돈을 모아야 했다. 별다른 능력도 없고 그리 '싹싹'하지도 않은, 코에 피어싱을 한 여자애를 받아주는 일자리가 그리 많지 않다는 사실을 경험상 잘 알고 있었다.

티비는 뒤쪽 창고로 갔다. 손톱이 엄청나게 긴 여자가 커다란 상자를 가리키며 지시를 내렸다. "이 상자 안에 있는 걸 데오도런트와 발한억제제 쪽에 진열해." 나른한 말투였다. 티비는 그 여자의 손톱에서 눈을 뗄 수가 없었다. 열 개 모두 커다란 낫처럼 구부러져 있었는데, 기네스북에 오른 인도 남자의 손톱과 겨루어볼 만했다. 문득 사람이 죽어 땅에 묻히고 나서도 손톱은 몇 년 동안 썩지 않는다는 얘기가 떠올랐다. 손톱이 저래서 상자 하나나 들 수 있을까? 전화기 버튼은 어떻게 누를까? 금전출납기 번호는 어떻게 누르지? 머리는 어떻게 감을까? 손톱이 지나치게 길다는 이유로 해고되는 사람도 있을까? 아마 굉장히 불편하겠지? 티비는 하도 물어뜯어서 뭉툭해진 자기 손톱을 내려다보았다.

"어떤 식으로요?" 티비가 물었다.

"그냥 진열하라고." 아무리 바보라도 물건 진열하는 법은 안다는 듯한 말투였다. "상자에 적힌 대로 하면 돼."

티비는 상자를 들고 2번 통로로 향했다. 그 여자의 손톱이 자기 영화에 나오면 어떨지 궁금해하면서.

"헤드셋 떨어지겠다, 얘." 여자가 주의를 주었다.

상자를 뜯은 티비는 그만 좌절하고 말았다. 적어도 이백 개는 되는 롤온형 발한억제제와 조립이 복잡해 보이는 마분지 구조물이 들어 있었다. 설명서에 쓰인 무수한 화살표와 도표를 보니 입이 딱 벌어졌다. 제대로 하려면 공학 학위라도 있어야 할 판이었다.

8번 통로에서 가져온 스카치테이프와 씹고 있던 껌 덕분에 간신히 발한억제제로 피라미드를 쌓은 다음 마분지로 만든 스핑크스 머리를 위에 고정하는 데 성공했다. 도대체 발한억제제와 이집트가 무슨 상관이람? 그걸 아는 사람이 있을까?

"티비!" 덩컨이 거만한 태도로 성큼성큼 다가왔다.

티비는 장엄한 발한억제제 산에서 그에게로 시선을 돌렸다.

"네 번이나 불렀다! 3번 계산대로 가봐!"

티비는 헤드셋 켜는 법을 몰랐다. 덩컨이 작동법을 설명할 때 열심히 딴생각을 하고 있었기 때문이다.

그후 티비는 한 시간 동안 계산대를 지켰다. 그동안 한 일이라고는 열세 살짜리 여드름투성이가 가져온 AAA 배터리 두 개를 계산한 게 전부였다. 교대시간이 되었다.

티비는 작업복을 벗고 헤드셋을 반납하고서 문밖으로 성큼성큼 걸어나갔다. 갑자기 귀가 찢어질 듯한 경보음이 울렸다. 덩컨이 티비 앞으로 전속력으로 달려왔다. 뚱뚱한 사람치고 엄청난 속도였다. "이봐, 티비. 날 따라와."

티비는 그의 표정을 읽을 수 있었다. 코 피어싱이나 한 애를 고용하는 게 아니었는데.

그는 티비에게 주머니에 든 소지품을 전부 꺼내라고 했다. 하지만 티비의 옷에는 주머니가 없었다.

"작업복 주머니도." 그가 강압적으로 말했다.

"아." 티비는 대충 뭉쳐서 겨드랑이에 끼고 있던 작업복을 펼쳤다. 주머니에는 지갑이랑…… 좀 전에 쓴 스카치테이프가 들어 있었다. "아, 이거." 티비는 상황을 설명하려 했다. "이건 말이죠, 아까 진열할 때……"

덩컨은 '하늘 아래 존재하는 변명이란 변명은 다 들어봤다'는 체념의 얼굴이었다. "잘 들어, 티비. 우리 월먼은 정책적으로 두 번 기회를 주도록 되어 있으니까, 계속 일을 해도 좋아. 하지만 이제부터 너한테는 15퍼센트 할인가격으로 월먼 제품을 살 수 있는 직원 특전이 적용되지 않을 거다."

스카치테이프 가격을 꼼꼼하게 확인한 덩컨은 티비의 첫날 임금에서 그만큼을 제했다. 그리고 안으로 들어가 손잡이가 두 개 달린 비닐봉투를 가지고 나왔다. "앞으로 소지품은 여기 넣어 다니도록."

보고 싶은 카르멘,

이제까지 한 번도 만나보지 못한 친척이 있다면 너도 그들을 이상적인 인물로 상상했을 거야. 입양아가 자기 친아빠는 교수고, 친엄마는 모델이라고 믿는 것처럼 말이야.

우리 할아버지 할머니에 대해서 내가 그랬어. 엄마 아빠는 언제나 내가 할머니를 닮아서 예쁘다고 했거든. 그래서 난 할머니가 신디 크로퍼

드라도 되는 줄 알았지 뭐야. 그런데 와서 보니까 할머니는 당연하게도 신디 크로퍼드가 아니었어. 나이도 굉장히 많은데다가 형편없는 파마머리에 벨루어 운동복 차림이었어. 뿔처럼 삐죽한 발톱이 분홍색 샌들 앞으로 튀어나왔고. 진짜 평범한 할머니지?

할아버지는 칼리가리스 가문에서 전설적인 사업가로 알려져 있는 분이라 키가 적어도 188센티미터는 넘을 줄 알았어. 그런데 안 그래. 굉장히 작으셔. 나 정도 될까? 여기 기온이 백만 도도 넘는데 두꺼운 갈색 니트 바지와 목깃에 지퍼가 달린 하얀 셔츠를 입었어. 신발은 크림색 비닐 슈즈고. 여느 노인들처럼 퀴퀴한 냄새가 나고 검버섯도 피었어. 그리고 굉장히 수줍음을 타지.

지금 당장 그분들을 사랑해야 할 것만 같은 의무감이 들어. 하지만 어떻게 그럴 수 있지? 스스로 누군가를 사랑하게 만들기는 어렵지 않을까?

바지는 소중히 가지고 있어. 네가 많이 보고 싶다. 이런 편지를 써도 네가 나를 철없다고 생각하지 않으리라는 거 알아. 넌 언제나 나를 실제보다 좋게 생각해주니까.

사랑을 듬뿍 담아

레나

가족 모두를 즐겁게 하는

것만한 일은 없다.

_제리 사인펠드

일몰은 지나치게 아름다웠다. 그 광경을 고스란히 간직할 수 없다는 사실에 레나는 절망감마저 느꼈다. 평소에는 영감을 주던, 팔레트에 풀어놓은 물감도 지금은 단조로워 보이기만 했다. 지는 해는 천만 와트의 밝기로 불타오르고 있었다. 도저히 그릴 수 없는 빛이었다. 레나는 팔레트와 신경써서 준비한 화판을 아예 눈에 띄지 않게 옷장 위에 올려놓았다.

레나는 창턱에 앉았다. 칼데라의 물속으로 조금씩 사라지는 붉은 해를 바라보았다. 그대로 따라 그릴 수 없다면 감상이라도 제대로 해볼 작정이었다. 왜 항상 아름다운 것을 보면 뭐든 해야 할 것 같은 느낌이 들까?

아래층에서 한창 파티를 준비하는 소리가 들려왔다. 할머니와 할아버지는 손녀들의 도착을 축하하기 위해 푸짐한 음식을 준비하고 이웃 사람들을 초대했다. 이 년 전 레스토랑을 처분했지만 아직도 요리에 대한 열정은 식지 않은 모양이었다. 매콤하고 기름진 냄새들이 하나하나 2층 레나의 방까지 퍼져와 한데 섞였다. 저녁 만찬에 오를 음식들의 예고편 같았다.

"레나! 준비 다 돼간다!" 할머니가 주방에서 부르는 소리가 들렸다. "옷 입고 내려오렴!"

레나는 침대 위로 더플백과 여행가방을 끌어올렸다. 하지만 그때까지도 시선은 창밖에 고정되어 있었다. 사실 패션에는 별다른 흥미가 없었다. 그래서 항상 편안한 옷만 입었다. 친구들 말에 따르면 '재미없고 펑퍼짐하고 볼품없는' 옷들이었다. 그녀는 사람들의 시선을 끄는 것을 원하지 않았다. 사람들이 외모로 자신을 판단하는 게 싫었다. 어릴 적부터 그녀의 역할은 예쁜 구경거리였으니까.

그렇지만 오늘밤은 웬지 의욕이 샘솟았다. 조심스럽게 가방 아래쪽에 넣어둔 바지를 찾아 꺼냈다. 전보다 약간 무거워진 느낌이었다. 숨을 멈추고 바지를 펼쳤다. 바지에 담긴 천 개의 소원이 풀려나도록. 이제 바지의 역사가 시작되었다. '돌려 입는 바지'의 삶이 시작된 것이다. 레나는 바지를 입으며 그 어마어마한 위력을 실감했다. 바지를 입은 엄청난 순간의 자기 모습을 머릿속으로 그려보고자 했다. 하지만 웬일인지 이 바지를 입은 에피의 모습만 떠올랐다.

레나는 닳아빠진 갈색 단화를 신고 아래층으로 내려갔다.

"내가 미트볼 만들었어." 부엌에서 에피가 자랑스럽게 이야기했다.

"케프테데스라고 한단다." 어깨 너머로 설명해주는 할머니 역시 자랑스러운 눈치였다. "에피는 칼리가리스 사람이 틀림없구나. 요리도 좋아하고, 먹는 것도 좋아하는 걸 보니 말이다!" 할머니는 그보다 더 좋은 일은 없다는 듯 에피를 꼭 끌어안았다.

레나는 미소를 지으며 부엌으로 들어가 음식들을 살펴보고 에피를 칭찬했다.

레나와 에피는 이미 토끼와 거북 경주에 들어선 셈이었다. 누구나 처음에는 레나에게 관심을 보인다. 눈에 띄는 외모 때문이다. 하지만 얼마 지나지 않아 열정적이고 다정한 에피에게 관심이 쏠린다. 레나도 당연하다고 생각했다. 레나는 내성적이었고, 사람들과 어울리는 데 어려움을 느꼈다. 그래서 언제나 자기 외모가 가짜 미끼로 느껴졌다. 사람들과 가까워지는 다리가 되어주지만, 결코 그 다리를 쉽사리 건널 수는 없었다.

할머니가 레나의 옷차림을 가만히 살펴보았다. "오늘 파티에 그렇게 입을 거니?"

"그럴 생각이에요. 좀더 차려입어야 하나요?" 레나가 물었다.

"글쎄……" 할머니의 표정은 딱히 화가 났다거나 레나를 나무라는 것 같지는 않았다. 오히려 약간 장난기 어린, 뭔가 비밀이 있는데 그것을 말할까 말까 망설이는 표정이었다. “그렇게 차려입어야 하는 파티는 아니란다. 하지만……”

“저도 옷 갈아입어야 돼요?” 에피가 물었다. 빵가루가 묻어 셔츠가 엉망이었다.

할머니는 딱 에피만큼만 비밀을 지키는 것 같았다. 레나를 보며 의미심장하게 말했다. “그게, 남자애 하나가 올 거야. 너희 할아버지와 나한테는 친손자나 마찬가지인 아이지. 정말 괜찮은 아이인데……” 그렇게 말하고 눈을 찡긋해 보였다.

레나는 즐거워 보이도록 표정 관리를 하느라 애를 먹었다. 이곳에 도착한 지 불과 여섯 시간도 지나지 않았는데, 진심으로 나를 남자와 엮어주려는 건가? 남자와 엮이는 건 딱 질색이었다.

에피도 그 나름대로 곤혹스러운 얼굴이었다.

“그애 이름은 코스토스란다.” 레나의 마음을 알 리 없는 할머니가 말을 이었다. “우리와 정말 친한 이웃이자 친구의 손자지.”

그 얼굴을 쳐다보던 레나는 할머니가 겨우 한 시간 만에 이런 생각을 했을 리는 없다는 의심이 들기 시작했다. 아마도 오랫동안 이 시나리오를 준비해왔을 것이다. 그리스의 부모들이 아직까지도 중매결혼을 선호한다는 것은 잘 알고 있었다. 특히나 섬에서는 말할 것도 없다. 아무리 그렇다 해도 이럴 수가!

에피가 어색하게 웃으며 말했다. “저, 할머니? 언니를 좋아하는 남자는 정말 많은데, 언니가 엄청 쌀쌀맞게 대해요."

레나는 눈썹을 치켜세웠다. "에피! 그만해!"

에피는 귀엽게 어깨를 으쓱해 보였다. "사실이잖아."

"레나도 코스토스를 만나보면 달라질 거다." 할머니는 자신 있게 대답했다. "코스토스는 누구라도 좋아할 수밖에 없는 애니까."

"우리 공주님!"

카르멘의 심장박동이 발보다 빨라지기 시작했다. 허리까지 오는 42번 게이트 유리벽 너머에서 손을 흔드는 아빠의 모습이 보였다. 좀 진부한 감이 없지는 않지만, 그래도 아빠를 향해 달려가는 순간이 좋았다.

"아빠!" 카르멘은 아빠의 품으로 와락 뛰어들었다. 아빠라는 말을 음미했다. 다른 아이들은 별생각 없이, 언제든지 하는 말. 하지만 카르멘에게는 일 년에 몇 달은 가슴속 깊숙이 담아두어야 하는 말이었다.

아빠는 오랫동안 카르멘을 꼭 안아주었다. 아빠가 놓아주자 카르멘은 아빠를 올려다보았다. 아빠의 큰 키가 참 마음에 들었다. 전혀 무겁지 않은데도 아빠는 카르멘이 메고 있던 숄더백을 받아서 어깨에 걸쳤다. 청록색 스팽글 가방을 멘 아빠 모습에 카르멘은 미소를 지었다.

"우리 귀염둥이!" 아빠는 행복한 듯 딸의 어깨에 반대쪽 팔을 둘렀다. "비행은 어땠니?" 수하물 찾는 곳으로 카르멘을 이끌며 아빠가 물었다.

"좋았어요." 아빠가 어깨에 팔을 두르면 균형이 맞지 않아 늘 어정쩡하게 걷게 되지만 그렇다고 마다하기에는 너무 좋았다. 매일 아빠를 보는 애들이나 투덜거리라지. 나는 아빠를 일 년에 몇 번밖에 볼 수 없는 처지 아닌가.

"그동안 많이 예뻐졌는데? 이쁜이." 아빠가 기분좋게 말하고 카르멘의 머리를 쓰다듬었다. "키도 더 큰 것 같고."

"맞아요." 카르멘은 자랑스럽게 대답했다. 아빠를 닮아 키가 크다는 생각만으로도 기분이 좋았다. "167센티미터가 넘었어요. 이제 조금 있으면 170센티미터."

아빠의 키는 188센티미터였다. "와, 정말 많이 컸구나. 엄마는 잘 있니?"

아빠는 언제나 만난 지 오 분 안에 의무적으로 엄마의 안부를 물었다.

"잘 있어요." 카르멘도 언제나 간단하게 대답했다. 아빠가 자세한 대답을 듣고 싶어하지 않는다는 것을 잘 알기 때문이었다. 해가 지나도 아빠에 대한 엄마의 맹렬한 관심은 사그라지지 않는 반면, 아빠는 그저 예의상 엄마의 안부를 물을 뿐이었다.

카르멘의 즐거운 마음에 소리 없는 죄책감이 점점이 스며들었다. 그녀의 키는 170센티미터가 다 되어가지만, 엄마는 150센티미터 정도밖에 되지 않는다. 아빠는 카르멘을 예쁜이라고 부르며 칭찬하지만 엄마 일은 더이상 신경쓰지 않았다.

"친구들은 잘 지내니?" 여전히 카르멘의 어깨를 꼭 감싸안은 채 에스컬레이터에 오르며 아빠가 물었다.

아빠는 카르멘과 티비, 레나, 브리짓의 관계를 잘 알고 있었다. 언제나 지난번 만났을 때 들었던 이야기를 자세하게 기억하고 있다가 안부를 묻곤 했다.

"우리한텐 정말 이상한 여름이에요." 카르멘이 대답했다. "처음으로 여름방학 동안 떨어져 지내거든요. 레나는 그리스에 계신 할아버지 할머니를 만나러 갔고, 브리짓은 바하칼리포르니아에서 열리는 축구 캠프에 참가하고, 티비만 혼자 집에 남게 됐죠."

"그리고 너는 여름 내내 여기서 지내고." 아빠의 눈이 무언가를 묻는 듯했지만 그게 뭔지는 정확히 알 수 없었다.

"여기 와서 정말 좋아요." 카르멘은 큰 소리로 분명하게 대답했다. "얼마나 기다렸다고요. 그냥 기분이 좀 이상할 뿐이에요, 알죠? 나쁜 쪽이 아니라 좋은 쪽으로요. 한 번쯤은 떨어져 지내는 게 우리한테도 좋을 거예요. 우리 사이가 어떤지 아빠도 알잖아요." 말하다보니 카르멘은 횡설수설했다. 아빠가 확신 없어하는 것만은 싫었다.

아빠가 지퍼를 채운 수하물들이 빙글빙글 돌아가는 컨베이어벨트를 가리켰다. "네가 탔던 비행기 짐이 나오는 모양이다."

카르멘은 언젠가 워싱턴에서 머리 위로 아빠 손을 잡은 채 컨베이어벨트를 타고 반 바퀴나 돌았던 일이 떠올랐다. 안전요원이 소리지르고 나서야 아빠는 카르멘을 내려놓았다.

"바퀴 달린 커다란 검정 가방이에요. 다른 사람들 거랑 비슷하게 생겼어요." 카르멘이 말했다. 아빠가 자기 여행가방을 한 번도 보지 못했다는 사실이 낯설게 느껴졌다. 이제까지 카르멘이 본 아빠는 언제나 여행가방을 든 모습이었는데.

"저거다!" 카르멘이 소리치자 아빠가 재빨리 가방을 붙잡았다. 평생 컨베이어벨트에서 가방을 끌어내리는 준비라도 해온 듯했다. 카르멘의 숄더백에 박힌 청록색 스팽글이 반짝거렸다.

아빠는 커다란 여행가방을 끄는 대신 번쩍 들고는 주차장 쪽을 가리켰다. "됐다! 이제 가자."

"지금도 사브를 타요?" 카르멘이 물었다. 차는 두 사람의 공통 관심사 중 하나였다.

"아니. 지난봄에 스테이션왜건으로 바꿨단다."

"정말요?" 카르멘은 이해할 수 없었다. "그 차 좋아해요?"

"괜찮은 차야." 아빠가 카르멘을 차로 데려가며 말했다. 베이지색 볼보였다. 사브는 빨간색이었는데. "자, 출발할까?" 아빠는 조수석 문을 열어 카르멘을 먼저 태우고 숄더백을 건네준 뒤 여행가방을 뒤에 실었다. 대체 아빠들은 이런 걸 어디서 배우는 걸까? 아들들한테는 왜 안 알려주지?

"지난 학기는 어땠니?" 아빠가 주차장을 빠져나가면서 물었다.

"진짜 좋았어요." 카르멘이 대답했다. 아빠에게 성적을 조목조목 보고하는 시간을 언제나 기다려왔다. "수학, 생물, 영어, 프랑스어는 A예요. 세계사는 A⁻ 받았고요." 엄마는 카르멘이 학교 공부에 지나치게 신경쓴다고 생각했다. 하지만 아빠는 성적을 중요하게 여겼다.

"우리 귀염둥이, 정말 장하구나. 그래, 10학년은 중요한 시기란다."

아빠가 딸이 자기처럼 윌리엄스 대학에 진학하기를 바란다는 것을 카르멘은 잘 알고 있었다. 아빠도 카르멘이 그러고 싶어한다는 사실을 알았다. 두 사람 다 한 번도 입 밖에 낸 적은 없었지만.

"테니스는 잘하고 있고?" 아빠가 물었다.

대부분의 아이들은 아빠가 그런 걸 물으면 싫어한다. 그러나 카르멘은 이 순간을 위해 일 년 내내 열심히 준비했다. "브리짓하고 처음으로 복식 경기에 나갔는데 딱 한 게임 졌어요."

도예 성적은 F라는 것과—그건 성적표에 안 나온다—일 년 내내 짝사랑했던 남자애가 레나에게 프롬 파티 파트너를 청했다는 것, 부활절날 엄마를 하루종일 울렸다는 것은 굳이 말하지 않았다. 아빠에게는 잘한 일만 이야기했다.

"토요일에 테니스장 예약해놨어." 고속도로로 진입해 속도를 올리며 아빠가 말했다.

카르멘은 바깥 풍경을 내다보았다. 모텔과 길을 따라 늘어선 상점들은 여느 공항 근처와 다르지 않았지만, 냄새를 맡아보니 공기의 습도가 높고 소금기가 느껴졌다. 아빠 얼굴을 유심히 보았다. 피부가 벌써 가무잡잡하게 그을렸고 그래서인지 푸른 눈동자가 더욱 두드러졌다. 엄마의 갈색 눈동자가 아니라 아빠의 저 푸른 눈동자를 닮았으면 얼마나 좋을까 항상 생각했었다. 최근에 머리를 자른 듯했고 빳빳하게 다린 셔츠는 깔끔하게 소매가 접혀 있었다. 월급이 오르기라도 한 걸까?

"빨리 아빠 집에 가보고 싶어요." 카르멘이 말했다.

"그래." 아빠는 차선을 바꾸기 위해 백미러를 살피며 무심히 대답했다.

"아빠 사는 곳을 이제야 가본다니, 진짜 엄청난 것 같지 않아요?" 카르멘이 물었다.

아빠는 운전에 집중하고 있었다. "네가 여기 오는 걸 아빠가 싫어해서가 아니라는 거 알지? 그저 자리잡고 안정된 후에 데려오려다보니 이렇게 된 거야." 카르멘을 흘끗 보는 아빠의 눈빛에 미안해하는 기색이 비쳤다.

아빠를 불편하게 만들려던 건 아니었다. "아빠가 자리잡지 않았어도 전 상관없어요. 그런 걱정은 하지 마세요. 함께 멋진 시간을 보낼 거잖아요. 자리를 잡건 말건 무슨 상관이에요?"

고속도로를 빠져나가며 아빠가 말했다. "네게 엉망진창인 생활을 보여주고 싶지 않았어. 일은 너무 많지, 혼자 사는 집에 침실도 하나밖에 없지. 끼니도 매일 밖에서 해결하고."

카르멘은 그 말을 가로막듯 내뱉었다. "얼마나 기다렸다고요. 외식도 좋아해요. 자리잡고 안정적인 건 지긋지긋해요." 진심이었다. 이번 여름은 아빠랑 단둘이서만 보낼 수 있을 것이다.

아빠는 아무 말 없이 계속 차를 몰았다. 나무들이 늘어선 교외의 작은 길로 들어서자 양쪽으로 커다란 빅토리아풍 주택들이 눈에 들어왔다. 차 앞유리에 빗방울이 떨어지기 시작했다. 하늘이 점점 어두워지더니 밤처럼 캄캄해졌다. 아빠는 천천히 속도를 줄여 테라스로 둘러싸인 크림색 집의 청회색 덧문 앞에 차를 세웠다.

"여기가 어디예요?" 카르멘이 물었다.

아빠가 시동을 끄고 카르멘을 돌아보았다. "여기가 아빠 집이야." 어딘지 먼 곳을 향한 아빠의 눈이 무언가 숨기고 있는 듯했다. 카르멘의 눈에 떠오른 충격을 감당하고 싶지 않은 기색이었다.

"이 집이라고요? 정말요? 난 아빠가 시내에 있는 아파트에 사는 줄 알았는데."

"이사한 지 한 달쯤 됐어."

"정말요? 그런데 왜 통화할 때는 말 안 했어요?"

"그게…… 너무 큰일이라서 말이다. 만나서 이야기하고 싶었어." 아빠가 대답했다.

큰일이란 게 대체 무엇인지 감도 오지 않았다. 카르멘은 자리에서 몸을 돌리고 물었다. "그래요? 그럼 어서 얘기해주세요." 이런 상황에서 그녀는 결코 침착한 성격이 못 되었다.

"일단 안으로 들어가자. 어때?"

아빠는 대답을 기다리지도 않고 차문을 열고 내리더니 서둘러 카르멘 쪽으로 돌아왔다. 여행가방은 일단 그대로 둔 채 아빠의 코트를 둘러쓰고 함께 집 앞 돌계단을 뛰어올라갔다.

아빠가 카르멘의 팔짱을 꼈다. "조심해라. 여긴 비가 오면 미끄러우니까." 그리고 페인트칠을 한 현관 나무계단을 앞서 올랐다. 쭉 이곳에서 살아온 듯 자연스러운 모습이었다.

카르멘의 심장이 빠른 속도로 뛰었다. 지금 여기가 어딘지, 앞으로 무슨 일이 일어날지 짐작도 할 수 없었다. 가방 밖으로 비행기에서 넣어온 사과가 만져졌다.

아빠는 노크도 없이 문을 열더니 소리쳤다. "우리 왔어!"

카르멘은 숨을 멈추었다. 이 집에 또 누가 있다는 거지?

몇 초 지나지 않아 어떤 여자가 카르멘 또래로 보이는 여자아이를 데리고 나타났다. 두 사람은 얼떨떨해서 뻣뻣하게 서 있는 카르멘을 차례로 포옹했다. 그들 뒤로 열여덟 살쯤 돼 보이는 키 큰 남자애도 재빨리 따라나왔다. 금발에 운동선수처럼 어깨가 넓었다. 다행히 그는 카르멘을 안지 않았다.

"리디아, 크리스타, 폴, 이쪽은 내 딸 카르멘이야." 아빠가 말했다. 아빠 목소리로 자기 이름을 들으니 이상한 기분이 들었다. 아빠는 항상 카르멘을 공주님, 귀염둥이, 이쁜이로 불렀다. 절대 카르멘이라고 부르지 않았다. 아마 외할머니 이름도 카르멘이기 때문일 것이다. 부모님이 이혼한 후 외할머니는 아빠에게 고약한 편지를 몇 차례 보냈다. 돌아가신 친할머니 이름은 메리였다.

모두 기대에 찬 눈빛으로 미소지으며 카르멘을 바라보고 있었다. 카르멘은 무슨 말을 해야 할지, 어떻게 행동해야 할지 알 수가 없었다.

"카르멘, 이쪽은 리디아야." 침묵, 침묵, 침묵. "아빠랑 약혼했어. 크리스타와 폴은 리디아의 아이들이고."

카르멘은 눈을 꼭 감았다가 다시 떴다. 집안의 빛이 부드러워 공기중에 떠다니는 점들이 보였다. "언제 약혼녀가 생겼어요?" 카르멘은 거의 속삭이다시피 물었다. 그다지 예의바른 행동이 아니라는 건 알았다.

아빠는 소리내 웃었다. "정확하게는 4월 24일." 그리고 대답을 이었다. "이사는 5월 중순에 왔고."

"그럼 결혼하는 거예요?" 믿을 수 없을 만큼 바보 같은 질문이라는 것도 카르멘은 알았다.

"8월에." 아빠가 답했다. "19일."

"아." 카르멘이 말했다.

"정말 놀라운 소식이지? 안 그러니?" 아빠가 물었다.

"놀랍네요." 카르멘은 희미한 목소리로 아빠의 말을 되받았다. 그러나 말투는 아빠와 딴판이었다.

리디아가 다가와 카르멘의 손을 잡았다. 순간 그 손이 더는 자기 것이 아니게 된 듯했다. "카르멘, 여름을 같이 지내게 돼서 정말 기쁘구나. 안으로 들어와 편하게 있어라. 소다나 차 좀 마실래? 앨버트가 네 방을 보여줄 거야. 거기 짐 풀고 자리잡으렴."

앨버트? 이제까지 아빠를 앨버트라고 부르는 사람은 없었는데. 이런 게 안정적으로 자리를 잡은 건가? 나보고 이 집에서 어쩌라는 말이지? 이곳에서 여름방학을 보낼 수는 없었다.

"카르멘?" 아빠가 말했다. "소다 줄까? 아님 차?"

카르멘은 눈을 크게 뜨고 아빠를 돌아보았다. 아무 말도 들리지 않았다. 그저 고개만 끄덕였다.

"뭐야? 둘 다 마시고 싶어?" 아빠가 재촉했다.

카르멘은 부엌을 둘러보았다. 부자들이나 쓰는 스테인리스 가전제품들. 바닥에는 동양풍 카펫이 깔려 있었다. 부엌에 동양풍 카펫을 까는 사람이 세상에 어디 있담? 천장에서는 남부 스타일의 구식 환기팬이 천천히 돌아가는 중이었다. 창문에 부딪히는 빗소리가 들려왔다.

"카르멘? 카르멘?" 아빠는 조바심을 감추려 애썼다.

"죄송해요." 카르멘은 웅얼웅얼 대답했다. 리디아가 찬장 앞에 서서 카르멘의 대답을 기다리고 있었다. "아무것도 필요 없어요. 제가 어디다 짐을 풀어야 할지 알려주실래요?"

아빠는 고통스러운 얼굴이었다. 딸이 얼마나 괴로워하는지 본 걸까? 알아차렸나? 그렇지만 그런 기색은 이내 사라졌다. "그래, 같이 가자. 네 방을 보여줄게. 여행가방은 바로 올려주마."

카르멘은 아빠를 따라 카펫이 깔린 계단을 올라갔다. 세 개의 침실을 지나, 뒤뜰이 내다보이고 두툼한 복숭앗빛 카펫이 깔린 침실로 들어갔다. 가구들은 고풍스러웠고 아크릴상자를 씌운 크리넥스 티슈가 서랍장과 침대 옆 탁자에 각각 한 통씩 놓여 있었다. 커튼에는 레이스가 잔뜩 달려 있었다. 아래층 냉장고에 베이킹소다가 적어도 한 통은 들어 있다는 데 10억 달러를 걸겠어.

"여긴 손님용 침실인가요?" 카르멘이 물었다.

"그래." 아빠가 대답했다. 카르멘의 속뜻은 이해하지 못한 눈치였다. "여기 짐 풀고 자리잡으면 돼." 또 그 자리잡는다는 멍청한 소리. "여행가방 올려주마."

카르멘은 문 쪽으로 가는 아빠를 불렀다. "저기, 아빠."

아빠가 돌아보았다. 얼굴에 근심이 가득했다.

"있잖아요……" 카르멘은 말꼬리를 흐렸다. 한마디도 미리 알려주지 않은 게 얼마나 무심한 처사였는지 말하고 싶었다. 아무 준비 없이 낯선 사람으로 가득한 집으로 들어오게 한 것이 얼마나 가혹한 일인지.

아빠는 호소하는 눈빛이었다. 눈으로 보기 앞서 마음으로 느껴졌다. 아빠의 바람은 그저 카르멘과 원만하게 지내는 것뿐이었다.

"아니에요." 카르멘은 힘없이 말했다.

방에서 나가는 아빠의 뒷모습을 보며, 카르멘은 자기가 어떤 면에서는 아빠를 닮았다고 생각했다. 아빠와 함께 있을 때는 모진 소리를 하고 싶지 않았으니까.

사랑하는 비,

카르멘과 아빠의 여름은 공항에서 집까지 가는 길이 끝이었어. 아빠는 이제 앨버트고, 리디아와 결혼해. 크리넥스가 넘치는 집에서, 두 금발 애의 아빠 노릇을 하게 됐어. 내 상상은 모두 잊어주렴. 난 내 것이 될 리 없는 한 집의 손님용 침실에서 손님으로 지내고 있어.

미안해, 비. 또 내 얘기만 했네. 내가 철이 덜 들었다는 건 나도 알아. 하지만 지금은 속이 문드러지는 기분이야. 이런 깜짝쇼는 딱 질색이라니까.

너를 사랑하고 많이 보고 싶어하는

카르멘

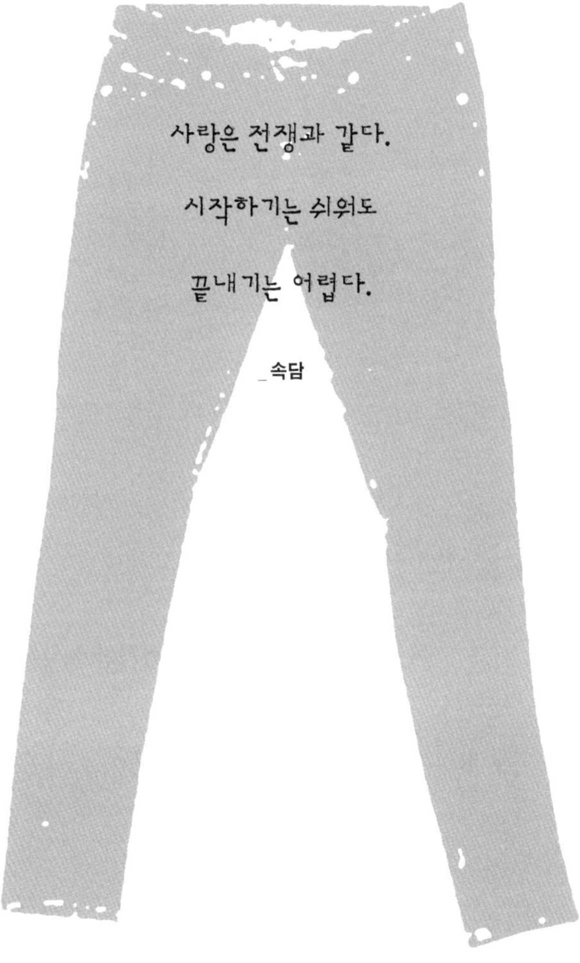

사랑은 전쟁과 같다.

시작하기는 쉬워도

끝내기는 어렵다.

_속담

"언니."

문가에 나타난 에피를 보고 레나는 일기장을 덮었다. 에피는 급하게 들어오더니 침대에 걸터앉았다. "사람들 왔어. 이제 파티 시작할 거야."

레나도 아래층에서 웅성거리는 소리를 들었지만 일부러 모르는 척하고 있었다.

"그 사람도 왔어." 에피가 의미심장하게 말했다.

"누구?"

"코스토스."

"그래서?"

에피가 레나의 얼굴을 쳐다보았다. "나 지금 장난치는 거 아니야. 언니도 그 사람 봐야 해."

"왜?"

에피가 팔꿈치를 짚고 몸을 내밀었다. "언니가 그 사람을 할머니가 소개할 법한…… 별 볼일 없는 인간으로 생각한다는 건 알아. 그런데 그 사람…… 그 사람……" 에피는 점점 흥분하더니 결국 말을 끝맺지 못했다.

"그 사람이 뭐?"

"그 사람……"

레나가 한쪽 눈썹을 치켜세웠다.

"진짜 끝내줘." 마침내 에피가 정색하고 말했다.

당연히 약간 호기심이 생겼지만 레나는 그 사실을 인정하고 싶지 않았다. "에피, 난 남자친구나 사귀려고 그리스에 온 게 아니야."

"그럼 내가 사귀어도 돼?"

레나는 진심을 담아 미소지었다. "당연하지. 하지만 지금 사귀는 남자친구는 어쩌고?"

"걔야 코스토스를 보기 전까지 남자친구지."

"그렇게 대단해?"

"한번 보라니까."

레나는 자리에서 일어났다. "그럼 가보자." 아직 만나보지 않은 사람을 좋게 포장하기란 쉬운 일이다. 실제로 보면 틀림없이 실망하겠지.

에피는 머뭇거렸다. "할머니한테 옷 갈아입고 나온다고 했잖아."

"그래, 알았어." 레나는 가방을 샅샅이 뒤졌다. 해가 진 뒤라 선선했다. 갈색 터틀넥 스웨터를 꺼냈다. 가지고 있는 옷 중에 그나마 가장 덜 섹시해 보이는 것이었다. 머리는 하나로 질끈 묶었다. 여전히 마법의 바지를 입고 있었다.

"언니, 정말 마술이라도 부린 것 같아." 에피가 감탄했다. "그 바지를 입으면 평소보다 훨씬 예뻐 보인다니까."

"고마워." 레나가 말했다. "이제 가자."

"우아, 신난다!" 에피가 흥분해서 외쳤다.

코스토스는 실망스럽지 않았다. 키가 컸고, 남자애라기보다 청년으로 보였다. 적어도 열여덟 살은 된 듯했다. 게다가 레나가 못 미더워할 만큼 잘생겼다.

하긴, 레나는 원래 못 믿는 게 많았다. 하지만 지금껏 남자애들에 관한 경험상 그럴 만도 했다. 레나는 남자애들을 잘 알았다. 여자의 외모 뒤에 있는 걸 보지 않는다. 신뢰를 얻을 때까지 친구인 척 행동하다가 여자가 믿고 마음을 열면 기다렸다는 듯이 본색을 드러낸다. 관심을 끌기 위해 역사 숙제를 같이 하거나 여자가 소속된 헌혈 캠페인 위원회에 자원하기도 한다. 하지만 상대에게 데이트할 마음이 전혀 없다는 게 명확해지는 순간 역사 연표나 심각한 혈액 부족 같은 문제에서 관심을 싹 거둔다. 최악의 경우는 마음에 드는 여자에게 접근하기 위해 그녀의 가장 친한 친구와 사귀는 건데, 진실이 드러나면 상대뿐 아니라 그 친구까지 마음의 상처를 받는다. 레나는 귀여운 남자보다는 평범한 남자를 좋아했지만, 그들조차 실망스럽긴 마찬가지였다.

대부분의 여자가 남자와 참고 사귀는 것은 오직 자신이 예쁘다는 안도감이 필요하기 때문이라고 레나는 생각했다. 그리고 바로 그것이 어쩌면 레나가 유일하게 스스로 안도감을 갖지 못하는 부분이었다.

친구들은 레나를 아프로디테라고 불렀다. 미와 사랑의 여신. 그중 미에 대해서는 아무도 딴죽을 걸지 않았지만, 사랑이라는 부분은 놀림거리가 되었다. 레나는 낭만과 거리가 멀었다.

"레나, 이쪽은 코스토스란다." 할머니가 말했다. 태연한 척하려고 애쓰는 티가 역력했지만 까딱하면 소리를 지를 만큼 흥분한 상태였다.

"코스토스, 내 손녀딸 레나야." 할머니의 몸짓이 어찌나 과장스러운지 마치 게임쇼에 빨간 신차를 끌고 나온 참가자를 소개하는 분위기였다.

레나는 뻣뻣하게 손을 내밀었다. 자연스레 뺨에 키스를 하는 그리스식 인사를 미리 막은 것이다.

코스토스는 레나의 얼굴을 뚫어져라 바라보며 악수를 했다.

시선을 마주치려고 애쓰는 듯했지만 레나는 눈을 내리깔았다.

"코스토스는 가을부터 런던에 있는 대학에 다니게 됐단다." 할머니는 그가 마치 친손자이기라도 한 듯 자랑스럽게 말했다. "축구 대표팀에 들어가려고 테스트도 봤지. 우리 모두 이애를 대견하게 생각해."

이번에는 코스토스가 시선을 내리깔았다. "우리 할머니보다 더 자랑하시는 것 같아요." 그가 웅얼대며 말했다.

그리스 억양이 섞이긴 했어도 정확한 영어다.

"하지만 이번 여름에는 할아버지를 도울 거야." 할머니는 그렇게 말하고 문자 그대로 눈물을 훔쳤다. "두나스 건강이 안 좋아져서……" 할머니는 자기 가슴을 토닥였다. "코스토스가 여름 계획을 바꿔 여기 머물면서 일을 도와주기로 했단다."

이쯤 되자 코스토스는 진짜 불편해 보였다. 레나는 문득 측은한 마음이 들었다. 코스토스가 말했다. "할머니, 할아버지 건강은 예전 그대로세요. 그리고 전 원래 대장간 일 좋아하고요."

레나는 그 말이 거짓말이라는 걸 알았다. 그래서 그가 조금 좋아졌다. 그때 좋은 생각이 떠올랐다.

"코스토스, 아직 내 동생 에피랑은 인사 안 했죠?" 내내 근처에서 알짱거리던 에피의 팔꿈치를 붙잡아 옆으로 끌어당기기는 어렵지 않았다.

코스토스가 미소를 지었다. "자매가 많이 닮았네." 레나는 그렇게 말하는 코스토스를 안아주고 싶었다. 흔히 사람들은 두 사람의 닮은 점보다 다른 점에 관심을 보였다. 아마 그리스인에게는 닮은 점이 보이는 모양이지. "누가 언니지?" 코스토스가 물었다.

"내가 언니예요. 하지만 에피가 더 괜찮은 애죠." 레나가 말했다.

"무슨 말이 그러니." 할머니는 거의 콧방귀를 뀌며 말했다.

"겨우 한 살 차이인데." 에피가 레나에게 맞장구를 쳤다. "정확하게는 십오 개월."

"그렇구나." 코스토스가 대답했다.

"에피는 열네 살밖에 안 됐단다." 할머니가 분명히 하려는 듯 설명했다. "레나는 이번 여름이 지나면 열여섯 살이고."

"코스토스는 다른 형제 없어요?" 에피가 재빨리 화제를 돌리려는 듯 물었다.

코스토스의 표정이 미묘하게 조심스러워졌다. "응…… 나 혼자야."

"아." 두 자매가 동시에 말했다. 레나는 코스토스의 표정에서 뭔가 사연이 있음을 알아차리고 에피가 이 이상 캐묻지 않기를 속으로 빌었다. 그렇게까지 가까워지고 싶지는 않았다.

"코스토스는…… 음…… 축구를 한대." 레나는 그나마 무난한 화제를 던졌다.

"그냥 하는 게 아니야." 할머니는 거의 화가 나서 소리쳤다. "코스토스는 챔피언이야! 이아의 영웅이라고!"

코스토스가 웃음을 터뜨렸다. 레나와 에피도 같이 웃었다.

"젊은이들끼리 있게 해줘야지. 너희끼리 이야기하렴." 할머니는 그렇게 말하고 자리를 떴다.

레나는 에피가 코스토스와 단둘이 있게 해줄 좋은 기회라고 생각하고 말했다. "난 뭘 좀 먹으러 가야겠어요."

얼마 후, 레나는 현관 앞 의자에 앉아 돌마데스라는 포도잎 쌈과 올리브를 먹고 있었다. 그리스 음식이라면 메릴랜드에서도 지겹도록 먹었지만 이렇게 맛있는 건 처음이었다.

"여기 있었네." 코스토스가 문을 열고 나왔다. "혼자 있는 거 좋아하나봐?"

레나는 고개를 끄덕였다. 이 자리를 고른 것도 의자가 하나밖에 없어서였다.

"그렇구나." 코스토스는 정말 굉장한 미남이었다. 곱슬곱슬한 검은색 머리카락에 눈동자는 황록색이었다. 콧대 한곳이 살짝 튀어나와 있었다.

날 내버려두고 가라는 뜻이라고. 레나는 속으로 그를 재촉했다.

코스토스는 밖으로 나가 절벽으로 이어지는 작은 길에 가 서더니 아래쪽을 가리켰다. "저기가 우리집이야." 아래로 다섯번째 정도 되는 비슷한 구조의 건물이었다. 선명한 초록색에 2층에

발코니가 있고 꽃이 잔뜩 심어져 있었다.

"한참 걸어야겠네요." 레나가 말했다.

코스토스는 미소를 지었다.

레나는 그가 조부모님과 같이 사는지 물어볼 뻔했다. 하지만 그런 질문을 한다는 것은 대화를 나누자는 뜻이나 다름없었다.

코스토스는 길가에 서서 흰 벽에 몸을 기댔다. 누가 그리스 남자들은 키가 작다고 했지?

"같이 걷지 않을래?" 코스토스가 제안했다. "아무디를 보여주고 싶어. 절벽 아래 있는 작은 마을이야."

"고맙지만 됐어요." 레나는 변명조차 하지 않았다. 남자들은 변명하면 또 그걸 물고 늘어지며 어떻게든 데이트 신청을 한다는 걸 이미 오래전부터 알고 있었으니까.

코스토스는 실망이 역력한 얼굴로 한동안 레나의 얼굴을 보았다. "그럼 다음에 가자."

집으로 들어가 에피에게 같이 아무디 구경을 가자고 해보라고 레나는 말하고 싶었다. 하지만 그는 천천히 자기 집을 향해 내려가기 시작했다.

데이트 신청을 하다니 유감이네요. 레나는 마음속으로 그에게 말했다. 그러지만 않았다면 좋아질 수도 있었는데.

알고 보니 축구 캠프에는 남자도 있었다. 한 사람. 아니, 사실한 사람은 아니지만 그 순간 브리짓에게는 단 한 사람이었다.

그 남자 코치는 저쪽에서 코니와 회의를 하고 있었다. 곧은 검은색 머리카락에 코니보다 몇 배는 더 그을린 얼굴이었다. 남미계인 듯싶었다. 보기 좋은 몸매의 미드필더. 멀리서 봐도 축구 코치를 하기에는 너무 섬세한 얼굴이었다. 아름다웠다.

"그만 좀 쳐다봐라."

브리짓은 올리를 돌아보며 미소를 지었다. "어쩔 수 없는걸."

올리가 고개를 끄덕였다. "하긴 그럴 만도 하지."

"저 남자 알아?" 브리짓이 물었다.

"작년에도 있었어." 올리가 설명했다. "우리 팀 부코치였거든. 얼마나 인기가 좋았다고."

"이름이 뭔데?"

"에릭 리치먼. LA에서 왔고, 컬럼비아 대학 선수야. 아마 이제 2학년이 될걸."

그렇다면 나보다 나이가 많잖아. 하지만 아주 많은 건 아니군.

"꿈도 꾸지 마라." 브리짓의 생각을 읽었는지 올리가 말했다. "여기선 이성교제 절대 금지야. 저 사람은 규칙을 지킬 거고. 주변에서 아무리 신조를 꺾으려 해도 소용없었어."

"집합!" 코니가 여기저기 흩어져 있는 아이들을 향해 소리질렀다.

브리짓은 머리끈을 풀었다. 어깨 위로 흘러내린 머리카락은

햇빛을 반사해 훨씬 눈에 띄었다. 그리고 코니와 다른 코치들이 모여 있는 곳으로 천천히 걸어갔다.

"이제부터 팀을 나누겠다." 코니가 모여 있는 아이들을 향해 말했다. 오랫동안 코치를 해온 코니는 필요에 따라 확성기를 쓰는 것처럼 큰 목소리를 낼 수 있었다. "팀은 굉장히 중요해. 지금 말한 팀에서 두 달 동안 첫 연습시합부터 여름이 끝날 때 열릴 코요테컵 경기까지 뛰게 된다. 자기 팀을 잘 이해하고, 사랑하도록." 코니는 아이들의 얼굴을 둘러보았다. "명심해. 훌륭한 축구는 훌륭한 선수가 만드는 것이 아니다. 훌륭한 팀이 만들어내는 거지."

아이들이 작게 환호를 보냈다. 브리짓은 이런 격려의 말을 좋아했다. 진부하다는 건 알지만 들을 때마다 기운이 솟았다. 티비는 이럴 때마다 눈동자를 굴리지만.

"팀을 나누기 전에 먼저 여기 코치와 부코치, 트레이너를 소개하겠다." 코니는 한 사람씩 이름과 간략한 이력을 소개했다. 에릭은 맨 마지막 순서였다. 에릭의 차례에 특히 환호성이 크게 느껴진 것은 기분 탓이었을까?

코니는 숙소와 상관없이 여섯 개의 팀을 나누었다고 설명했다. 각 팀에는 고유의 색이 있다, 이름이 불리면 속한 팀의 유니폼을 받게 된다, 지금은 임시로 1부터 6까지 숫자로 부르지만 팀원들이 자체적으로 팀 이름을 정해야 한다, 어쩌고저쩌고. 이어서 코니는 팀별 코치와 부코치, 트레이너를 발표했다. 에릭은 4팀을 맡았다.

제발 에릭 팀에 들어가게 해주세요. 브리짓은 속으로 기도했다.

코니가 서류판을 보며 호명하기 시작했다.

"에런 수재나. 5팀."

주위가 조용해졌다. 알파벳순으로 부르는 모양이었다. 브리짓은 자기가 4팀으로 배정될 애들을 벌써부터 미워하고 있다는 걸 깨달았다.

마침내 V 차례가 왔다. "브릴런드 브리짓. 3팀."

맥이 탁 풀렸다. 하지만 3팀의 초록색 유니폼을 받으러 앞으로 성큼성큼 나갔을 때 에릭의 반응을 보고 흡족해졌다. 어쨌든 그녀의 머리카락에 아무 감흥도 없는 것 같지는 않았으니까.

카르멘에게,

여자애들만 가득한 캠프에서 그만 사랑에 빠져버렸어. 아직 그 사람한테 말 한마디 걸어보지 못했지만. 이름이 에릭인데, 끝내주게 잘생겼어. 사귀고 싶어.

너도 에릭을 볼 수 있으면 좋을 텐데. 틀림없이 보자마자 사랑에 빠질 거야. 하지만 넌 좋아하면 안 돼. 그 사람은 내 거야! 내 거!

나 미쳤나봐. 이제 수영하러 가야겠어. 여긴 정말 낭만적인 곳이야.

브리짓

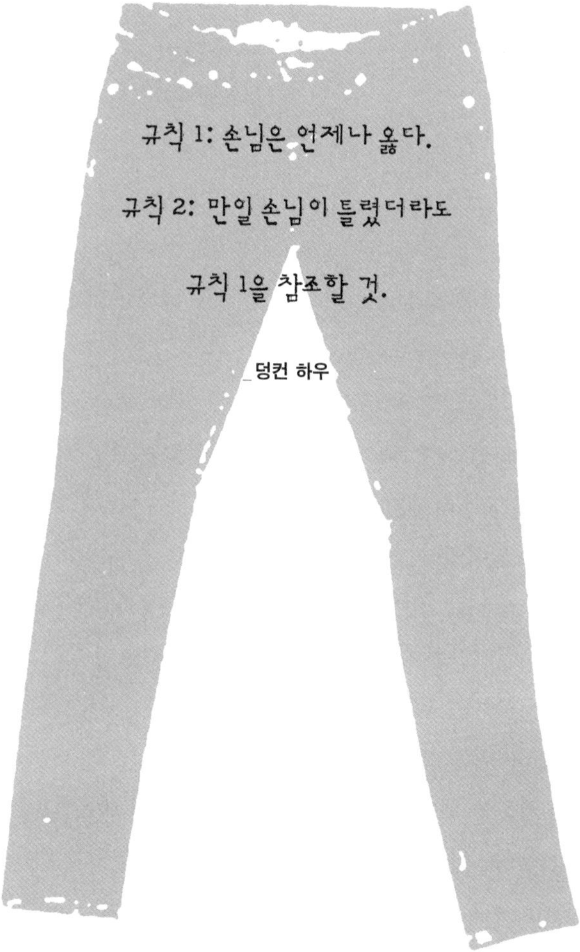

규칙 1: 손님은 언제나 옳다.

규칙 2: 만일 손님이 틀렸더라도

규칙 1을 참조할 것.

_ 덩컨 하우

난 월먼에서 서서히 죽어갈 거야. 다음날 오후 윙윙거리는 형광등 불빛 아래서 티비는 생각했다. 당장 죽지야 않겠지만 죽을 만큼 괴로운 일이었다.

왜 이런 상점들은 창문도 없지? 정말 궁금했다. 햇빛이 조금이라도 비쳐들었다가는 감금당해 있던 창백한 직원들이 도망갈지 모른다고 생각하는 건가?

오늘도 티비는 2번 통로에 왔다. 이번에는 노인용 디펜드 기저귀를 진열하는 일이었다. 대체 위생용품 코너와 무슨 인연인 걸까? 간밤에는 엄마가 티비에게 직원 할인가로 동생들 기저귀를 사오라고 했다. 이제 직원 할인을 못 받는다는 말은 도저히 할 수가 없었다.

기저귀를 쌓아올리면서 티비는 몸과 뇌의 기능이 뚝뚝 떨어지는 것을 느꼈다. 병원 모니터에 자기 뇌파가 일직선을 그리는 모습이 눈에 선했다. 지금 티비는 월먼에서 죽어가고 있는 것이다.

순간 우당탕 소리가 들려 재빨리 고개를 돌리고 주위를 살폈다. 한 여자아이가 넘어지면서 어제 쌓아올린 발한억제제 피라미드를 무너뜨리는 광경을 넋이 나간 채 바라보았다. 아이는 몸의 균형을 잡지 못하고 그대로 쓰러져 리놀륨 바닥에 머리를 쿵 찧었다.

하느님 맙소사. 티비는 아이에게 달려갔다. 텔레비전에서나 볼 장면을 어쩌다 실제로 목격한 기분이었다. 발한억제제가 사방에 굴러다녔다. 아이는 열 살 정도였다. 눈을 감고, 바닥에 금발이 흐트러져 있었다. 죽은 걸까? 티비는 당황해 어찌할 바를 몰랐다. 그제야 헤드셋 생각이 났다. "여보세요! 여보세요!" 티비는 큰 소리로 외치면서 단추들을 이것저것 눌러보았다. 이 순간만은 간절히 작동법을 알고 싶었다.

결국 티비는 계산대를 향해 전속력으로 달렸다. "응급 환자예요! 2번 통로에 사람이 쓰러져 있어요! 구급차를 불러줘요!" 빈정거리지 않고 이렇게 길게 말하는 건 드문 일이었다. "2번 통로에 여자아이가 의식을 잃고 쓰러져 있어요!"

브리애나가 전화를 거는 것을 보고서야 티비는 다시 아이에게 달려갔다. 여전히 미동도 않고 그 자리에 쓰러져 있다. 티비는 아이의 손을 잡고 맥을 짚어보았다. 갑자기 병원 드라마에 출연이라도 한 기분이었다. 맥박은 잘 뛰고 있었다. 아이의 가방에서 지갑을 찾다가 디비는 멈칫했다. 경찰이 올 때까지 아무것도 건드리면 안 되는 거 아닌가? 아니다. 그건 살인사건이 났을 때다. 경찰 드라마와 병원 드라마의 내용이 마구 뒤섞였다. 티비는 다시 가방을 뒤져 아이의 지갑을 꺼냈다. 이 아이 부모님에게 딸이 월먼 한복판에 의식을 잃은 채 쓰러져 있다는 사실을 알려야 했다.

지갑에는 도서관 대출 카드와 잡지에서 오려낸 별점 카드밖에 없었다. 여자아이들이 환하게 웃고 있는 사진도 있었는데, 뒷면에 매디라는 이름과 키스를 뜻하는 x, 포옹을 뜻하는 o가 잔뜩 그려져 있었다. 그리고 1달러짜리 네 장. 이렇게 쓸모없는 것들뿐이라니. 티비도 그 나이 때 가지고 다녔던 것들이었다.

그때 구급요원 세 명이 들것을 들고 달려왔다. 두 명은 여자아이를 들것에 싣고, 나머지 한 명이 아이의 왼쪽 손목에서 병력이 적힌 은팔찌를 살폈다. 손목을 확인하다니 티비는 생각지도 못한 일이었다.

"어떻게 된 일이니?" 세번째 남자가 티비에게 물었다. "쓰러지는 걸 봤니?"

"정확하게는 못 봤어요." 티비가 대답했다. "큰 소리가 나서 돌아보니까 이애가 갑자기 진열대에 부딪히더니 그대로 쓰러져서 바닥에 머리를 찧었어요. 아마 현기증이 난 모양이에요."

요원은 티비의 얼굴에서 시선을 돌려 손에 들린 여자아이의 지갑을 보았다. "그건 뭐지?"

"아, 이거요. 저애 지갑인데요."

"왜 이걸 네가 갖고 있지?"

티비의 눈이 휘둥그레졌다. 자기가 어떻게 보일지 불현듯 깨달았다. "이건, 저는 그냥—"

"하던 일 계속하고 지갑은 이리 줘." 남자가 천천히 말했다. 마치 범죄자를 대하는 투였다. 아니면 그저 티비의 피해망상일까?

특유의 말발로 빈정거릴 기분은 아니었다. 울고만 싶었다. "집 전화번호를 찾고 있었어요." 티비는 남자에게 지갑을 내밀면서 설명했다. "저애 부모님께 상황을 알리려고 한 것뿐이에요."

남자의 눈빛이 부드러워졌다. "아이를 구급차에 태울 때까지만 좀 기다려줄래? 부모님한테는 병원에서 알아서 연락할 거야."

티비는 지갑을 꽉 쥐고 구급요원들을 따라 나갔다. 잠시 후 그들이 아이를 구급차로 옮겨 실었다. 아이의 청바지에서 얼룩 같은 것이 눈에 띄었다. 뒤에 젖은 자국이 있는 걸로 봐서 오줌을 지린 모양이었다. 티비는 낯선 사람이 우는 모습을 보았을 때처럼 얼른 고개를 돌렸다. 현기증으로 쓰러져 바닥에 머리를 찧는 것까지는 어쩔 수 없지만, 오줌을 지린 건 남들에게 보여서는 안 될 광경 같았다.

"제가 같이 가도 될까요?" 티비는 자기가 왜 그런 말을 했는지 알 수 없었다. 그저 아이가 깨어나서 낯선 구급요원들만 보게 될 것이 마음에 걸렸다. 그들이 누워 있는 아이 옆에 티비의 자리를 만들어주었다. 티비는 아이의 손을 꼭 잡아주었다. 이번에도 왜 그랬는지는 알 수 없지만, 그저 자기라면 구급차에 실려 올드 조지타운 로드를 달려갈 때 누군가 손을 잡아주기를 바랄 것 같았다.

위스콘신과 브래들리 교차로에서 아이는 의식을 되찾았다. 아이는 눈을 깜박이며 혼란스러운 듯 주위를 돌아보았다. 그리고 티비의 손을 꼭 쥐었다가 손의 주인이 누군지 쳐다보았다. 티비 얼굴을 보고는 당황하더니 이내 의심스러운 표정을 지었다. 눈이 휘둥그레져서는 티비의 초록색 작업복에 달린 명찰을 보았다. '찾아주셔서 감사합니다. 저는 티비입니다.' 그리고 옆에 있던 구급요원들을 쳐다보았다.

"왜 월먼 직원이 내 손을 잡고 있는 거죠?" 아이가 물었다.

노크 소리가 들렸다. 카르멘은 문을 흘끗 보고 러그 위에서 몸을 일으켜 앉았다. 여행가방은 열어만 두고 하나도 정리하지 않았다. "네."

"들어가도 돼?"

분명 크리스타였다.

안 돼, 들어오지 마. "아, 그래."

문이 조심스럽게 열렸다. "카르멘, 저기, 음, 저녁식사 준비가 다 됐거든? 내려올래?"

크리스타는 방안으로 머리만 들이민 채 말했다. 그녀의 립글로스 향이 풍겼다. 분명 이애는 모든 문장의 말꼬리를 올려서 말할 것이다. 평서문도 의문문처럼.

"일 분 안에 내려갈게." 카르멘이 대답했다.

크리스타는 뒤로 물러나 문을 닫았다.

카르멘은 다시 바닥에 드러누워 잠시 그대로 있었다. 어쩌다 이곳에 오게 되었을까? 어쩌다 이런 일이 일어난 걸까? 카르멘은 평행우주에 있는 또다른 카르멘이 아빠와 시내에서 햄버거를 깨끗이 먹어치운 뒤 수영장에서 아빠에게 도전장을 던지는 모습을 상상해보았다. 그 카르멘에게 질투가 났다.

무거운 발걸음으로 아래층에 내려간 카르멘은 세심하게 차려진 식탁에 가서 앉았다. 레스토랑처럼 포크가 여럿 있었다. 대체 누가 집에서 이렇게 식사를 한단 말인가? 그에 걸맞게 뚜껑이 덮인 하얀 그릇들에는 집에서 직접 만든 온갖 종류의 음식이 담겨 있었다. 양고기, 구운 감자, 붉은 고추와 호박 소테, 당근 샐러드, 갓 구운 빵. 갑자기 크리스타가 손을 잡는 바람에 카르멘은 화들짝 놀라 자기도 모르게 후다닥 손을 뺐다.

크리스타의 얼굴이 빨갛게 달아올랐다. "미안해." 그녀가 웅얼대며 말했다. "우리집에서는 식사 전에 감사 기도를 하거든."

카르멘은 아빠를 보았다. 행복한 얼굴로 폴의 손을 잡은 아빠가 다른 손으로 카르멘의 손을 잡았다. 기도는 이 집 사람들이나 하면 되잖아요. 왜 우리까지 해야 하는 거예요? 아빠에게 묻고 싶었다. 이러지 않으면 가족으로 받아주지 않나요? 카르멘은 손을 잡힌 채 어색하게 기도를 시작했다. 카르멘의 외조부모님이 기뻐하도록 가톨릭으로 개종하자는 부탁을 거절한 게 아빠 아니었나? 이제 와서 독실한 신자라도 됐나?

엄마가 불쌍했다. 지금은 엄마와 카르멘도 식전 기도를 하지만 아빠와 같이 살 때는 아니었다.

카르멘은 리디아를 빤히 보았다. 저 여자는 대체 무슨 힘으로 아빠를 바꿔놓은 걸까?

"리디아, 정말 대단하군." 아빠가 말했다.

"근사해요, 엄마." 크리스타도 맞장구를 쳤다.

카르멘은 아빠의 시선을 느꼈다. 무슨 말이든 해야 할 것 같았다. 하지만 묵묵히 음식을 씹기만 했다.

폴 역시 아무 말도 하지 않았다. 그저 카르멘을 봤다가 이내 시선을 내리깔았다.

빗방울이 계속해서 창문을 두드리고 있었다. 은식기 부딪히는 소리와 음식 씹는 소리만 들렸다.

"저, 카르멘." 크리스타가 조심스레 말을 걸었다. "너, 내가 생각했던 것과 많이 다르네?"

카르멘은 입에 든 음식을 제대로 씹지도 못한 채 꿀꺽 삼켰다. 그래도 말하기가 어려웠다. 목을 가다듬어보았다. "그러니까, 내가 푸에르토리코 사람처럼 생겼다는 뜻이야?" 카르멘은 크리스타를 보며 물었다.

크리스타는 쿡쿡 웃으며 방금 한 말을 정정했다. "그런 게 아니라…… 네가…… 검은 눈동자에 검은 곱슬머리일 줄은 몰랐다는 얘기인데?"

가무잡잡한 피부에, 커다란 엉덩이도 말이지. 카르멘은 속으로 덧붙였다. "맞아." 카르멘이 말했다. "난 엄마를 닮았거든. 우리 엄마는 푸에르토리코 사람이야. 남미계지. 아빠가 그 얘기는 안 했나보네."

크리스타의 목소리가 기어들어갔다. 말을 하고 있긴 한 건가. "그게 아니라……" 결국 말꼬리를 흐리더니 접시에 얼굴을 박고 웅얼거렸다.

"카르멘은 내 키와 수학적인 재능을 물려받았지." 아빠가 끼어들었다. 시원찮은 말이었지만 어쨌든 고마웠다.

리디아는 열심히 고개를 끄덕였다. 폴은 여전히 아무 말도 없었다.

"카르멘." 리디아가 접시에 포크를 내려놓으며 말했다. "아빠 얘기로는 네가 테니스를 정말 잘 친다더구나."

하필 그때 카르멘의 입은 음식으로 가득차 있었다. 다 씹어 삼키려면 오 분도 넘게 걸릴 것 같았다. "괜찮게 하는 편이에요." 간신히 음식을 다 씹은 후에 대답했다.

이렇게 짧은 대답을 뱉으면 퉁퉁거리는 걸로 보이겠지. 더 구체적으로 대답하거나, 리디아에게 질문을 할 수도 있었다. 하지만 카르멘은 화가 나 있었다. 너무 화가 난 상태라 스스로도 어쩔 수 없었다. 리디아가 만든 음식이 맛있는 게 마음에 들지 않았다. 아빠가 이 집에서 즐거운 시간을 보내고 있는 게 마음에 들지 않았다. 크리스타가 보라색 카디건을 입은 작은 인형처럼 보이는 게 마음에 들지 않았다. 폴이 무슨 말이든 해주기를 바랐지만, 그가 카르멘을 어리석은 미치광이로 생각하는 듯 아무 말도 없이 앉아 있는 게 마음에 들지 않았다. 카르멘은 이 집 사람들이 싫었다. 여기 있고 싶지 않았다. 갑자기 머리가 어지러웠다. 위가 경련을 일으키는 것 같았다. 심장이 펄떡펄떡 뛰었다.

카르멘은 자리에서 일어나 아빠에게 물었다. "엄마한테 전화해도 돼요?"

"물론이야." 아빠도 자리에서 일어서며 말했다. "손님용 침실에 있는 전화 쓰렴."

카르멘은 아무 말 없이 자리에서 일어나 2층으로 달려올라갔다.

"엄마아아." 조금 뒤 카르멘은 훌쩍거리며 전화기를 붙들고 있었다. 방학이 시작된 뒤로 매일 조금씩 엄마를 밀어냈고, 아빠와 함께 여름을 보낼 생각에 부풀어 있었다. 그러나 지금은 엄마가 필요했다. 이 모든 일을 잊게 해줄 엄마가.

"무슨 일 있니?"

"아빠 결혼한대. 지금 그 가족들이랑 같이 살아. 금발 애들 둘 딸린 여자랑 결혼해서 이 휘황찬란한 집에서 살 거래. 나 어떻게 해야 해?"

"세상에, 카르멘. 아빠가 결혼한다고? 누구랑?"

걱정되는 와중에도 슬그머니 고개를 드는 호기심을 엄마는 막을 수 없는 모양이었다.

"8월에 한대. 이름이 리디아래."

"성은?"

"그건 몰라." 카르멘은 꽃무늬 침대 위로 몸을 던졌다.

엄마는 한숨을 쉬었다. "아이들은 어떤 것 같니?"

"잘 모르겠어. 둘 다 금발이고, 조용해."

"나이는?"

카르멘은 이런 질문들에 대답하고 싶지 않았다. 엄마가 자기를 아기처럼 달래줬으면 했다. "둘 다 십대야. 남자애는 나보다 나이가 많은 것 같은데 정확히는 모르겠어."

"그래, 그런 얘기는 네가 가기 전에 해줬어야지."

카르멘은 날카로워진 목소리에서 엄마가 화가 났음을 알아차렸다. 하지만 지금은 엄마 기분까지 챙길 여력이 없었다.

"그건 괜찮아, 엄마. 만나서 직접 이야기하고 싶었대. 그냥…… 더는 여기 있고 싶지 않을 뿐이야."

"이런, 아빠랑 단둘이 못 지내서 실망했구나."

그 말에 카르멘은 가슴이 터질 듯이 답답해졌다.

"그런 게 아니라고." 결국 울음이 터져나왔다. "난 저 사람들이……"

"왜 그러니?"

"난 저 사람들이 싫어." 너무 화가 나서 말도 제대로 나오지 않았다.

"왜?"

"그냥 싫어. 저 사람들도 날 싫어하고."

"어떻게 알아?" 엄마가 물었다.

"그냥 알아." 카르멘은 부루퉁하게 대답했다. 자기가 생각해도 너무 유치해서 짜증이 났다.

"화가 나는 게 그 사람들 때문이야, 아니면 아빠 때문이야?"

"아빠한테 화난 건 아니야." 카르멘은 생각해보지도 않고 곧장 대답했다. 홀리데이인 호텔에나 있을 법한 손님용 침실이나 좀비 같은 애들이 딸린 여자에게 빠져버린 게 아빠 잘못은 아니었다.

카르멘은 내일 다시 전화하기로 약속하고 전화를 끊었다. 스스로도 이유를 모르겠지만 침대에 얼굴을 처박고 울었다.

이성적으로 생각하면 아빠를 위해 기뻐해야 했다. 다시 결혼하고 싶을 만큼 사랑하는 여자를 만난 거니까. 이제 온전한 삶을 살게 된 것이다. 그것은 분명 아빠가 바라던 삶이었다. 아빠가 바라는 삶을 살길 자기도 바라야 한다는 걸 카르멘은 알았다.

하지만 여전히 그들이 싫었다. 그들을 싫어하는 자기 자신도 싫었다.

브리짓은 따뜻한 물속으로 천천히 들어갔다. 파랑쥐치가 떼지어 발목 주위로 몰려왔다.

"에릭이랑 있고 싶어." 브리짓이 다이애나에게 말했다. 다이애나는 4팀이었다. "나하고 팀 바꾸지 않을래?" 브리짓이 이 제안을 하는 것은 처음이 아니었다.

다이애나가 소리내 웃었다. "사람들이 눈치채지 않겠어?"

"에릭이 다섯시부터 달리기 지도한다던데." 에밀리가 말했다.

브리짓은 시계를 보았다. "이런, 오 분도 안 남았잖아."

"설마 지금 가려는 건 아니지?" 다이애나가 말했다.

브리짓은 벌써 물 밖으로 나가고 있었다. "아니, 갈 건데."

"10킬로미터는 달려야 할 텐데." 에밀리가 말했다.

브리짓이 지난 두 달 동안 달린 거리를 다 합쳐도 2킬로미터가 되지 않을 것이다. "어디서 모여?"

"비품 창고 앞." 에밀리는 그렇게 말하고 물속으로 좀더 깊이 들어갔다.

"나중에 보자." 브리짓은 어깨 너머로 소리치며 달려갔다.

숙소로 가서 비키니 팬티 위에 그대로 반바지를 걸치고 위는 스포츠브라로 갈아입었다. 양말에 조깅화도 신었다. 워낙 더웠기에 스포츠브라만 입고 달려도 될지는 고민하지도 않았다.

다른 사람들은 이미 출발한 뒤였다. 브리짓은 먼지를 온통 뒤집어쓰며 뒤따라 뛰었다. 잠시라도 짬을 내 준비운동을 해야 했는데.

전부 열다섯 명 정도였다. 처음 2킬로미터는 뒤처져 달리다가 점차 자기 페이스를 찾았다. 브리짓은 다리가 길고 몸무게도 많이 나가지 않았다. 한동안 연습을 하지 않았어도 달리기를 하기에 선천적으로 유리한 체형이었다.

무리 중간 정도에서 브리짓이 끼어들자 에릭이 알아차렸다. 브리짓은 그에게 가까이 다가갔다. "안녕하세요. 저는 브리짓이에요."

"브리짓?" 에릭은 브리짓이 나란히 달리도록 내버려두었다.

"다들 보통 비라고 불러요."

"비Bee? 벌을 말하는 거야?"

브리짓은 고개를 끄덕이고는 미소를 지어 보였다.

"난 에릭이야." 에릭이 말했다.

"알아요."

에릭은 뛰고 있는 아이들을 돌아보았다. "오늘은 시속 14킬로미터로 달린다. 이중에는 뛰어난 육상선수도 있겠지. 중간에 지치면 자기 페이스대로 뒤에서 따라와도 좋아. 모두가 나와 같은 속도로 뛰는 걸 바라진 않으니까."

세상에. 시속 14킬로미터라니. 길은 오르막이었다. 브리짓은 바싹 마른 바닥에 먼지를 일으키며 달렸다. 언덕을 다 오르자 다시 평평한 길이 나왔다. 건기여서 물이 얼마 흐르지 않는 강을 따라 달렸다.

땀이 흘렀지만 호흡은 아직 조절할 만했다. 여전히 에릭과 보조를 맞추었다. "LA에서 왔다고 들었어요." 브리짓이 말했다. 어떤 사람은 달리면서 이야기하는 것을 좋아한다. 반면에 그렇지 않은 사람도 있다. 에릭이 어떤 유형인지 궁금했다.

"맞아."

에릭이 입을 열었을 때 이미 브리짓은 그가 두번째 유형이라는 걸 알았다. "여기서 오래 살기는 했지만."

"여기 바하칼리포르니아에서요?" 브리짓이 물었다.

"그래. 어머니가 멕시코 사람이거든. 물레헤에서 태어나셨어."

"정말요?" 브리짓은 진심으로 흥미를 느끼며 물었다. 그로써 그의 외모가 설명되었다. "여기서 남쪽으로 얼마 떨어지지 않은 곳이죠?"

"그래." 그가 대답했다. "넌 어디서 왔니?"

"워싱턴요. 아빠 고향은 암스테르담이에요."

"이런. 그럼 너도 외국인 부모 증후군이 뭔지 알겠네."

카르멘은 소리내 웃었다. 일이 잘 풀리고 있었다. "그럼요."

"어머니는?" 에릭의 질문에 브리짓은 난데없이 두번째 테스트를 하게 되었다. 보통 때 같았다면 아껴두었다가 훨씬 시간이 지나고 나서 끄집어냈을 화제였다.

"우리 엄마는……" 현재형으로 말해야 하나? 아니면 과거형? 브리짓은 지금도 이 문제만은 어느 시제로 말해야 할지 망설여졌다. "엄마는 앨라배마 출신이었어요. 돌아가셨지만." 지난 사년 동안 엄마가 '돌아가셨다'고 몇 번이고 말해왔지만 그 순간에는 그 말이 진심으로 거슬렸다. 그때까지 만들어온 분위기를 완전히 깨버렸다.

에릭이 고개를 돌려 브리짓을 똑바로 바라보았다. "많이 슬펐겠네."

흐르던 땀이 싹 마르는 듯했다. 상대방을 무장해제시키는 솔직한 말이었다. 브리짓은 고개를 돌렸다. 적어도 에릭은 '안됐구나' 같은 말은 하지 않았다. 갑자기 가슴속이 훤히 드러난 것 같은 기분이었다.

남자를 만날 때 브리짓은 이 화제만은 끝까지 나오지 않도록 어떻게든 사전에 차단했다. 몇 달 동안 사귀어도 마찬가지였다. 그런데 신기하게도 에릭과는 만난 지 이 분 만에 이 이야기가 나온 것이다. 카르멘이 들었다면 일종의 계시라고 했겠지. 언제나 그런 계시를 찾는 애니까. 하지만 브리짓은 절대 그렇지 않았다.

"컬럼비아 대학에 다닌다면서요?" 브리짓이 물었다. 곤란한 이야기는 이만하면 됐다.

"그래."

"그 학교 좋아요?"

"운동선수한테는 그다지 좋다고 할 수 없지." 에릭이 대답했다. "스포츠에 큰 비중을 두지 않으니까."

"그렇군요."

"그런데 축구 하나는 프로그램이 정말 좋아. 학교 자체도 명문이고. 아무래도 우리 어머니한테는 그게 중요했지."

"그랬겠네요." 브리짓이 말했다. 에릭의 프로필은 완벽했다.

그는 서서히 속도를 올리기 시작했다. 브리짓은 따라서 도전해보기로 했다. 도전은 언제나 즐거웠다.

흘끗 뒤를 보니 뒤따라오는 사람이 많이 줄어들었다. 브리짓은 에릭과 보폭을 맞추었다. 근육이 땅기는 느낌과 몸이 지칠수록 흥분이 커지는 느낌을 그녀는 좋아했다.

"몇 살이지?" 그가 대놓고 물어보았다.

영리하게 넘겨야 했다. 브리짓은 자기가 캠프 참가자 중 가장 어린 축에 속한다는 것을 알고 있었다. "열여섯 살이에요." 그녀가 답했다. 사실 조금 남았지만. 반올림이 범죄는 아니니까. "몇 살이에요?"

"열아홉." 에릭이 대답했다.

큰 차이는 아니었다. 브리짓이 진짜 열여섯 살이라면 말이다.

"대학은 어떻게 할지 생각해봤어?" 그가 물었다.

"아마 버지니아 대학에 갈 것 같아요." 브리짓이 대답했다. 실제로 생각해본 적은 없지만 버지니아 대학 코치가 브리짓의 고등학교 코치에게 언질을 준 터였다. 성적이 아주 좋지는 않아도 대학 진학 걱정은 하지 않았다.

"좋은 학교지." 에릭이 대꾸했다.

브리짓은 더욱 박차를 가했다. 기분이 좋았다. 이렇게 에릭 가까이 있다는 사실에 흥분해 절로 힘이 넘쳤다. 한 바퀴를 다 돌아 목표 지점인 해변으로 달렸다.

"달리기 정말 잘하는구나." 에릭이 말했다.

그녀는 소리내 웃었다. "지난 몇 달 동안 제대로 뛰지도 않은걸요." 그리고 마지막으로 전력을 다해 달렸다. 나머지 아이들은 멀리 뒤처져 있었다. 브리짓은 에릭이 계속 제 속도를 유지할지, 아니면 그런 건 내던지고 자기를 쫓아올지 궁금했다.

곧 에릭의 팔꿈치가 스치는 것을 느낀 브리짓의 얼굴에 미소가 떠올랐다. "우리 시합해요."

두 사람은 해변까지 마지막 남은 800미터를 전력질주했다. 혈관이 아드레날린으로 가득차 800미터를 날아갈 수도 있을 듯했다.

브리짓은 모래 바닥에 쓰러졌다. 에릭도 쓰러져서 말했다. "우리 기록 세운 것 같은데."

브리짓은 팔을 활짝 벌렸다. 행복했다. "난 언제나 목표를 향해 달려요." 그대로 몸을 굴리자 온몸에 모래가 들러붙어 설탕을 뿌린 도넛 꼴이 되었다. 에릭은 그런 브리짓을 보고 웃음을 터뜨렸다.

곧이어 나머지 아이들도 하나둘 도착했다. 브리짓은 자리에서 일어나 신발과 양말을 벗어던졌다. 그러고는 에릭을 똑바로 바라보며 바지도 벗었다. 안에 입은 비키니 팬티가 드러났다. 머리끈도 풀어버렸다. 황금빛 머리채가 땀에 젖은 어깨와 등에 들러붙었다.

에릭은 고개를 돌렸다.

"우리 수영해요." 브리짓이 말했다.

에릭의 표정은 굉장히 심각했다. 그대로 꿈쩍도 하지 않았다.

브리짓은 에릭을 기다리지 않고 얼마간 파도를 헤치고 들어가 물밑으로 잠수했다. 수면 위로 나와보니 에릭은 땀에 젖은 셔츠를 이미 벗어던진 뒤였다. 브리짓은 그를 외면하는 척하기 힘들었다.

에릭은 곧 그녀의 바람대로 물속으로 들어왔다. 브리짓의 옆을 지나 조금 떨어진 곳으로 헤엄쳐 가더니 물 밖으로 얼굴을 내밀었다.

브리짓은 아무 이유 없이 팔을 번쩍 들어올렸다. 그리고 다시 물속으로 들어갔다. 넘치는 힘을 주체할 수가 없었다. "여기는 세상에서 제일 멋진 곳이에요."

에릭은 다시 웃음을 터뜨렸다. 심각했던 표정은 사라졌다.

브리짓은 바닷속 모래 바닥까지 내려갔다. 그러고는 천천히 에릭의 발 옆을 스쳐지났다. 저도 모르게 팔을 뻗어 손가락으로 그의 발목을 어루만졌다. 마치 파랑쥐치처럼.

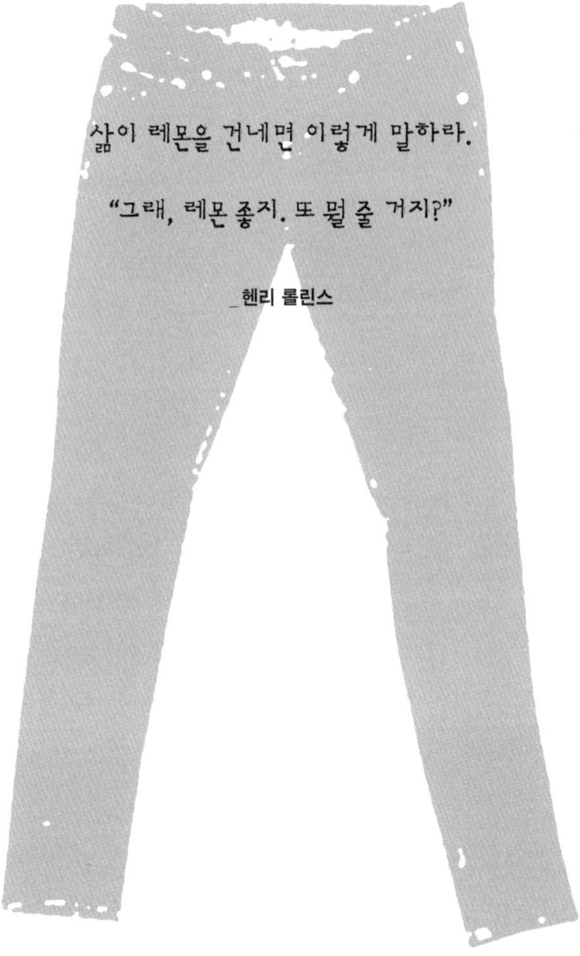

삶이 레몬을 건네면 이렇게 말하라.

"그래, 레몬 좋지. 또 뭘 줄 거지?"

_헨리 롤린스

다음날 아침, 아침식사를 하러 부엌으로 내려가보니 할아버지뿐이었다. "칼리메라." 레나는 할아버지에게 아침인사를 했다.

할아버지는 고개를 끄덕이며, 답례라도 하듯 눈을 깜박거렸다. 레나는 작은 식탁 할아버지 맞은편에 앉았다. 할아버지가 시리얼 상자를 가리켰다. 마침 레나도 좋아하는 종류였다. "에프카리스토." 고맙다는 말까지 하고 나니 레나가 아는 그리스어는 이제 바닥이 났다. 식탁 위에 할머니가 미리 준비해둔 그릇과 숟가락이 놓여 있었다. 할아버지가 우유를 건네주었다.

두 사람은 묵묵히 먹기만 했다. 레나가 쳐다봐도 할아버지는 자기 그릇만 내려다보고 있었다. 내가 있어서 불편하신 걸까? 아침식사는 혼자서 하는 걸 좋아하시나? 아니면 손녀가 그리스어를 못해서 진짜 실망하셨나?

할아버지가 자기 앞에 시리얼을 한 그릇 더 부었다. 몸은 말랐지만 식성은 좋으신 모양이었다. 재미있는 일이다. 레나는 자기와 할아버지의 닮은 구석을 알아차렸다. 이를테면 코. 다른 식구들은 대부분 전형적인 칼리가리스 가문의 코를 이어받았다. 아빠와 고모, 에피까지 모두 쭉 뻗은 큰 코 덕분에 독특한 인상을 지녔다. 물론 엄마 코는 다르게 생겼지만—파트모스 출신이니까—충분히 특색이 있었다.

하지만 레나의 코는 작고 섬세한 모양에 별다른 특징이 없었다. 왜 자기 코만 그렇게 생겼는지 항상 궁금했는데, 할아버지 얼굴 한가운데 자리한 코를 보니 이해가 되었다. 나도 진정한 칼리가리스 가문 사람이라는 뜻일까? 다른 식구들처럼 코가 컸으면 하고 남몰래 바랐었지만 레나는 이제 자기 코가 조금은 맘에 들었다.

아무튼 할아버지 얼굴을 빤히 바라보는 건 그만두기로 했다. 그 시선에 몹시 불편하셨을 것이다. 무슨 말이라도 해야 한다. 계속 이렇게 말없이 어색하게 앉아 있을 순 없었다.

"오늘 그림 그리러 갈 거예요." 레나는 그림 그리는 시늉을 하면서 말했다.

할아버지는 그제야 시리얼의 백일몽에서 깨어난 것 같았다. 레나도 잘 아는 느낌이었다. 할아버지는 눈썹을 치켜세우고 고개를 끄덕였다. 자기 말을 알아들은 건지 아닌지는 알 수 없었다.

"아무디까지 걸어가보려고요. 거기로 내려가는 길은 계속 계단인가요?"

할아버지는 잠시 생각해본 뒤 고개를 끄덕였다. 다시 시리얼 상자에 대해 명상하고 싶은 것 같았다. 내가 지겨운가? 할아버지를 귀찮게 하고 있나?

"알았어요. 이따 뵐게요. 좋은 하루 보내세요. 안디오."

레나는 2층으로 올라가 그림 도구를 챙겼다. 마치 자기가 에피가 되어 자신과 함께 아침식사를 한 것 같은 이상한 기분이 들었다.

레나는 마법의 바지와 주름 잡힌 흰색 리넨 셔츠를 입었다. 그리고 배낭에 팔레트와 접이식 이젤, 화판을 넣고 어깨에 둘러멨다.

막 계단을 내려오는데 마침 코스토스가 현관에서 자기 할머니가 만들었다는 갓 구운 페이스트리를 할머니에게 전해주고 있었다. 할머니는 그를 꼭 끌어안으며 키스하고는 한 마디도 알아들을 수 없는 속사포 같은 그리스어로 고마움을 표했다.

할머니가 레나가 내려온 것을 알아채고 재빨리 코스토스를 집 안으로 이끌었다.

레나는 에피가 일어났기를 바라며 문 쪽으로 다가갔다.

"레나, 이리 와서 이것 좀 먹어보렴."

"지금 그림 그리러 가야 해요. 해가 너무 높게 뜨기 전에 시작해야지, 안 그러면 그림자가 사라지거든요." 레나가 우겼다. 사실 말도 안 되는 소리였다. 원리적으로야 사실이지만, 오늘 새로 시작하는 거니 그림자가 어떻게 드리우든 상관없었다.

코스토스도 문 쪽으로 다가갔다. "저도 그만 일하러 가야 돼요. 이미 늦었어요."

두 사람이 밖을 나란히 거닌다는 생각만으로도 흐뭇한 모양인지 할머니는 코스토스를 뒤따라 나가는 레나에게 윙크를 했다. "정말 좋은 아이야." 레나보고 들으라는 듯 큰 혼잣말을 했다. 할머니 나름대로는 자제한 것이다.

"그림 그리는 걸 좋아하니?" 코스토스가 햇살이 내리쬐는 바깥을 보고는 레나에게 말했다.

"네." 레나가 답했다. "여기서는 특히 더 그리고 싶어져요." 뒷말은 왜 쓸데없이 덧붙였는지 스스로도 알 수 없었다.

"그래, 여긴 정말 멋진 곳이지." 코스토스가 반짝거리는 물결을 내려다보며 생각에 잠긴 듯 말했다. "그런데 내 눈에는 그런 게 잘 안 들어와. 이곳 경치가 내가 아는 유일한 풍경이니까."

코스토스와 진짜 대화를 나누고 싶다는 열망이 레나의 마음속에 일었다. 그가 무슨 이야기를 할지 궁금했다. 문득 지금도 창문으로 두 사람의 모습을 지켜보고 있을 할머니가 떠올랐다.

"어느 쪽으로 가요?" 레나가 물었다. 이 자리를 빠져나갈 구실을 찾는다는 게 빤히 드러나는 질문이었다.

코스토스가 그녀를 흘끗 곁눈질했다. 어떻게 대답하는 게 좋을지 고심하는 눈치였다. 하지만 정직한 마음이 이긴 모양이다. "언덕 아래로 내려갈 거야. 대장간에 가야 하거든."

쉬운 게임이다. "난 위로 올라갈 건데. 오늘은 내륙 쪽을 그릴 거라서요." 레나는 그에게서 멀어져 언덕 위로 향했다.

코스토스는 몹시 낙심한 듯했다. 자기와 헤어지려고 한 말이라는 걸 알아차렸나? 대부분 남자는 이런 식의 거절을 눈치챌 만큼 예민하지 못했다.

"그래." 코스토스가 말했다. "오늘 잘 보내."

"잘 가요." 레나는 밝은 목소리로 인사했다.

언덕을 오르며 레나는 내심 아쉬웠다. 오늘 아침 눈을 떴을 때, 아무디로 내려가 보트 창고를 그려야겠다는 열망이 가득했기 때문이다.

티비에게,

넌 이곳을 싫어했을 거야. 여기서는 미국 최고의 선수들이 하루종일 운동만 해. 하이파이브는 예사고, 심지어 단체로 끌어안는 광경도 봤어. 종일이 뻔한 선수 생활이라니까.

차라리 월먼에 있는 편이 낫겠다 싶지? 안 그래?

농담이야.

물론, 난 이곳이 좋아. 하지만 매일이 여기 같다면 그건 별로일 것 같아. 온통 나 같은 애들만 있을 테니까. 그럼 너를 못 만날 거 아냐.

참, 나 사랑에 빠졌어. 아직 얘기 안 했나? 그 사람 이름은 에릭. 여기 코치인데 백 퍼센트 여자 접근금지 상태야. 하지만 두고 봐, 그 사람 마음을 얻어내고 말 테니까.

널 사랑하는 친구

브리짓

월먼으로 다시 돌아온 티비는 두 가지 사실을 알게 되었다. 첫 번째는 장시간 근무지를 이탈했으니 '규칙 위반으로 해고당할 수도 있다'는 사실이다(물론 덩컨이 냉큼 알려주었다). 아직 마지막 기회가 한 번 더 남아 있지만, 그날 일을 빠진 시간만큼은 시급을 받지 못했다. 티비는 여기를 그만둘 때쯤이면 돈을 버는 것이 아니라 노리어 빚을 지게 될지도 모르겠다는 생각이 들었다.

두번째는, 쓰러졌던 여자아이의 지갑과 티비의 지갑이 투명한 '나쁜 직원' 비닐봉투에 들어갔다는 사실이다. 이런 젠장.

도서관 대출 카드를 보고 그 여자아이 이름을 알아냈다. 베일리 그래프먼. 티비는 공중전화부스로 가 전화번호부를 뒤졌다. 다행히 월먼 근처에 살고 있는, f가 두 개 들어가는 그래프먼은 한 사람뿐이었다.

티비는 자전거를 타고 몇 블록 떨어진 그래프먼가로 갔다. 그래프먼 부인으로 보이는 여자가 문을 열어주었다. "안녕하세요. 저기…… 제 이름은 티비고요. 저는……"

"네가 월먼에서 우리 베일리가 쓰러졌을 때 도와준 아이구나." 그녀는 고마워하는 얼굴로 말했다.

"네, 그런데 제가 연락처를 찾느라 그애 지갑을 꺼냈는데, 돌려주는 걸 잊어버렸어요." 상황을 설명하던 티비는 방어적으로 급히 덧붙였다. "지갑에는 4달러밖에 안 들어 있었어요."

그래프먼 부인은 어리둥절한 얼굴로 티비를 보았다. "그래, 그랬구나." 그리고 미소를 지었다. "베일리는 2층에서 쉬고 있단다. 직접 가져다주면 어떠니? 우리 애도 고맙다는 인사를 하고 싶을 거야."

터벅터벅 계단을 오르는 티비에게 부인이 말했다. "2층에 올라가면 바로 보이는 방이란다."

"저…… 들어가도 되니?" 티비는 여자아이의 방 문가에서 어색하게 말했다. 방은 리본이 그려진 벽지, 풍성한 노란색 커튼으로 장식된 것과 대조적으로 사방에 아이돌 그룹 포스터가 붙어 있었다. "난, 음, 티비야. 내가—"

"월먼?" 여자아이가 침대에서 몸을 일으키며 말했다.

"이거." 티비는 침대 가까이 다가가 지갑을 내밀었다.

"내 지갑 훔쳤지?" 베일리가 눈을 가늘게 뜨고 따져 물었다.

티비는 기분이 상했다. 정말 아니꼬운 꼬마였다. "훔친 거 아니야. 병원에서 네 부모님 연락처가 필요해서 참고했던 것뿐이라고. 여기 있어." 티비는 지갑을 침대 위로 내던졌다.

베일리는 지갑을 열고는 돈을 셌다. "4달러보다 더 있었는데."

"그럴 리 없어."

"그렇겠지. 네가 꺼내갔을 테니까."

티비는 믿을 수 없어 고개를 저었다. "지금 장난하니? 정말 내가 돈을 훔쳤다면 이 싸구려 지갑을 돌려주겠다고 만사 제쳐놓고 여기까지 왔겠어? 돈 말고 다른 걸 돌려주려고? 별점 카드 같은 거? 그래, 이따위 카드들이 네가 별자리를 잊는 엄청난 응급상황을 막아주는 부적이라도 돼?"

베일리는 깜짝 놀란 얼굴이었다.

티비는 기분이 좋지 않았다. 너무 심했나 싶었다.

하지만 베일리도 물러서지 않았다. "그러는 너는 지갑에 얼마나 중요한 걸 넣고 다니는데? 네가 타고 다니는 자전거 면허증? 그 대단한 월먼 직원 신분증?" 아이는 '월먼'이라는 말을 내뱉으며 티비보다 한술 더 떠 빈정거렸다.

티비는 눈을 깜박거렸다. "너 대체 몇 살이니? 열 살쯤은 됐어? 어쩜 이렇게 못됐니?"

화가 난 베일리가 눈살을 찌푸렸다. "열두 살이야."

티비의 마음은 한층 불편해졌다. 티비도 작고 마른 몸매에 가슴이 절벽이라는 이유로 나이보다 어리게 보이는 걸 무척 싫어했으니까.

"그러는 넌 몇 살인데?" 베일리가 흥분해서 사나운 눈초리로 티비를 쏘아보며 물었다. "열세 살쯤은 된 거야?"

"베일리! 약 먹을 시간이다." 아래층에서 베일리의 엄마가 소리쳤다. "친구한테 약 좀 받아가달라고 할래?"

티비가 주위를 둘러보았다. 대체 '친구'가 어디 있다는 거야?

"알았어요." 베일리가 대답했다. 어딘지 즐거워 보였다. "갔다 오기 싫어?"

티비는 고개를 저었다. "당연히 아니지. 네가 이 호의는 어떻게 받아들일지 궁금하네." 계단을 터벅터벅 내려가며 티비는 생각했다. 도대체 왜 여기서 이러고 있는 거지?

그래프먼 부인은 티비에게 오렌지주스가 담긴 커다란 유리컵과 알약이 가득한 작은 종이컵을 건넸다. "별다른 문제는 없는 거지?" 부인이 물었다.

"그런 거 같아요." 티비가 대답했다.

잠시 티비의 표정을 살피던 그래프먼 부인이 말했다. "베일리는 사람을 시험해보기를 좋아한단다." 딱히 이유는 설명하지 않았다.

'티비는 사람을 시험해보기를 좋아하지.' 기분이 이상했다. 저런 말을 이제까지 엄마에게 몇 번이나 들었던가?

"아파서 저러는 거야."

티비는 반사적으로 물었다. "무슨 병인데요?"

그래프먼 부인은 티비가 아무것도 모른다는 사실에 깜짝 놀란 듯했다. "베일리는 백혈병이야." 아무렇지도 않게 말하려고 애쓰는 투였다. 백만 번도 넘게 얘기해서 이제는 무섭지 않다는 듯이. 하지만 티비에게는 부인의 두려움이 보였다.

갑자기 몸이 땅으로 꺼지는 듯한 느낌이었다. 무슨 말이라도 해주기를 바라는 듯한 그래프먼 부인의 강렬한 시선이 느껴졌다. "정말 안됐네요." 티비는 그저 딱딱하게 웅얼거렸다.

티비는 다시 계단으로 올라갔다. 아픈 아이를 둔 엄마가 뭔가를 갈구하는 시선에는 왠지 굉장한 슬픔이 담겨 있었다.

베일리의 방문 앞에서 잠시 멈칫했다. 그 바람에 오렌지주스가 약간 넘쳐흘렀다. 베일리에게 퍼부어댄 말 때문에 마음이 편치 않았다. 물론 그애가 먼저 시비를 걸긴 했지만, 그래도 백혈병 환자 아닌가.

베일리는 티비와 다시 본격적으로 붙어보려는 듯 몸을 일으켜 침대에 앉아 있었다.

티비는 가능한 한 부드러운 표정으로 다가섰다. 친절하게 미소를 지으며 베일리에게 약을 건넸다.

"그런데 너, 월면에 나이 속이고 취직했지? 열다섯 미만은 안 뽑을 텐데." 베일리가 말했다.

티비는 목소리를 가다듬고 미소를 잃지 않도록 노력하며 대답했다. "맞아. 그리고 난 열다섯 살이고."

베일리는 대놓고 짜증을 냈다. "열다섯 살로는 안 보이는데."

표정이 굳어졌다. 이런 기분으로는 더이상 웃고 있을 수가 없었다. 아마 얼굴이 몹시 일그러졌을 것이다. "열다섯 살이라니까." 티비가 조용히 말했다. 정말이지 이 자리를 벗어나고 싶었다.

베일리의 눈에 갑자기 눈물이 고였다. 티비는 고개를 돌렸다. "엄마가 말했지? 엄마가 말한 거지?" 베일리가 따졌다.

"뭘 말해?" 티비는 감정을 억누르며 물었다. 모든 것을 알면서도 모르는 척해야 하는 이 상황이 끔찍했다. 사람들의 이런 가식적인 행동을 늘 싫어했는데.

"내가 아프다는 거!" 다정한 미소를 잃지 않으려는 티비와 마찬가지로 베일리는 거친 표정을 유지하느라 애쓰고 있었다.

"아냐." 티비가 웅얼거렸다. 자신의 비겁함이 정말 싫었다.

"너도 역시 뻔한 거짓말쟁이일 뿐이야!" 베일리가 쏘아붙였다.

티비는 베일리의 얼굴 외에 시선 둘 만한 곳을 찾다가 침대 위에 놓인 바늘 꽂힌 망사천과 붉은 실을 보았다. 천에는 '그대는 나의'라고 깔끔하게 수놓아져 있었다. 그다음은 뭘까? 햇살? 비극적이고 가슴 아픈 광경이었다.

"그만 가볼게." 티비가 속삭이듯 말했다.

"그래. 어서 꺼져." 베일리가 말했다.

"알았어. 또 보자." 기계적인 인사였다. 티비는 문 쪽으로 발을 끌며 걸었다.

"작업복 끝내준다." 베일리가 그녀의 등에 대고 내뱉었다.

"고마워." 그 말은 황급히 빠져나가는 티비의 귀에도 어색하게 들렸다.

보고 싶은 카르멘,

언젠가 우리 모두 이곳에서 여름을 보낼 수 있으면 좋겠어. 지금 내가 상상할 수 있는 가장 행복한 일이 그거야. 여기 온 첫날 백만 개도 넘어 보이는 계단을 걸어서 절벽을 내려갔어. 칼데라에 아무디라는 작은 어촌이 있거든. 칼데라는 가마솥이라는 뜻이래. 무시무시한 화산이 폭발하는 바람에 섬 대부분이 물에 잠기면서 생긴 지형이야. 거기서 아름다운 그리스 보트들을 그리고, 수영복으로 갈아입고 깨끗하고 차가운 물속으로 뛰어들었어. 여긴 정말 찌는 듯이 덥거든.

널 위한 그림도 그렸어. 여기 이아에 있는 종탑이야. 수줍음 많은 우리 할아버지가 그림 그리는 나를 한동안 지켜보다 가셨는데, 영어를 못해서 그냥 만족스럽게 고개만 끄덕이셨지. 정말 귀여우신 거 같아.

에피랑 모터자전거를 타고 피라에도 갔어. 섬에서 가장 큰 마을인데, 노천카페에서 믿을 수 없이 진한 커피를 마셨단다. 둘 다 카페인에 취했지 뭐니? 나는 좀 불안해서 조용히 있었는데, 에피는 웨이터는 물론이고 심지어 지나가는 사람한테(한 명이 아니었을지도) 말을 걸고 난리였어.

그리고 여기 코스토스라는 남자애가 있어. 우리집 앞을 하루에 여섯

번 정도 지나가. 나랑 눈을 마주치려 하고 자꾸만 말을 붙이는데, 난 상대해주지 않고 있어. 우리 할머니 최고의 소원이 뭔 줄 알아? 우리 두 사람이 사랑에 빠지는 거야. 정말 낭만과는 거리가 먼 상황 아니니?

그 외에 별다른 일은 전혀 없었어. 바지한테도 별일 없고. 바지는 여기서 인내심을 가지고 기다리고 있어.

네 편지를 기다리는 게 너무 힘들어. 여긴 편지가 너무 늦게 오거든. 컴퓨터가 있으면 좋겠다. 아빠와 아주 즐거운 시간 보내기를 바랄게.

널 사랑하는

레나가

내가 여기서 뭘 하고 있는 거지? 카르멘은 소란스러운 방안을 돌아보았다. 아는 얼굴 하나 없고 들려오는 목소리들도 귀에 설었다. 전형적이고 평범한 사우스캐롤라이나 십대들이었다.

크리스타는 친구들과 뒤뜰에서 수다를 떨고 있었다. 폴은 옆에 딱 달라붙은 여자친구와 함께 운동선수 무리와 어울렸다. 카르멘 혼자 계단 옆에 서 있었다. 남들에게 가망 없는 루저로 보이리라는 사실을 애써 외면하면서.

이상하게 무감각했고 무엇 하나 보이지 않는 기분이었다. 친구들이 그리워서만은 아니었다. 친구들이 곁에 있기를 바라는 것도 결국은 자신의 존재감을 느끼고 싶어서가 아닐까.

리디아와 아빠는 실내관현악단 콘서트에 갔다(분명히 말하지만, 예전의 아빠는 클래식 음악을 싫어했다). 두 사람은 카르멘이 크리스타와 폴을 따라 '신나는 파티'에 가면 모든 게 좋아지리라고 생각했다. 지난 나흘 동안 손님용 침실에만 처박혀 있던 시무룩한 아이도 '신나는 파티'만은 거절하지 못할 거라고. 아빠가 너무 간절히 바라는 것 같아서 카르멘은 그냥 그러겠다고 했다. 도대체 뭐가 잘못된 걸까?

키 작은 남자가 옆을 지나다 어깨를 부딪혔다. "미안." 그의 손에 들려 있던 플라스틱컵에서 맥주가 반 정도 카펫에 쏟아졌다. 그가 걸음을 멈추고 카르멘을 보더니 말했다. "안녕."

"안녕." 카르멘이 웅얼웅얼 대답했다.

"넌 누구니?" 그가 물었다. 마치 카르멘의 가슴에 묻는 양 그쪽을 뚫어져라 쳐다보면서.

카르멘은 팔짱을 꼈다. "난, 음, 크리스타와 폴 로드먼의, 그러니까…… 그애들 엄마가 내……"

그의 시선은 이미 카르멘을 보고 있지 않았다. 카르멘은 굳이 말을 끝마치지 않았다. 누가 신경이나 쓴다고.

"또 봐." 카르멘은 그렇게 말하고 얼른 자리를 떴다.

불쑥 폴 옆에 가서 섰다. 비참하기 짝이 없었다. 폴은 카르멘을 보자 고개를 까딱했다. 콜라를 들고 있었는데, 맥주를 마시다가 잠깐 쉬는 모양이었다. "켈리하고 인사했어?" 그가 물었다. 켈리는 폴의 허리에 팔을 두르고 있었다. 매력적이지만 사실 얼굴은 못생긴 편이었다. 광대뼈가 너무 솟았고 미간이 너무 넓었다. 게다가 너무 말라서 쇄골이 밖으로 튀어나올 지경이었다.

"안녕, 켈리." 카르멘은 진이 빠져서는 인사했다.

"넌 누구야?" 켈리가 물었다.

"카르멘이라고 해." 카르멘이 대답했다. 폴이 자기는 모르는 여자를 알고 있다는 사실만으로도 켈리에게는 충분히 위협적일 터였다. 그리고 하루에 일곱 마디 이상은 하지 않는 폴이라면 같은 집에 사는 여자애에 대해 설명하지 않았을 가능성이 높았다. "난 폴과 같이 살아." 카르멘은 의뭉스럽게 말했다.

켈리가 가는 눈썹을 이마 끝에 닿을 정도로 홱 치켜세웠다. 이쯤에서 카르멘은 자리를 뜨기로 했다. "뭐 좀 마셔야겠네." 그렇게 중얼거리며 폴에게 의미심장한 시선을 던졌다.

불쌍한 폴. 이 일을 해명하자면 일 년 치 말을 오늘 다 해야 할걸.

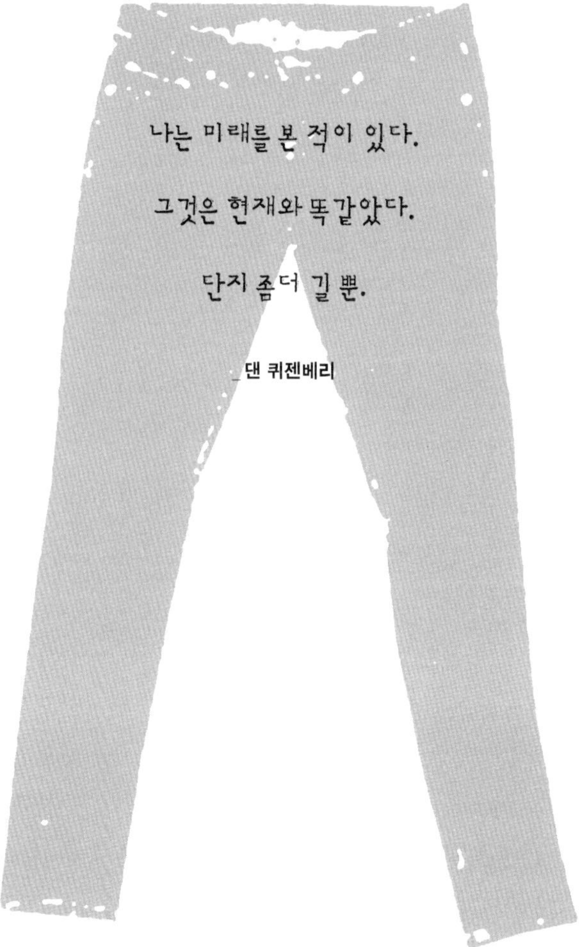

나는 미래를 본 적이 있다.

그것은 현재와 똑같았다.

단지 좀더 길 뿐.

_댄 퀴젠베리

"티비, 니키 먹게 닭고기 좀 잘라주렴."

평소라면 틀림없이 투덜거렸을 테지만 오늘밤 티비는 얌전히 엄마가 시키는 대로 했다. 니키가 칼을 붙잡았다. "내가 자를 거야! 해보고 싶어!"

티비는 인내심을 발휘해 통통하고 끈적거리는 동생의 손가락을 버터나이프에서 떼어냈다. "아기는 이런 거 만지면 안 돼, 니키." 티비는 꼭 엄마처럼 낮은 목소리로 말했다.

니키는 마음에 들지 않는다는 듯 앞에 놓인 접시에서 국수 가락을 양손으로 한가득 움켜쥐더니 그대로 바닥에 던져버렸다.

"그거 치워라!" 엄마가 소리쳤다.

티비는 접시를 치웠다. 니키가 저녁식사중 음식을 바닥에 던질 때면 언제나 그랬다. 문제는 치울 순간을 잘 포착해야 한다는 것이다.

티비는 세탁기에 돌려도 되는 푸른색 합성섬유 카펫에 국수가락이 흩어진 꼴을 절망적으로 바라보았다. 얼룩이 잘 스미지 않는 카펫은 랩으로 만든 게 아닌가 의심스러울 정도였다. 예전에는 발바닥이 간지러운 밀짚 러그가 깔려 있었다. 지금은 가게에서 사온 제품들을 쓰고 있지만, 그때는 멕시코식 촛대와 티비가 직접 진흙으로 만든 소금통, 후추통을 썼었다. 정확한 날짜는 몰라도 그것들이 안 보이게 된 게 대략 언제쯤인지는 기억하고 있다. 엄마가 조각을 그만두고 공인중개사 시험을 친 지 얼마 지나지 않아서였다.

"요거트! 나 요거트 먹고 싶어!" 니키가 소리쳤다.

반쯤 졸고 있는 캐서린에게 우유를 먹이던 엄마가 한숨을 내쉬었다. "티비, 동생한테 요거트 좀 갖다줄래?" 엄마가 지친 듯한 목소리로 말했다.

"나 아직 다 안 먹었어." 티비가 불평했다. 오늘처럼 아빠가 밤늦게까지 일하고 오는 날이면 엄마는 티비가 동생들 돌보는 일을 거들어주기를 바랐다. 얘들을 낳기로 결정한 게 티비라도 되는 양. 정말 귀찮았다.

"알았다." 엄마가 자리에서 일어나 캐서린을 티비의 무릎 위에 내려놓았다. 캐서린이 울어대기 시작했다. 티비는 다시 우유

병을 물려주었다.

티비가 어렸을 때 아빠는 기자였고 국선변호인이었다. 짧게나마 유기농업도 했다. 저녁식사는 언제나 집에서 함께 했다. 하지만 공인중개사가 된 엄마가 크고 좋은 집들을 찾아다니며 좋은 물건을 잔뜩 보게 된 뒤로는 아빠도 변호사 사무실을 개업했고, 이제는 한밤중이 되어서야 집으로 돌아온다. 동생들은 생겼는데 집안은 더이상 예전 같지 않으니 티비의 앞날은 더 괴로워진 셈이다.

예전에 부모님은 늘 소박한 생활에 대해 이야기를 나누곤 했다. 하지만 요즘에는 새 물건을 사들이는 데 여념이 없다. 정작 쓸 시간도 별로 없으면서.

니키가 요거트통에 양손을 집어넣었다가 손가락을 핥자 엄마는 통을 치워버렸다. 그러자 니키는 빽빽 울기 시작했다.

티비는 오늘 저녁 엄마에게 백혈병에 걸린 베일리 이야기를 할 생각이었다. 하지만 늘 그렇듯 도무지 대화를 나눌 만한 상황이 아니었다.

티비는 자기 방으로 올라가 카메라 배터리를 갈아끼웠다. 그리고 절전모드로 설정해둔 컴퓨터를 바라보았다. 테이프로 막아둔 전원 버튼이 느리게 고동치고 있었다.

보통 때였다면 친구들과 메신저로 채팅을 하느라 저녁 내내 컴퓨터가 윙윙거리며 돌아갔을 것이다. 그러나 오늘밤은 다들 너무 먼 곳에 있었다. 어떻게 보면 테이프가 컴퓨터의 입을 틀어막고 있는 것 같았다.

"안녕, 미미." 말을 걸어보았지만 미미는 잠들어 있었다. 티비는 미미의 접시에 사료를 더 부어주고 물도 갈아주었다. 그래도 미미는 깨지 않았다.

한참 뒤 티비는 옷도 갈아입지 않고 불을 켜둔 채 졸기 시작했다. 머릿속 생각들이 제각각 피어올랐다가 뿔뿔이 흩어졌다. 노인용 기저귀와 발한억제제, 살균 수건, 무균 비누, 높은 흡수력을 자랑하는 팬티라이너, 그리고 잔뜩 어질러진 바닥에 쓰러져 있는 베일리.

"저기 네 남자친구 온다." 다이애나가 테라스로 성큼성큼 올라오는 에릭을 보며 말했다.

브리짓은 그에게서 시선을 떼지 않았다. 날 봐요.

정말 에릭은 브리짓을 보았다. 바로 시선을 돌리기는 했지만 그래도 좋았다. 그도 브리짓을 의식하기 시작한 것이 분명했다.

에릭은 테라스 저편에 앉았다. 브리짓은 라자냐를 먹어치우는 중이었다. 배가 고파 죽을 지경이었다. 식사 때마다 배식 테이블에 음식이 엄청나게 쌓여 있는 것이 정말 마음에 들었다. 그 방면으로 브리짓은 무시무시했다.

"저 사람 아마 뉴욕에 여자친구가 있을 거야." 로지라는 아이가 말했다.

“곧 알게 되겠지.” 약이 오른 브리짓이 대꾸했다.

다이애나가 팔꿈치를 툭 쳤다. “브리짓, 너 미쳤니?”

에밀리는 고개를 저었다. “그냥 포기해. 엄청난 문제가 생길지도 몰라.”

“누가 뭐라 그래?” 브리짓이 물었다.

다이애나가 지그문트 프로이트 같은 표정을 지었다. “어쨌든 문제가 생길 수도 있다는 게 중요하잖아. 안 그래?”

“당연히 아니지.” 브리짓이 퉁명스럽게 말했다. “이제부터 에릭이 어떻게 하는지 똑똑히 보기나 해.”

브리짓은 라자냐를 더 담아오려고 자리에서 일어나 배식 테이블로 향했다. 에릭 옆을 지나려고 일부러 멀리 돌아갔다. 친구들은 그 모습을 지켜보고 있었다.

브리짓은 에릭 바로 뒤에 멈춰 섰다. 그리고 부코치 마시와의 대화가 잠시 끊어지기를 기다렸다가 몸을 숙였다. 주위가 무척 시끄러워서 몸을 숙여 귀 가까이 얼굴을 가져가는 행동은 누가 봐도 자연스러웠다. 머리카락이 앞으로 떨어지며 그의 어깨를 스쳤다. 브리짓이 물었다. “연습시합이 몇시예요?”

에릭은 차마 고개도 돌리지 못했다. “열시.”

브리짓은 에릭이 자기 때문에 긴장하는 것을 느꼈다. “알았어요. 고마워요.” 그리고 몸을 똑바로 폈다. “우리가 그쪽 팀을 끝장낼 거예요."

그제야 에릭은 고개를 돌렸다. 놀라다 못해 거의 화가 난 듯 보였다. 그러나 브리짓의 얼굴을 보고는 곧 그녀가 장난을 치고 있음을 알아차렸다. "기대하지." 어쨌든 미소만은 잃지 않은 채였다.

배식 테이블로 가면서 친구들 쪽을 흘끗 보았다. 모두 감탄한 표정이었다. "휴." 브리짓은 입을 벌려 소리 없이 숨을 내쉬었다.

사랑하는 카르멘,

숙소 친구들이 내가 에릭과 사귈 수 있을지 없을지에 40 대 60으로 내기를 걸었어. 나는 진짜 적극적으로 들이대고 있는데 전혀 성과가 없네. 넌 틀림없이 웃겠지. 도대체 바다 건너 수천 킬로미터도 넘게 날아와서 뭐하는 짓이라니?

우린 이 근처 물레헤라는 곳으로 관광을 갔어. 에릭 어머니의 고향이래. 커다란 성당과 카르셀 신 세라두라스 감옥을 구경했어. 자물쇠 없는 감옥이라는 뜻인데, 죄수들이 낮에는 밖으로 나와 농장에서 일하고 밤에는 감방으로 돌아가 잠을 자.

너도 아빠와 즐거운 시간 보내기를 바랄게.

사랑을 담아

브리짓

레나는 그 바지를 하루 더 입기로 했다. 바지의 도움이 필요했다. 이제까지 레나의 삶은 별 볼일 없었다. 혼자 있기를 좋아하고, 틀에 박힌 일상을 보내며, 사람들과 어울릴 만한 일은 어떻게든 피해왔다. 종합적으로 판단했을 때 레나는 마법의 바지를 입는 첫번째 주자로 가장 어울리지 않는 인물이었다.

그럼에도 오늘 그녀는 모험을 할 셈이었다. 뭔가를 해내고야 말 것이다. 친구들은 물론 바지를 실망시키고 싶지 않았다. 아, 그녀 자신도.

레나는 걸음을 옮겼다. 걷고 또 걷다보니 절벽이 내려다보이는 산 정상의 평지에 다다랐다. 아무도 없었다. 저멀리 언덕들이 보였다. 섬이 바다에 잠기기 전까지는 훨씬 높고 거친 절벽이었겠지. 하지만 지금은 마냥 평화로워 보였다. 아무것도 없던 불모지의 바위투성이 절벽이 드넓은 초록빛 포도밭과 초원으로 바뀌었기 때문인지도 모르겠다. 대기가 한층 무겁게 느껴졌다. 햇살도 더 강렬했다.

정말 행운의 바지인가봐. 1킬로미터도 가지 않아 나무 그늘 아래 작지만 아름다운 쉼터가 나타나 레나는 속으로 중얼거렸다. 나지막하게 숲을 이룬 올리브나무에서 짙푸른 나뭇잎이 반짝반짝 빛났다. 아직 어린 올리브나무들은 작고 단단했다. 쉼터 한구석에는 분수가 솟아오르는 작은 연못이 있었다. 너무나도 조용하고 아름답고 은밀한 곳이라 꼭 그녀만의 장소 같았다. 자기가 이곳에 발을 디딘 첫번째 사람일지도 모른다는, 마법의 바지를 입고 나타나기 전까지 어쩌면 이 장소는 존재하지 않았을지도 모른다는 생각이 들 정도였다. 레나는 즉시 이젤을 세우고 그림을 그리기 시작했다.

시간이 지나자 해가 하늘 높이 떠올랐다. 레나는 머리부터 발끝까지 땀으로 흠뻑 젖었다. 햇살이 너무 강렬해 현기증이 날 지경이었다. 검은 머리카락에 배어난 땀방울이 목과 관자놀이로 흘러내렸다. 모자를 두고 온 걸 후회했다. 레나는 연못을 간절하게 바라보았다. 모자도 모자지만, 수영복은 잊지 말고 챙겨야 했는데.

주위를 둘러보았다. 아무도 보이지 않았다. 근처에는 집이고 농장이고 아무것도 없었다. 땀이 등줄기를 타고 줄줄 흘러내렸다. 레나는 연못으로 향했다.

아무도 없는 곳에서 레나는 천천히 옷을 벗었다. 내가 이러고 있다니 정말 믿을 수 없어. 마침내 속옷만 남긴 채 옷을 모두 벗어 쌓아두었다. 속옷을 입고 물속에 들어갈까도 생각했지만 그건 너무 얌전빼는 짓 같았다. 레나는 바지를 보았다. 바지는 빨리 옷을 모두 벗어버리라고 재촉하고 있었다.

"아아아아아." 레나는 물속으로 들어가며 소리를 내보았다. 자기 목소리가 크게 들리는 것이 재미있었다. 대개 그녀의 생각은 마음속 깊이 묻혀 있을 뿐, 의식적인 노력 없이 밖으로 드러나는 경우가 드물었다. 텔레비전에서 아무리 재미있는 것을 보아도 혼자 있을 때조차 큰 소리로 웃는 법이 없었다.

레나는 물속으로 완전히 들어갔다가 다시 올라왔다. 얼굴만 내놓은 채 가만히 물에 온몸을 내맡겼다. 햇살이 뺨과 눈꺼풀에 따뜻하게 내리비쳤다. 살짝 첨벙거려보았다. 물이 온몸을 휘감는 느낌이 좋았다.

지금이 내 평생 가장 완벽한 순간일 거야. 레나는 확신했다. 홀로 지상으로 내려온 고대 그리스 여신이라도 된 것 같았다.

두 팔을 양옆으로 둥둥 띄운 채 눈을 감고 고개를 뒤로 젖혔다. 그렇게 물 위에 떠서 온몸의 힘을 뺐다. 계속 이렇게 있고 싶었다. 해가 질 때까지, 그 해가 다시 떠오를 때까지, 8월이 끝날 때까지, 어쩌면 영원히……

풀잎이 바스락대는 소리에 순간 온몸의 근육이 방어 태세를 취했다. 발이 절로 내려가 황급히 연못 바닥의 자갈을 딛고 섰다.

레나는 숨을 들이마셨다. 누군가가 있었다. 나무 뒤로 어렴풋이 그림자가 보였다. 사람일까? 아니면 동물? 산토리니에 사람을 잡아먹는 무서운 야수가 있나?

조금 전까지의 평화는 산산이 부서졌다. 심장이 밖으로 튀어나올 듯이 빠르게 뛰었다.

두려움이 일어 레나는 다시 물속으로 몸을 숨겼다. 하지만 더 큰 두려움이 어서 도망가라고 재촉했다. 레나는 연못 밖으로 나왔다. 그때 그림자가 모습을 드러냈다.

코스토스였다.

레나는 코스토스를 똑바로 바라보았다. 설상가상으로 코스토스도 그녀를 똑바로 바라보고 있었다. 그녀는 아연해서 한동안 움직일 수 없었다.

"코, 코스토스!" 레나가 소리쳤다. 목소리가 날카롭게 갈라져 나왔다. "지금 대체— 뭘, 뭘 하는—"

"미안해." 코스토스가 사과했다. 그러나 시선은 돌리지 않았다.

레나는 세 걸음 만에 옷을 둔 곳까지 나와서 옷가지를 집어 급한 대로 몸을 가렸다. "날 따라온 거예요?" 거의 비명에 가까운 소리였다. "날 훔쳐본 거냐고요! 언제부터 거기 있었죠?"

"미안해." 코스토스는 다시 한번 사과했다. 그리고 그리스어로 뭐라고 중얼거리고는 몸을 돌려 가버렸다.

레나는 물기도 닦지 않고 허겁지겁 옷을 입었다. 엄청난 분노에 휩싸인 채 그림 도구를 배낭에 쑤셔넣었다. 그림이 아마 엉망이 됐을 것이다. 평지를 성큼성큼 걸어나와 절벽으로 향했다. 너무 화가 나서 생각들이 마구잡이로 떠올랐다.

코스토스는 나를 뒤따라왔던 거야! 만약 그가…… 아, 바지를 뒤집어 입었네…… 어떻게 그런 짓을 할 수 있담! 이제……

집 근처에 와서야 레나는 셔츠 단추를 두 개씩 밀려 채웠다는 것을 알아차렸다. 연못물과 땀에 젖은 옷이 몸에 착 달라붙어 적

나라해 보였다.

레나는 문을 박차고 집으로 들어가 배낭을 내동댕이쳤다. 부엌에서 뛰어나온 할머니가 그녀의 몰골을 보고 숨을 멈췄다.

"레나, 세상에. 대체 무슨 일이냐?"

할머니의 얼굴이 근심으로 가득했다. 그 얼굴을 보자 울고 싶어졌다. 다섯 살 아이처럼 뺨이 부들부들 떨렸다.

"무슨 일이니? 어서 말해보렴." 할머니는 뒤집어 입은 바지와 잘못 채운 단추를 보고 눈을 휘둥그레 뜨고 걱정스러운 듯 물었다.

말이 쏟아져나오려 했다. 레나는 머릿속에서 핑핑 도는 생각을 정리하려 애썼다. "코, 코스토스는 좋은 사람 아니에요!" 결국 울분을 터뜨리며 내뱉고서 레나는 방으로 달려올라갔다.

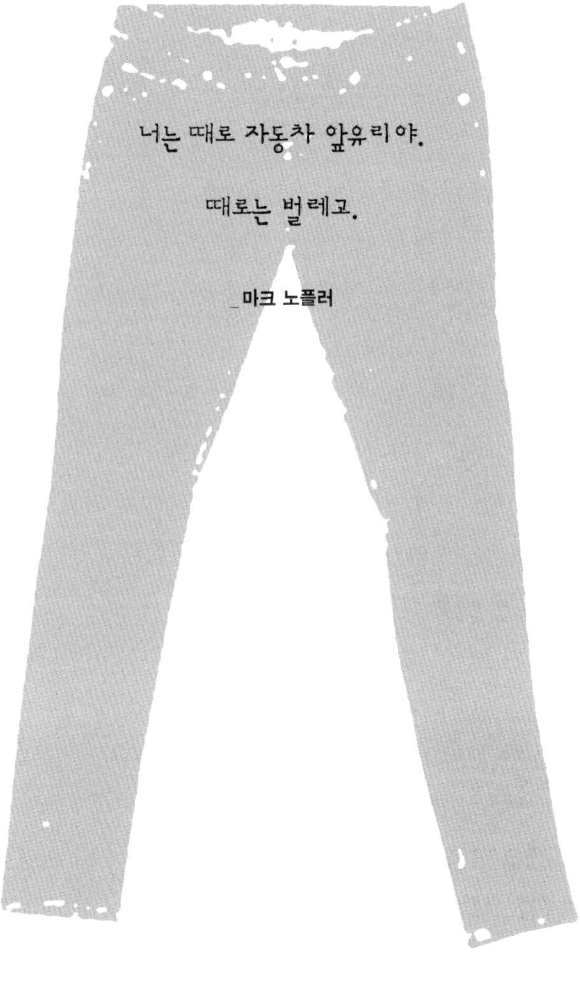

너는 때로 자동차 앞유리야.

때로는 벌레고.

_마크 노플러

카르멘은 부엌 식탁에서 숙제 때문에 쩔쩔매는 크리스타를 지켜보았다. 크리스타는 11학년 때 부담을 줄이기 위해 계절학기로 기하학을 듣고 있었다. 카르멘이 보기에 이애는 멘사 회원 따위가 될 일은 없을 것 같았다.

"준비 다 됐니?" 침실에서 테니스복으로 갈아입던 아빠가 불렀다.

"거의 다 됐어요." 카르멘이 대답했다. 사실 이십 분도 전에 준비를 마치고 아빠를 기다리고 있었다.

크리스타는 뭔가를 잔뜩 지우더니 다 일어난 종이 위에서 붉은 지우개 가루를 불어냈다. 마치 초등학교 3학년 같았다. 순간 몹시 안돼 보였지만 이내 그 생각을 몰아냈다. 크리스타가 어떤 문제에 그렇게 끙끙대는지 엿보지 않을 수 없었다. 카르멘은 9학년 기하학 시간에 수학 귀신으로 통했고, 과목 성적도 제일 좋았다. 크리스타는 증명 문제에서 헤매고 있었다. 식탁 맞은편에서 흘낏 보기만 했는데도 카르멘은 가장 간단한 해법을 알 수 있었다. 이상하게도 그 문제를 풀고 싶어 안달이 났다. 연필을 잡고 싶어서 손가락이 근질거릴 정도였다.

그때 리디아가 서재에서 결혼식과 관련해 통화하는 소리가 카르멘의 귀에 들어왔다. 아무래도 출장 뷔페 때문인 것 같았다. '미니어처 수플레'가 얘기가 계속 나오는 걸 보면.

"갈까?" 아빠가 부엌 입구로 와서 물었다. 윌리엄스 대학 티셔츠와 테니스용 하얀 반바지 차림이었다.

카르멘은 자리에서 일어났다. 가슴이 두근거렸다. 길고 길었던 오 일 만에 처음으로 아빠와 시간을 보내는 것이다. 아빠를 독점하는 일이 터무니없게 큰 특권이나 되는 것 같았다.

카르멘은 한숨을 쉬며 집을 나섰다. 기하학 증명 문제를 그냥 두고 나온 것 하나가 아쉬웠다.

문밖으로 나간 뒤에야 생각이 들었다. 그애가 크리스타가 아니었다면, 아빠와 어떤 관련도 없었다면, 틀림없이 도와줄까 물어보았을 텐데.

사랑하는 브리짓,

오늘 오후에도 그 해골바가지가 왔어. 폴이 집에 있을 때면 한 시간에 한 번은 찾아오는 것 같아. 그 멍청한 여자애나 괴롭히는 게 내 삶의 유일한 낙이라니, 정말 슬픈 일이야. 오늘은 사각팬티에 밑단을 짧게 자른 탱크톱을 입고 폴의 방에 가서 손톱깎이를 빌려달라고 해봤어. 폴은 아무 말도 하지 않았지만 나를 진짜 싫어하는 건 틀림없어. 내가 폴을 유혹해서 그 해골바가지와의 행복을 위협할 거라고 생각한다면 터무니없는 오해야. 여자애는 그 정도 생각도 못하는 것 같았지만.

사악한 친구가 네게 사랑을 보낸다. 친구들이 너무 보고 싶어서 심장이 떨어져나갈 지경이야.

카르멘

이유는 알 수 없지만, 베일리는 그 다음날 월먼에 나타났다.

"여긴 웬일이야?" 티비는 친절하게 대해야 한다는 사실을 잠시 잊은 채 물었다.

"너한테 다시 한번 기회를 줘야겠다고 생각했어." 베일리는 전날 티비가 입었던 것과 거의 똑같은 카고 바지를 입었다. 위는 후드 달린 운동복 차림이고 눈에 검은색 아이라이너도 그렸다. 성숙해 보이려고 애쓴 흔적이 역력했다.

"무슨 소리야?" 티비는 아무것도 모르겠다는 듯이 물었다. 싫지만 또 거짓말을 하고 있었다.

베일리는 짜증난다는 듯 눈을 굴렸다. "싸가지가 되지 않을 기회를 더 주겠다고."

티비는 저도 모르게 화가 솟구쳐올랐다. "누가 싸가지라는 거야?"

베일리는 미소를 지었다. "어머, 지금 네가 입은 작업복 프리사이즈야?"

"그래, 하나 빌려줘?" 티비가 물었다. 베일리의 얼굴에는 장난기가 가득했다.

"아니, 엉덩이 부분 진짜 구려." 베일리가 평가했다.

티비는 웃음을 터뜨렸다. "두 겹이라서 그래. 화학섬유거든."

"끝내주네. 그거 좀 도와줘?" 베일리가 물었다.

티비는 탐폰 상자를 쌓는 중이었다. "월먼에 취직이라도 하려고?"

"아니. 데오도런트 진열 무너뜨린 게 마음에 걸려서 그러는 것뿐이야."

"발한억제제거든." 티비가 지적했다.

"그래." 베일리가 상품 진열을 거들며 물었다. "그건 그렇고, 그 작업복 벗을 때도 있기나 해? 하루종일 입고 있는 거 아냐?"

티비는 짜증이 났다. 더이상 작업복 때문에 비웃음을 당하고 싶지 않았다. "이제 작업복 얘기는 그만했으면 좋겠는데." 불퉁하게 말해놓고 그애 방에서 본 자수를 들먹이고 싶어 입이 근질댔다. 엄마도 예전에 자수를 했는데.

베일리는 왠지 즐거워 보였다. "이제부터 안 할게." 그러곤 눈을 가린 머리카락을 걷으며 말했다. "일 끝나면 내가 아이스크림이든 뭐든 살게. 어쨌든 내 돈을 전부 훔쳐가지 않은 건 고마운 일이니까."

티비는 열두 살 여자애와 엮이고 싶지 않았다. 하지만 싫다고 거절할 수도 없었다. "알았어. 그렇게 해."

"좋아." 베일리가 말했다. "몇시에 끝나?"

"네시." 티비가 심드렁하게 대답했다.

"그때 다시 올게." 베일리는 그렇게 말하고 돌아섰지만 곧 어깨 너머로 다시 물었다. "내가 암에 걸려서 그렇게 친절한 거지?"

티비는 잠시 생각해보았다. 한 번 더 거짓말을 할 수도 있었다. 하지만 그러지 않을 수도 있었다. 그녀는 어깨를 으쓱했다. "그래, 아마 그럴 거야."

베일리는 고개를 끄덕였다. "알았어."

베일리는 티비에게 자기를 대할 때의 기본 원칙을 알려주었다. 간단히 두 가지로 정리할 수 있었다. 1) 거짓말을 하지 않는다. 2) 괜찮으냐고 묻지 않는다.

그 외에도 두 사람은 아이스크림과 초콜릿 소스를 곁들인 브라우니를 먹으며 다양한 이야기를 나누었다. 티비는 계획중인 영화에 대해 평소와 달리 열성적이고 진솔하게 이야기를 늘어놓았다. 베일리는 티비를 멋지다고 여기는 눈으로 열심히 들어주었고, 티비로서도 자신을 멋지다고 생각하는 상대에게 영향을 받지 않을 수 없었다.

그런 자기 모습에서 티비는 자기가 생각보다 훨씬 친구들을 그리워하고 있음을 깨달았다. 얼마나 외로웠으면, 짜증나는 열두 살 여자애에게 이런 이야기까지 털어놓고 있을까?

베일리도 같은 생각을 한 모양이다. “다른 친구는 없어?” 어느 순간 그녀가 물었다.

“물론 있지.” 티비는 방어적으로 대답했다. 대단하고 아름답고 놀라운 세 명의 친구와 그애들이 여름방학을 보내는 멋진 장소에 대해 자세히 설명한 것이 자기가 듣기에도 지나치게 과장된 느낌이었다.

“네 친구들은 뭐하는데?” 결국 티비는 베일리에게 물으며 부담을 넘겼다.

베일리는 미네소타에 사는 매디라는 아이를 비롯한 친구들에 대해 재잘거리기 시작했다.

어느 순간 고개를 들어보니 계산대 앞에 터커 로가 서 있었다. 심장이 갑자기 두근거리기 시작했다. 터커도 나처럼 집에서 여름방학을 보내는 걸까? 그제야 티비는 터커가 월먼과 주차장을 같이 쓰는 엄청 멋진 인디 레코드점에서 일한다는 사실을 생각해냈다. 그 가게와 월먼 사이에는 버거킹, 피자집, 펫숍 등이 있어서 그동안 정면으로 맞닥뜨릴 일이 딱히 없었던 것이다. 하지만 언제라도 그럴 수 있었다. 이미 한 번 그러기도 했고.

어떤 사람들은 좋아하는 상대와 마주치기 위해 온갖 노력을 한다. 그러나 티비는 터커와 마주치는 걸 피하기 위해 모든 수단을 강구했다. 이제까지 관찰한 바로 터커는 상가 건물 뒤쪽에 주차를 했다. 그래서 티비는 언제나 건물 앞쪽에 자전거를 세워두었다. 작전은 성공이었다. 마침 펫숍 바로 뒤편의 아이스크림 가게에 온 지금 이 순간을 제외하면. 티비는 속으로 자신의 부주의함을 책망했다.

터커는 찌뿌드드한 얼굴로 실눈을 뜨고 있는 것이 꼭 잠자리에서 막 일어난 사람처럼 보였다. 티비가 다음날 근무를 위해 쉬는 동안 그는 나인 서티 클럽에서 밤새 놀았으리라. 티비는 터커가 베일리를 새 친구가 아니라 여동생쯤으로 봐주기를 진심으로 바랐다.

"도대체 왜 그런 표정을 짓고 있는 거야?"

티비가 베일리를 노려보았다. "무슨 소리야?"

"빰이 쏙 들어가서는." 베일리가 과장스럽게 흉내내 보였다.

티비는 얼굴이 달아오르는 것을 느꼈다. "안 그랬어." 언제부터 이렇게 거짓말을 하게 된 거지? 티비는 자신의 솔직한 성격에 자부심을 가지고 있었다. 특히 스스로에게 솔직한 게 자랑스러웠다. 하지만 베일리는 자기보다 훨씬 가차없었다. 그래서 다른 사람들이 자기 앞에서 그러듯 몸을 떨며 어디론가 숨어버리게 되었다.

베일리는 아직 만족하지 않았다. 날카로운 시선으로 가게 앞쪽을 살폈다. "저 남자 좋아해?"

티비는 순간 누구 이야기인지 모르겠다는 듯 반응하려다가 그만뒀다. "괜찮은 애야." 마지못해 인정했다.

"정말 그렇게 생각해?" 베일리가 이해할 수 없다는 얼굴로 물었다. "뭐 때문에 좋아하는데?"

"뭐 때문에 좋아하냐고?" 티비는 기분이 상했다. "보면 모르겠어?"

베일리가 노골적으로 그를 쳐다보았다. 평소 '네가 본다는 사실을 그가 모르게 하라'식의 훔쳐보기를 혐오하는 티비조차 그 행동에 당황했다.

"멍청해 보이는데." 베일리가 딱 잘라 말했다.

티비는 눈동자를 굴리며 물었다. "뭐라고? 멍청해 보인다고?"

"저 귀걸이는 멋있어 보일 줄 알고서 한 건가? 그리고 머리 좀 봐. 젤을 얼마나 덕지덕지 바른 거야?"

터커가 다른 사람 눈을 의식해 거울 앞에서 많은 시간을 보내리라고는 이제껏 생각해본 적이 없었다. 자연스러운 머리 모양이 아닌 것은 사실이었다. 그렇다 해도 베일리 앞에서 순순히 인정할 수는 없었다.

"음, 기분 나빠하지 않으면 좋겠어, 베일리. 넌 열두 살이야. 아직 사춘기도 되지 않았잖아. 남자에 대한 네 전문가적 견해를 받아들이지 못하더라도 이해해줘." 티비는 오만하게 말했다.

"기분 안 나빠." 베일리는 오히려 기분이 좋은 듯 보였다. "언젠가 내가 진짜 괜찮은 남자를 찾아서 보여줄게. 그때도 동의할 수 없다면 말해줘."

"좋아." 티비는 대답했다. 하지만 그 괜찮은 남자를 확인하기 위해 또다시 베일리와 시간을 보내는 일은 없을 거라고 확신했다.

"잠깐." 다이애나가 책에서 고개를 들고 말했다. "브리짓 얼굴이 지금 어디 해적질이라도 하러 갈 기세인데."

"그럴 리가." 찔리는 구석이 있었지만 브리짓은 부인했다.

올리는 침대에 다리를 꼰 채 앉아 있었다. 숙소 안 아이들 대부분은 잠옷으로 갈아입었다. "코치 숙소로 쳐들어가기라도 할 셈이야?" 올리가 물었다.

브리짓은 흥미롭다는 듯 눈썹을 치켜세웠다. "정말 괜찮은 생각인걸. 하지만 내가 생각하는 건 아니야."

"그럼 뭔데?" 다이애나가 다 알겠다는 듯한 투로 물었다.

"두 단어야. 아시엔다 호텔." 물레헤에 딱 하나뿐인 바였는데, 브리짓이 듣기로는 코치들이 밤마다 그곳에 간다고 했다.

"우린 가면 안 될 것 같은데." 에밀리가 말했다.

"왜 안 돼?" 브리짓이 몰아세웠다. "올리는 열일곱 살이야. 세라 스넬은 열여덟이고. 여기서 절반이 올가을이면 대학에 갈 건데." 정작 자신은 아니었지만 일부러 밝힐 필요는 없었다. "여기가 아홉시만 되면 불을 꺼야 하는 캠프도 아니잖아. 그러니까 가자. 멕시코에는 음주연령 제한도 없는데 뭐." 그 말이 사실인지 아닌지는 브리짓도 몰랐다.

"첫 연습경기가 내일이야." 로지가 지적했다.

"그게 뭐? 신나게 놀면 경기도 더 잘 풀릴 텐데." 브리짓이 활기차게 말했다. '술 마시면 운전을 더 잘할 거야' '취하면 운동을 더 잘할 거야'나 마찬가지 소리였다. 하지만 그게 무슨 상관이지? 브리짓 안에서 충동적인 욕구가 끓어올랐다.

"거기까지 어떻게 갈 건데?" 다이애나가 물었다. 그녀는 현실적이지만 겁쟁이는 아니었다.

잠시 생각한 뒤 브리짓은 말했다. "밴을 훔치거나 자전거를 타자. 자전거로 가도 속도를 내면 삼십 분밖에 안 걸릴 것 같은데." 아직 운전면허가 없다는 사실은 굳이 털어놓지 않았다.

"그럼 자전거로 가자." 올리가 말했다.

브리짓은 혈관 속에 무모한 활기가 서서히 솟구치는 걸 느꼈다. 하지 말라는 짓을 할 때면 언제나 그랬다.

다이애나와 올리, 로지가 같이 가기로 했다. 나머지는 포기했다.

다들 재빨리 옷을 갈아입었다. 브리짓은 키가 비슷한 다이애나에게 스커트를 빌렸다. 여성스러운 옷은 아예 챙길 생각조차 않은 스스로에게 짜증이 났다.

네 사람은 달팽이처럼 느릿느릿한 레저용 차량들을 제치고 바하 고속도로를 달렸다. 브리짓이 다이애나의 뒷바퀴를 계속 들이받는 바람에 다이애나가 비명을 질렀다. 왼쪽으로는 고요한 만이 펼쳐졌고, 오른쪽으로는 언덕들이 줄지어 서 있었다. 브리짓의 어깨 위에는 보름달이 걸려 있었다.

호텔이 보이기도 전부터 쿵쿵거리는 음악 소리가 들려왔다. "예에!" 브리짓이 소리쳤다. 다들 서둘러 문 앞에 모였다.

"잘 들어." 올리가 말했다. "만일 코니가 여기 있으면 그냥 돌아가는 거야. 다른 사람은 신경 안 써도 돼. 작년 여름에도 캠프 막바지에 두세 번 갔는데 코치들이 아무 말도 안 했거든."

올리가 안을 살펴보기로 했다. 문 안쪽을 들여다보더니 이내 고개를 뺐다. "사람이 엄청 많은데 코니는 없는 것 같아. 그래도 그 여자가 나타나면 그대로 떠나는 거야." 못 미덥다는 듯 브리짓을 보며 올리가 물었다. "알았지?"

"알았어." 브리짓은 수긍했다.

"에릭이 여기 있어도 말이야."

"알았다니까."

클럽은 많이 가보지 않았지만 어디나 비슷했다. 사람들의 시선은, 적어도 남자들의 시선은 전부 브리짓의 머리카락에 집중

되기 마련이었다. 조명과 알코올의 영향으로 훨씬 눈부시게 보이는 모양이었다.

다들 플로어 쪽으로 갔다. 브리짓은 술에 관심이 없었지만 춤추는 건 좋아했다. 다이애나의 손을 잡고 북적이는 플로어로 끌어올렸다. 춤은 축구나 골프, 카드게임처럼 그녀의 주특기 중 하나였다.

살사 음악이 온몸을 두드렸다. 아우성과 시선, 날카로운 휘파람 소리가 쏟아졌다. 그게 다 자기에게, 아니, 자기 머리카락에 쏟아지는 것처럼 느껴졌다. 브리짓은 에릭을 찾아보았다.

처음에는 영 보이지 않아서 그저 음악에 몸을 맡겼다. 잠시 후 저쪽 테이블에서 춤은 추지 않고 다른 코치들과 어울리는 에릭의 모습이 눈에 들어왔다. 테이블 위에는 커다란 마르가리타 잔이 가득했고 대부분 비어 있었다.

에릭은 브리짓을 보고 있었다. 그 시선을 브리짓도 안다는 사실은 아직 모르는 듯했다. 결코 내숭을 떨 생각은 없었지만, 브리짓은 그가 원한다면 마음껏 보게 내버려두고 싶었다.

태양과 달리기, 그리고 테킬라 때문인지 에릭은 유독 부드러워 보였다. 고개를 한쪽으로 기울인 채 사람들을 쳐다보는 모습이 섹시했다.

남자들이 끊임없이 몰려들었지만 브리짓은 다이애나에게만 붙어 있었다. 그녀가 최우선의 파트너였다. 얼마 지나지 않아 올리도 한 손에 맥주를 든 채 합류했다.

올리가 코치들이 앉은 테이블을 발견하고 손을 흔들었다. 마시가 손을 마주 흔들어주었다. 에릭과 또다른 코치 로비는 우리는 너희 못 봤어라는 표정을 짓고 있었다.

마르가리타가 한 잔씩 더 돌자, 코치들도 모두 플로어로 나왔다. 분위기가 달아오르며 한결 신이 났다. 브리짓은 달리기의 정점에서 느껴지는 황홀감이 춤추는 중에도 찾아드는 것을 느꼈다. 더는 에릭을 모르는 척할 수 없었다.

브리짓은 에릭을 향해 돌아서서 몸을 붙이고 춤을 췄다. 그의 손을 살짝 건드렸다. 그의 엉덩이를 보았다. 그는 춤추는 데 익숙해 보였다. 브리짓은 에릭의 눈에 시선을 고정했다. 이번에는 에릭도 시선을 피하지 않았다.

브리짓은 에릭의 등허리에 양손을 얹고 엉덩이를 갖다붙였다. 가까워지자 그의 목에서 풍기는 체취가 맡아졌다. 에릭의 입술이 귀 가까이 다가왔다. 순식간에 온몸에 전류가 흘렀다.

에릭이 부드럽게 자기 몸에서 브리짓의 손을 떼어냈다. 그리고 그녀의 귓가에 속삭였다. "우리 이러면 안 돼."

침대에 몸을 던진 레나는 미쳐버리기 직전이었다. 그때 아래층에서 소곤대는 소리가 들리는가 싶더니 이내 고함소리가 들려왔다. 늘 조용한 할아버지가 저렇게 소리를 지른다고? 레나는 자리에서 벌떡 일어나 젖은 셔츠를 벗어던지고 서둘러 마른 옷으로 갈아입었다. 뒤집어 입었던 바지도 제대로 고쳐 입었다. 내내 손이 떨렸다. 대체 무슨 일이 일어고 있는 걸까?

레나가 계단을 다 내려갔을 때, 할아버지는 얼굴이 거의 보라색으로 변해 현관 쪽으로 성큼성큼 다가가고 있었다. 할머니가 쫓아가며 만류하는 듯 그리스어로 뭐라고 말했다. 그래봐야 상황은 달라지지 않았다. 할아버지는 문을 박차고 나가 언덕 아래 쪽으로 내려갔다.

불현듯 불길한 예감이 들었다. 레나는 할아버지와 할머니 뒤를 쫓아 재빨리 뛰어나갔다. 두나스가가 나오기도 전부터 할아버지가 어디로 가려는지 알았다. 할아버지는 그 집 현관문을 부서져라 두드렸다.

두나스 할아버지가 문을 열어주었다. 잔뜩 화가 난 할아버지의 얼굴을 보고 몹시 놀라는 듯했다. 할아버지는 큰 소리로 따지기 시작했다. 중간중간 코스토스의 이름이 몇 번 나왔지만, 레나가 알 수 있는 것은 할아버지의 분노뿐이었다. 할머니는 전전긍긍하며 주위를 맴돌았다.

처음에는 당혹스러워하던 두나스 할아버지의 얼굴이 서서히 분노로 일그러져갔다. 그도 맞받아 고함치기 시작했다.

"하느님 맙소사." 레나는 흐느끼듯 중얼거렸다.

별안간 레나의 할아버지가 집안으로 들어가려 했다. 할머니는 할아버지를 막으려 했고, 두나스 할아버지는 문앞을 가로막고 섰다. "푸 에이나이 코스토스?" 할아버지가 고함을 질렀다.

분명 '코스토스는 어디 있지?'라는 뜻일 것이다. 그때 코스토스가 두나스 할아버지 뒤에서 모습을 나타냈다. 당황한 듯 어쩔 줄 몰라하는 모습이었다. 코스토스는 할아버지를 안으로 들이고 싶어했지만, 두나스 할아버지가 만류했다.

레나는 두려움에 사로잡혀 할아버지가 깡마른 팔로 두나스 할아버지를 밀어대는 광경을 지켜봤다. 두나스 할아버지도 눈을 부라리며 마주 밀어냈다. 갑자기 레나의 할아버지가 팔을 뒤로 빼더니 두나스 할아버지의 코에 주먹 한 방을 날렸다.

레나는 숨이 멎을 것만 같았다. 할머니가 비명을 질렀다.

급기야 두 사람은 코스토스가 말릴 때까지 주먹을 휘두르며 싸웠다. 코스토스가 겨우 두 사람을 떼어놓았다. 흥분한 그의 얼굴은 잿빛으로 변해 있었다. "스타마티스테!" 그가 외쳤다. "그만들 하세요!"

사랑하는 아빠,

옷 좀 보내주세요. 서랍장 셋째 칸에 있는 탱크톱이랑 여름 원피스요. 검은색 수영복도요. 비키니예요. 아, 넷째 칸에 분홍색하고 청록색 미니스커트 있는데 그것도 보내주세요.

전 여기서 잘 지내고 있어요. 오늘 처음으로 큰 연습경기가 있어요.

전 포워드로 뛸 거예요. 토요일에 전화할게요. 페리한테도 안부 전해주세요.

사랑을 담아

브리짓

스스로 잘 제어하고 있다고 느낀다면,

속도를 충분히 내지 않은 것이다.

_마리오 안드레티

"결혼식 많이 기대돼요?" 차안에서 카르멘이 아빠에게 물었다. 볼멘소리로 들리지 않기를 바랐다.

"그래." 아빠가 말했다. "어서 하고 싶구나." 아빠는 애정이 듬뿍 담긴 얼굴로 카르멘을 바라보았다. "네가 여기 있다는 게 아빠한테는 얼마나 큰 의미인지 모른다."

카르멘은 죄책감이 들었다. 어째서 나는 이 모양일까? 왜 내 마음을 다스릴 수 없을까? 왜 착하게 굴 수 없는 걸까?

"아빠도 미니어처 수플레를 좋아하면 좋겠네요." 카르멘은 별 뜻 없이 말했다.

아빠는 고개를 끄덕였다. "리디아가 정성껏 준비하고 있지."

"결혼식 준비에 엄청 시간을 보내는 것 같더라고요." 카르멘은 덤덤히 말했다. 말 속에 숨은 신랄함을 아빠가 알아주면 좋겠다는 마음과 모르고 넘어갔으면 하는 마음이 동시에 들었다.

"리디아한테는 의미가 크니까. 세세한 부분까지 신경쓰고 싶은가봐."

순간 카르멘의 마음속에 심술궂은 의문이 떠올랐다. 그 돈은 누가 다 부담하지?

"전에 결혼할 때는 제대로 식을 못 올렸으니까 아무래도 그렇겠지." 아빠가 덧붙였다.

카르멘은 머릿속으로 온갖 상상의 나래를 펼쳤다. 혼전 임신이었나? 사랑의 도피? "왜 그랬대요?"

"어머니와 같이 성대한 결혼식을 준비했었는데, 결혼식 육 주 전에 덜컥 돌아가시는 바람에. 얼마나 가슴이 찢어졌겠니. 결국 치안판사와 증인 두 명만 세우고 간략하게 올렸다고 하더구나."

카르멘도 마음이 아팠다. 날선 기세가 누그러졌다. "정말 안됐네요." 그녀가 웅얼웅얼 말했다.

"이제야 제대로 할 기회가 온 거니까, 난 리디아가 이 결혼식을 잘 치르길 바랄 뿐이다."

"네." 카르멘은 중얼거렸다. 문득 또다른 생각이 떠올랐다. "전남편은 어떻게 됐어요?"

"사오 년 전에 헤어졌어. 심각한 알코올중독이었지. 치료받느라 병원도 여러 번 들락거렸다고 하고."

카르멘은 다시 한숨을 내쉬었다. 슬픈 일이었다. 리디아를 동정하고 싶지 않았다. 그러면 미워하기 힘들어질 테니까. 하지만 돌아가신 엄마 때문에 결혼식도 못 올리고 술주정뱅이 남편과 살아야 했던 리디아와, 엉망진창인 아빠를 둔 말없는 폴이 자꾸만 떠올랐다. 그런 상황을 생각하니 폴의 침묵이 금욕에 가까워 보였다. 크리스타는 틀림없이 자상하고 믿음직스러운 아빠를 둔 내가 부러울 거야…… 다들 아빠와 함께하는 새로운 삶이 진심으로 감사하겠지.

카르멘은 집에 가면 리디아에게 다정하게 미소지으며 결혼식에 대해 한두 가지라도 물어봐야겠다고 다짐했다.

"그건 그렇고, 테니스 치기 전에 잠깐 어디 좀 들러도 괜찮겠니? 폴이 여름 축구 리그에 출전중인데 오늘 큰 시합이 있대. 잠깐 들르겠다고 약속했거든."

"그러세요." 카르멘은 툴툴거렸다. 다시 기분이 나빠졌다.

브리짓은 새벽녘에 혼자 수영을 하러 갔다. 흥분한 탓에 잠이 오지 않았다. 돌고래를 보고 싶어서 멀리, 더 멀리 헤엄쳐나갔지만 오늘은 한 마리도 보이지 않았다. 돌아올 때는 코요테 만 중심부에서 멀리 떨어진 곳 쪽으로 돌아서 헤엄쳐왔다. 모래사장 군데군데 레저용 차량이 서 있었다. 으윽.

해변가로 돌아와 모래사장 위에 누웠다. 한 시간쯤 잠이 들었던 모양이다. 아침식사를 준비하는 소리에 브리짓은 눈이 떠졌다. 재빨리 숙소로 돌아가 옷을 갈아입었다. 여느 때처럼 몹시 허기가 졌다.

브리짓은 미니 시리얼 세 통과 우유 두 팩을 담고 테라스 건너편에서 바나나를 집은 뒤 다이애나 옆자리로 가서 앉았다.

"잠은 좀 잤어?" 다이애나가 물었다. "새벽에는 어디 갔던 거야?"

"수영했어." 브리짓이 대답했다.

"혼자서?"

"안타깝지만, 혼자서."

브리짓은 에릭을 찾았다. 하지만 그의 모습은 보이지 않았다. 간밤의 숙취 때문인가? 아니면 그냥 작전을 짜느라 골머리 앓는 중인가? 지난밤 일을 떠올리자 얼굴이 빨갛게 달아올랐다. 에릭은 "우리 이러면 안 돼"라고 했다. "너 이러면 안 돼"가 아니라.

"준비운동이나 하러 가자." 브리짓은 다이애나에게 말했다.

아홉시에 첫번째 연습경기가 시작됐다. 1팀 엘 부로가 2팀 그레이 웨일스에 2점 앞서고 있었다. 최근 로스 타코스라고 이름을 정한 3팀과 4팀 로스 코코스는 다른 경기장에서 연습중이었다.

사이드라인에 앉아서 에릭을 보니 그는 마시와 다른 두 명의 선수와 함께 전략을 논의하고 있었다.

브리짓은 축구화 끈을 묶었다. 누구인지 정확히 기억은 안 나지만 어느 유명한 노배우는 신발을 고르는 데서부터 작품 속 캐릭터를 만들어간다고 했다. 브리짓은 축구화를 신은 자기 모습이 가장 좋았다. 평소보다 2센티미터는 더 큰 키로 딸깍딸깍 스파이크 소리를 내며 라커룸을 돌아다니거나, 경기장의 연한 잔디를 헤집고 달리거나. 낡은 진흙투성이 축구화는 그녀의 발에 꼭 맞았다. 이 신발을 신으면 걸음걸이가 운동광 남자애 같아지지만 그것조차 좋았다.

계속 에릭을 보고 있자니 마침내 그도 브리짓을 돌아보았다. 브리짓은 미소를 지어 보였다. 하지만 에릭은 웃어주지 않았다. 너희를 끝장내주지. 옆에 누가 있었다면 그 생각이 귀에 들렸을 만큼 브리짓은 굳게 다짐했다.

팀 코치 몰리 브레빈이 선수들을 불러모았다.

브리짓은 무릎 보호대를 차고 머리를 묶었다. 모여 있는 아이들에게 다가가 올리, 에밀리와 하이파이브를 했다. 한 팀으로 시합을 하기는 처음이었다.

다들 이미 알고 있는데도 몰리는 선발 멤버의 포지션을 발표했다. 브리짓은 준비운동 겸 제자리뛰기를 했다.

"자, 타코스, 잘들 들어라. 내가 중요하게 생각하는 건 패스야." 몰리가 선포했다. "명심해. 이번 연습경기에서 내가 신경쓰는 건 그것밖에 없어. 혼자서 공을 가지고 어떻게 해보겠다는 녀석은 당장 빼버린다." 왜 그 말을 하면서 브리짓을 본 걸까?

양 팀 선수들이 운동장에 모였다. 브리짓은 재빨리 뛰어가 다이애나의 허리를 꽉 끌어안았다. 다이애나가 깜짝 놀라 펄쩍 뛰었다. "몸매 죽이는데." 다섯 살 어린애 같은 장난이었다. 브리짓은 경기장 중앙에 자리를 잡은 뒤 호루라기 소리를 기다렸다.

브리짓은 신경을 집중할 무언가가 필요했다. 주체하기 힘들 만큼 에너지가 넘치는데다 아직 많은 재능이 다듬어지지 않았다. 본인도 알았다. 이제까지 살면서 거의 모든 순간, 그녀에게는 앞으로 박차고 나가기 위해 단순하면서도 통일된 목표가 필요했다. 그것 없이 뒤처지고 싶지는 않았다.

오늘의 대상은 에릭이었다. 브리짓은 자신의 기량을 그에게 마음껏 보여줄 작정이었다. 에릭의 존재는 브리짓의 세포를 한군데 집중시켰다.

공이 움직이자마자 에너지가 폭발했다. 브리짓은 재빨리 도리 레인스에게서 공을 빼앗아 경기장 반대편로 몰고 갔다. 골을 넣을 공간이 확보된 지점에서 수비수 세 명 중 두 명이 따라붙는 바람에 알렉스 코언에게 패스했다. 알렉스는 진로가 차단되자 다시 브리짓에게 공을 패스했다.

집중이 잘될 때는 브리짓을 위해 시간마저 느려지는 것 같았다. 브리짓에게는 선택할 수 있는 시간이 있었다. 위치를 확인하고 공이 날아가는 궤적까지 가늠할 여유가 있었다. 다리를 뒤로 뺐다가 공 아래 밀어넣고 살짝 들어올려 찼다. 공은 즉시 골키퍼의 머리를 스치고 골대 안으로 들어갔다. 팀 동료들이 브리짓을 둘러쌌다. 동료들의 몸과 팔에 가리기는 했지만 에릭의 모습이 보였다. 그는 사이드라인 쪽에 서서 자기 팀 후보 선수와 얘기를 나누고 있었다. 지금보다 더 에릭이 자신을 의식하기를 바랐다.

브리짓은 에릭이 볼 때까지 계속해서 경기를 밀어붙였다. 모든 공을 가로챘다. 이상할 정도로 몸에 탄력이 붙었다. 기분에 따라 컨디션이 극과 극을 달렸는데, 오늘 브리짓은 하늘을 찌르다 못해 뚫고 나갈 것처럼 컨디션이 좋았다. 컨디션이 평소 같은, 꽤 괜찮은 다른 선수들은 그녀에게 가려 경기장에서 보이지 않을 지경이었다.

"패스해, 브리짓!" 몰리가 소리쳤다. 높은 수준의 플레이를 선보이는 와중에 그런 헛소리를 받아들이고 싶진 않았다. 선수가 펄펄 날아다니면 내버려두라고. 공을 주란 말이야.

브리짓은 패스했다. 하지만 공은 빠르게 다시 넘어왔다. 코치는 받아들이지 않을지언정 동료들은 브리짓의 힘을 인정했다. 브리짓이 다시 점수를 냈다. 세번째 골인가, 네번째인가?

몰리는 화가 나 보였다. 그녀가 신호를 보내자 심판이 호루라기를 불었다. "교대!" 몰리가 소리쳤다. "브릴런드, 나와."

브리짓은 성이 나서 밖으로 나왔다. 사이드라인으로 성큼성큼 걸어나와서는 잔디 위에 주저앉아 손에 턱을 괴었다. 아직 숨도 안 차는데.

몰리가 다가왔다. "브리짓, 이건 연습경기야. 다른 사람에게도 기회를 줘야지. 각 선수들 역량을 살피는 게 내 역할이고. 넌 이미 스타야. 나도 그렇고 모두 그렇게 생각해. 네 실력은 챔피언십 대회를 위해 아껴두도록."

브리짓은 고개를 푹 숙였다. 순간 모든 긴장이 와르르 무너지는 느낌이었다. 눈물이 날 것만 같았다.

이제야 마음을 가라앉혀야 한다고 느꼈다. 자신을 다스리는 일은 왜 이렇게 힘든 걸까?

티비에게,

그릴에 구운 새우 카나페, 연어 그라블락스(도대체 이게 뭘까?), 아삭아삭한 시금치, 돼지 등심 구이. 투베로즈(이건 또 뭐야?)와 목련(그 여자가 좋아하는 꽃이래)이 포함된 꽃장식. 계속 쓰다보면 스무 장이 넘어갈지도 몰라, 티비. 하지만 널 위해 참을게. 이게 뭐냐고? 여기 사람들이 요즘 입에 달고 사는 얘기야. 정말 돌아버릴 것 같아. 우리 아빠는 정말 어쩌자고 이러는 걸까?

사랑과 함께 씁쓸한 기분을 보내며

카르멘

"누구예요?" 어떤 남자가 아빠에게 물었다.

카르멘은 시무룩한 얼굴로 사이드라인에서 약간 떨어진 곳에서 있었다. 폴은 팀의 스타였다. 아빠와 카르멘이 경기장에 도착한 지 팔 분도 되지 않아 두 골이나 넣었다. 아빠는 열광적으로 환호했다. 골대 근처에는 해골바가지가 비행기 승무원보다 더 잘 차려입고서 앉아 있었다. 발작적으로 깍깍 소리를 질러대는 와중에도 잊지 않고 잠깐씩 고개를 돌려 카르멘을 째려보았다.

"네?" 아빠가 당황해서 되물었다.

"그 집 애가 누구냐고요." 남자가 직접적으로 물었다.

아빠는 주저하더니 이내 대답했다. "폴 로드먼입니다. 포워드요." 아빠가 폴을 가리켰다.

카르멘의 등골을 따라 머리끝까지 오싹한 한기가 흘렀다.

"저 친구, 정말 대단한 선수예요." 남자는 그렇게 말하고 고개를 돌려 아빠를 쳐다보았다. "아버지를 많이 닮았군요." 그러고는 사이드라인을 따라 저쪽으로 가버렸다.

어떻게 아빠하고 폴이 닮을 수가 있어? 친자식도 아닌데! 카르멘은 있는 힘껏 비명을 지르고 싶은 심정이었다. 아빠 아이는 나뿐이야!

아빠가 카르멘에게 다가와 어깨를 감싸안았다. 닷새 전과 달리 이제는 아빠의 이런 행동이 좋지 않았다.

그토록 원하던 아들을 이제야 얻으셨네요. 씁쓸한 기분이었다. 아빠가 아들을 원했다는 건 알고 있었다. 왜 아니겠는가? 괴팍한 전처에 뚱한 딸, 정신 사나운 누나 넷에 둘러싸여 살았으니. 키크고 과묵한데다가 단순명쾌한 소년이라니, 게다가 아빠를 닮기까지 했다잖아.

속이 쓰렸다. 폴이 다시 한 골을 넣었다. 그가 미웠다.

카르멘은 축구가 젬병이었다. 여섯 살 때 어린이 축구단에 들었지만 경기에 나가서도 공 한번 차보지 못했다. 아빠는 그때도 경기를 보러 왔었다.

"정말 재밌네. 그렇지?" 아빠는 이제야 물었다. "남은 경기 다 보고 가도 괜찮을까?"

"저요? 제 기분이 대수인가요?" 톡 쏘는 카르멘의 대답은 아무런 문제가 되지 않았다.

"그래. 테니스 클럽에 코트가 많으니까, 좀더 있다 가도 문제 없을 거야."

해골바가지가 불쑥 앞에 나타났다. 상냥한 미소를 띠고 카르멘의 아빠에게 새된 목소리로 인사했다. "안녕하세요. 로웰 씨?"

"그래, 켈리. 우리 카르멘하고는 만난 적 있지?" 아빠가 물었다.

켈리는 표정 관리를 하려고 애쓰는 듯했다.

"안 지 한참 됐죠. 안녕, 켈리." 카르멘이 말했다.

"안녕." 해골바가지도 뻣뻣하게 인사했다. 그리고 카르멘의 아빠를 돌아보았다. "폴, 환상적이네요. 정말 자랑스러우시겠어요."

카르멘은 눈썹을 치켜세웠다. 해골바가지, 생각보다 머리가 좋네?

"아, 그럼. 물론 그렇지." 아빠가 중얼거렸다.

카르멘도 아빠도 대화를 이어나갈 생각이 없자 해골바가지는 어색해진 모양이었다. "그럼 다음에 뵐게요." 그녀는 아빠에게 인사하고 사이드라인으로 돌아가서는 대담한 플레이를 하는 폴을 향해 소리를 질렀다. "파이팅, 폴!"

문득 주차장 쪽에서 창백한 얼굴로 두 사람을 향해 달려오는 리디아가 보였다.

아빠는 그녀를 알아보자마자 카르멘의 어깨를 감싼 팔을 풀고 서둘러 미래의 아내에게 달려갔다. "무슨 일이야?"

"플랜테이션에서 예약 초과라고 전화가 왔어요. 다른 결혼식 하나가 취소돼야 우리 차례가 돌아올 거래요." 리디아는 숨도 쉬지 않고 말했다. 카르멘은 그녀 눈에 맺힌 눈물을 보았다.

"리디아." 아빠가 리디아를 감싸안았다. "일단 진정해요. 어떻게 하면 좋을까?" 그리고 리디아와 단둘이 이야기하려는 듯 한쪽으로 데려갔다. 아빠는 본능적으로 프라이버시를 중시하는 사람이었다. 아무리 딸 앞에서라도 사적인 이야기는 하지 않았다.

잠시 후 아빠가 돌아왔다. "카르멘, 리디아와 플랜테이션에 가봐야 할 것 같구나. 테니스는 내일 치자. 괜찮지?"

동의를 구하는 말은 아니었다. 아빠의 관심은 이미 다른 곳에가 있었다. "내 차 열쇠 주고 가마. 폴이 집에 데려다줄 거야." 아빠는 카르멘의 이마에 키스하며 덧붙였다. "미안하다. 테니스는 꼭 치러 갈 거야. 걱정하지 마라."

어른스럽게 처신할 수도 있었지만 카르멘은 사이드라인 근처 잔디로 가서 벌렁 누워버렸다. 그나마 다행인 것은 자신이 사우스캐롤라이나에서 투명인간이나 마찬가지라는 사실이다. 그렇지 않았다면 굉장히 추해 보였을 테니까.

자신이 남들에게 진지하게 받아들여졌다면, 엄마나 친구들의 눈을 통해 자신을 바라볼 수 있었다면, 이 기분을 설명할 수 있었을지도 모른다. 그러나 지금은 홀로 외롭게 공중에 떠 있는 기분이었다.

햇볕이 얼굴에 따스하게 내리비쳤다. 마침내 경기 종료를 알리는 긴 호루라기 소리가 들렸다. 카르멘 위로 그림자가 드리워졌다. 손으로 해를 조금 가리고 쳐다보니 폴이었다. 폴은 카르멘을 한동안 가만히 바라보았다. 카르멘을 괴짜라고 생각했는지 모르지만 내색하지는 않았다.

"테니스 치지 않을래?" 폴이 물었다.

이제까지 폴에게 들은 말 중 가장 긴 문장이었다. 카르멘은 좋다고 대답했다.

결과는 6 대 0, 6 대 0. 카르멘의 깨끗한 승리였다.

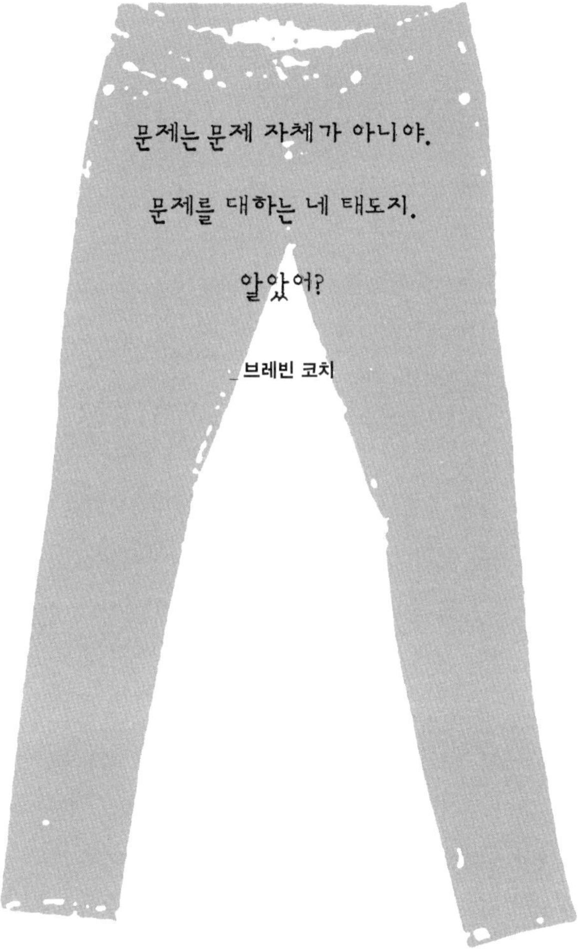

문제는 문제 자체가 아니야.

문제를 대하는 네 태도지.

알았어?

_브레빈 코치

싸움이 끝나고 몇 시간 뒤, 레나는 피라의 병원에서 여전히 화가 풀리지 않은 두 노인 사이에 앉아 있었다. 할머니는 커피와 간단한 식사를 준비하겠다며 돌아갔지만 아무래도 둘의 잔뜩 찌푸린 얼굴과 앓는 소리를 더는 견디기 힘들어서인 듯했다. 코스토스는 불안한 기색이 역력하다가 금세 대장간으로 돌아가버렸다. 레나 쪽은 보지도 않은 채.

할아버지는 광대뼈 쪽을 네 바늘 꿰매야 했다. 코스토스의 할아버지는 코가 부러진 것 같다고 투덜거렸지만—정말 피를 많이 흘리긴 했다—이상은 없었다. 형광등 불빛 아래 『피플』 같은 잡지 한 권 없이 하염없이 기다리던 레나는 바지에 말라붙은 작은 핏자국을 발견했다. "미안해." 조용히 바지에게 사과한 뒤 화장실로 가서 휴지에 물을 묻혀 살살 두드려보았다. 바지를 빨지 말라는 규칙이 떠올라 잠시 죄책감이 들었지만, 괴팍한 그리스 노인의 핏자국을 마법의 바지에 영원히 남겨놓을 수도 없지 않은가.

레나는 거울에 비친 자기 모습을 흘끗 보았다. 연못에서 젖은 후 제대로 말리지 않아서 머리 꼴이 우스웠다. 윤기가 흐르고 가지런한 평소의 머리는 간데없고 부스스하게 헝클어진 모양이었다. 레나는 뭔가에 취한 기분이었다. 거울에 비친 제 얼굴을 똑바로 쳐다보았다. 정말 이게 나야?

대기실로 돌아와보니 할아버지들 모습이 정말 유치했다. 플라스틱 의자에 나란히 앉아선 서로 반감을 드러낸다고 거의 등을 맞댄 꼴이었다. 이 모든 상황이 얼마나 우스꽝스럽고, 터무니없고, 심지어 웃기기까지 한지 레나는 알았다. 하지만 아무리 그래도 보이는 것과 별개로 우습게 느껴지지 않았다. 그저 마음이 불편했다. 부끄러웠다. 할머니는 분명 코스토스가 레나를 물리적으로 공격했다고 믿고서 할아버지에게 그대로 이야기했을 것이다. 두 사람은 그토록 사랑했던 코스토스가 천하의 몹쓸 강간범이라고 굳게 믿게 된 것이다.

레나는 자신의 과잉반응을 뒤늦게 깨달았다. 할머니가 극단적인 결론으로 비약하기 전에 사실을 털어놓아야 했다.

코스토스는 레나를 몰래 따라왔다. 레나의 벗은 몸을 봤다. 그건 분명 좋지 못한 행동이고, 유치한 짓이었다. 그렇지만 할아버지들이 다칠까봐 몸을 던져 싸움을 말리는 어른스럽고 강인한 면모를 보니 마음이 놓이기도 했다.

코스토스는 자신을 몰래 따라왔고, 그 때문에 불쾌했던 것은 사실이다. 하지만 할아버지 할머니가 생각하는 그런 짓은 하지 않았다.

이제 어쩐다? 어느 정도 사태가 진정되고 다들 안정을 찾으면, 그때 할아버지 할머니에게 용서를 구하고 사실을 말씀드려야지.

그리고 코스토스에게도 상황을 설명할 것이다.

그러면 다 잘 해결되겠지.

레나에게,

오늘 연습경기가 있었는데 지나치게 열심히 뛰었어. 난 성질을 좀 죽일 필요가 있는 것 같아. 네 목소리가 들리는 것 같네. 브리짓, 제발 진정해! 나도 노력은 해. 하지만 다리가 멋대로 움직이는걸.

이제 달리기하러 나가려고. 에릭이 있거든. 온통 그 사람 생각뿐이야. 에릭 얘기는 했었나? 너는 이성적인 사람이지만, 스스로를 어쩌지 못하는 사람도 있는 것 같아.

사랑을 담아

브리짓

"안녕하세요. 저는 티비 친구 베일리 그래프먼인데요. 티비 집에 있나요?"

티비는 아래층에서 들리는 소리에 깜짝 놀랐다. 현관에서 베일리가 칭얼대는 캐서린을 달래는 로레타에게 인사하고 있었다. 어쩌다 열두 살 스토커를 달고 다니는 신세가 되었을까?

티비는 조심스럽게 미미를 유리상자에 넣고 자기가 집에 있다는 사실을 로레타가 모르기를 빌었다. 하지만 그렇게 운이 좋을 리 없었다. 잠시 후 베일리가 계단을 오르는 소리가 똑똑히 들려왔다.

"안녕." 베일리가 티비의 방문 앞에서 손을 흔들며 인사했다.

"베일리, 여기까지 웬일이야?"

베일리는 정돈 안 된 티비의 침대 위에 편안하게 앉았다. "네 영화 이야기가 자꾸 떠올라서 말이야. 아주 좋은 아이디어인 것 같아. 도와주고 싶어."

"그럴 거 없어. 아직 시작도 안 했는걸." 티비는 미리 방어막을 쳤다.

"그러니까 더 도움이 필요한 거지." 베일리가 설득했다. "내가 카메라맨이 될 수도 있고, 음향을 맡을 수도 있지 않을까? 아니면 조명감독이나, 조명감독 조수를 해줄 수도 있어."

"너 그런 일 못할 것 같은데." 티비가 꼭 집어 말했다.

"아니면 그냥 조수도 괜찮겠다. 개인비서처럼 말이야. 네 짐을 들어주고 다니는 거지."

베일리가 진심으로 흥분한 듯 보여서 거절하기가 힘들었다.

"고마워. 하지만 다른 사람 도움은 정말로 필요 없어." 티비가 말했다.

베일리는 자리에서 일어나 미미를 보았다. "얘는 이름이 뭐야?"

"미미. 일곱 살 때부터 키웠어." 티비는 심드렁하게 말했다. 친구들 앞에서는 미미에 대한 애정을 좀처럼 드러내지 않았다.

"정말 귀엽다." 베일리가 미미를 보며 콧등에 주름을 잡았다. "안아봐도 돼?"

니키를 제외하고 미미를 만져보고 싶어하는 사람은 여덟 살 때 이후로 처음이었다. 어린애를 친구로 사귀면 이런 점은 좋을지도 몰랐다. "물론."

베일리는 조심스럽게 미미를 상자에서 꺼냈다. 미미도 싫어하는 눈치는 아니었다. 오히려 베일리의 가슴에 통통한 몸을 편안히 기댔다. "와, 정말 따뜻해. 난 이제까지 애완동물 한 번도 안 키워봤는데."

"미미는 하는 일이 별로 없어." 티비는 미미에게 약간 배신감을 느끼며 말했다. "나이가 많아서 그런지 거의 잠만 자."

"이 안에만 있으면 지겨울 거야. 그렇지 않을까?" 베일리가 물었다.

그렇게 생각해본 적은 한 번도 없었다. 티비는 어깨를 으쓱했다. "잘 모르겠어. 난 미미가 아주 행복하다고 생각하거든. 야생에서 살고 싶어할 것 같진 않은데."

베일리는 미미를 안은 채 가만히 의자에 앉았다. "첫 인터뷰 대상은 정했어?"

티비는 아직이라고 말할 뻔했지만 참았다. "월먼의 괴물, 덩컨이 어떨까 싶어."

"많이 고약해?"

"말도 마. 그 사람은 있지…… 완전히 다른 나라 말을 한다니까. 부지배인국 언어라고나 할까. 그리고 자기가 굉장히 중요한 인물인 줄 알아. 아주 유난을 떨면서 말이야."

"그렇구나." 베일리는 미미의 배를 긁어주었다.

티비가 말을 이었다. "손톱이 어마어마하게 긴 여자도 있어." 티비가 말을 이었다. "하늘 높이 세운 브리애나의 머리도 짧게나마 들어가는 게 좋을 것 같아. 또 파빌리온에서 일하는 여자도 진짜 인터뷰해보고 싶어. 영화 장면들을 전부 외우고 있거든. 물론 별 볼일 없는 것들이긴 하지만."

베일리는 의자에 앉은 채로 꼼지락거리다가 아쉬움 섞인 투로 말했다. "난 늘 다큐멘터리를 만들고 싶었어."

티비는 베일리가 백혈병이라는 카드를 이용할 거라는 예감이 들었다. "그럼 만들면 되잖아."

"카메라가 없는걸. 찍는 법도 모르고. 그러니 네가 영화 만드는 걸 정말로 돕고 싶어."

티비는 한숨을 내쉬었다. "너 지금 백혈병으로 동정심 유발하려는 거지, 그렇지?"

베일리가 콧방귀를 뀌었다. "그래, 정확히 맞혔어." 그러고는 미미를 꽉 끌어안았다. "아래층에서 본 아기는 동생이야?"

티비는 고개를 끄덕였다.

"나이차가 많이 나네?"

"열네 살 차이야." 티비가 대꾸했다. "두 살짜리 남동생도 있어. 지금은 낮잠 자는 중."

"와. 부모님 중에 누가 재혼이라도 한 거야?"

"아니. 친아빠 친엄마 맞아. 두 사람 다 새로운 라이프스타일과 결혼했거든."

베일리는 흥미롭다는 표정이었다. "그건 무슨 소리야?"

"음, 정확히는 나도 잘 모르는데." 티비는 침대에 걸터앉았다. "부모님은 처음에 나를 낳고는, 위스콘신 애비뉴에 있는 간이식당 위층의 작은 아파트에서 살았거든. 아빠는 대학에서 법학을 공부하고 틈틈이 사회주의 신문에 글을 썼어. 국선변호인으로도 일했는데, 그런 생활에 완전히 녹초가 돼버린 뒤로는 록빌 외곽에 작은 트레일러를 세워놓고 살았어. 아빠는 유기농업을 배우고 엄마는 발 모양 조각을 만들었고. 한때는 봄 내내 포르투갈에서 텐트를 치고 살기도 했어." 그리고 주위를 둘러보며 덧붙였다. "지금은 이렇게 살지만."

"부모님이 널 굉장히 일찍 낳았나봐." 베일리가 말했다.

"열아홉."

"넌 부모님한테 일종의 시험적 존재였나보다." 베일리가 잠든 미미를 가만히 무릎 위에 내려놓으며 말했다.

티비는 베일리를 보았다. 그렇게 정확한 단어로 생각해본 적은 없지만, 그 덕에 뭔가 정리가 되었다. "그런 것 같아." 티비는 생각했던 것보다 베일리에게 더 마음이 열렸다.

"그런 다음 어른이 되어서 진짜 아이를 원하게 된 거고." 베일리가 추측했다.

대화의 방향에 티비는 놀라면서도 불편했다. 베일리의 말은 모두 사실이었다. 부모님은 친구들이 하나둘 아기를 낳자 다시 한번 제대로 육아를 해보고 싶어했다. 베이비 모니터와 아기용 침대, 음악이 나오는 작은 모빌을 사들였다. 티비가 아기였을 때와는 완전히 달랐다. 티비는 그저 두 사람이 모험을 위해 끌어들인, 헝클어진 머리의 작은 액세서리일 뿐이었다.

베일리가 불쌍하다는 눈으로 티비를 보았다. 티비는 갑자기 슬퍼졌다. 이 이야기를 어떻게 마무리지어야 할지 알 수 없었다. 혼자 있고 싶었다. "난, 저, 나가봐야 해. 그러니까 너도 이만 가봐." 티비가 말했다.

이번에는 베일리도 고집부리지 않았다. 돌아가려고 자리에서 일어났다.

"미미는 놓고."

티비에게,

모든 게 엉망이야. 내가 알몸으로 헤엄치는 걸 코스토스가 봐버렸지 뭐니. 난 완전히 기겁했지. 너도 상상이 가지? 옷을 다 엉터리로 꿰입고 (바지는 뒤집어 입었다니까. 무슨 마법을 보여줄 수 있었겠니?) 집으로 정신없이 뛰어왔단다. 게다가 할머니가 그런 내 모습을 보고는 실제보다 더 나쁜 일이 일어났다고 단정해버린 거야.

그다음에는, 세상에나, 정말 쓰기도 괴롭다. 할머니가 할아버지한테 당신 짐작을 (분명 그리스어로) 사실처럼 이야기했어. 농담이 아니라, 할아버지는 곧장 코스토스를 두들겨패러 달려갔어. 코스토스 할아버지가 우리 할아버지를 막았고. 결국 두 할아버지 사이에 싸움이 일어났어. 듣기에는 재미있겠지만 실제로 볼 때는 너무 무서웠어.

지금 우리 할머니 할아버지는 가장 친한 친구분들과 냉전중이야. 코스토스는 나를 정말 싫어하게 됐지. 정확히 무슨 일이 있었는지 아는 사람은 우리 둘 말고는 없어.

아무래도 진실을 밝혀야겠지?

이게 청바지와 함께 처음으로 겪은 큰일이야. 이 바지에 정말 우리가 기대했던 그런 영향력이 있는지 모르겠어. 참, 바지에 피가 조금 묻었어. 어쩌면 그 때문에 마법의 힘이 줄어들었을지도 몰라(최선을 다해 지워보기는 했지만). 이제 바지를 산토리니에서 가장 빠른 우편으로 보내줄게

(그래도 시간이 좀 걸릴 거야). 너는 분명 나보다 바지와 더 좋은 시간을 보낼 거야.

네가 여기 있다면 좋겠어, 티비. 아니, 이 말은 취소. 우리가 함께 있으면 좋겠어, 여기만 아니라면 어디든 좋아.

사랑을 담아

레나

카르멘의 아빠와 리디아는 아직도 파티에서 돌아오지 않았다. 이제껏 친구라고는 사귀지 않던 아빠가 갑자기 사교계의 왕자가 되었다. 리디아의 친구는 곧 아빠의 친구가 되었다. 아빠는 모든 게 준비된 인생으로 걸어들어간 것이다. 집과 아이들, 친구들까지. 예전의 아빠를 떠올리면 지금의 모습은 너무나도 낯설었다.

폴은 해골바가지와 외출했고, 크리스타는 두 친구와 자기 방에서 홈 스파를 하는 중이었다. 카르멘에게도 같이 하자고 예의 바르게 권했지만 생각만 해도 기운이 빠져 거절했다. 친구들이 너무나도 보고 싶었다.

손님용 침실은 지긋지긋했다. 가구마다 옷가지가 아무렇게나 널려 있었다. 나머지 옷은 방바닥에 흐트러져 있었다. 카르멘은 스스로가 위선자라 느꼈다. 이렇게 어지른 사람이 자기면서도 도저히 방 상태를 견딜 수가 없었다.

부엌에 크리스타가 내팽개쳐둔 기하학 숙제가 있었다. 카르멘은 탐욕스러운 눈으로 문제지를 보았다. 증명문제 2번을 반쯤 풀다 만 상태였고 여덟 문제가 더 있었다.

집은 조용했다. 카르멘은 문제지를 집어들었다. 잠시 들여다보다가 연필도 손에 쥐었다. 그리고 문제를 풀기 시작했다. 기하학 증명은 즐거움 그 자체였다. 문제, 그리고 답이 있는 세계다.

어찌나 집중했는지 카르멘은 집에 돌아온 폴이 부엌 입구에 서서 빤히 보고 있는 것도 알아차리지 못했다. 천만다행히 해골 바가지는 없었다. 폴은 어리둥절한 얼굴이었다.

카르멘은 얼굴에 피가 확 쏠리는 듯했다. 크리스타의 숙제를 하고 있던 걸 뭐라고 변명하지?

폴은 한참을 그 자리에 서 있었다. 그러다 마침내 입을 열었다. "잘 자."

"오빠, 내 수학 숙제 했어?" 다음날 아침식사를 하다가 크리스타가 물었다. 고마움과 퉁명스러움이 뒤섞인 말투였다.

일요일이었다. 아빠가 모두를 위해 팬케이크를 구웠다. 세상에, 요리까지 하다니! 게다가 리디아는 식탁 위에 고급 꽃무늬 식기 세트를 내놓았다. 극진도 하셔.

폴은 곧바로 대답하지 않았다.

"오빠는 내가 이런 것도 못할 정도로 멍청하다고 생각하는 거야?" 크리스타가 따져 물었다.

사실이잖아. 카르멘은 그렇게 대답하고 싶었다.

"아니야." 폴은 평소대로 짧게 대답했다.

크리스타가 자리에서 벌떡 일어났다. "뭐가 아닌데? 내 숙제를 했다는 거? 아니면 나를 멍청하게 생각하는 거?"

"둘 다."

"그럼 숙제는 누가 한 건데?" 크리스타가 따졌다.

카르멘은 폴의 눈이 자기를 향하기를 기다렸다. 하지만 그러지 않았다. 그는 아무 말 없이 어깨만 으쓱해 보일 뿐이었다.

폴이 입을 다물 생각이라면 나 스스로 밝혀야 하나? 카르멘은 고민했다.

"이만 가볼게요." 폴이 말했다. "팬케이크 잘 먹었어요, 앨버트 아저씨."

폴은 부엌을 나가더니 현관에 놓인 더플백을 들고 집을 나섰다.

"어디 가는 거예요?" 자기가 상관할 바 아니었지만 카르멘은 물어보았다.

리디아와 크리스타가 눈짓을 주고받았다. 리디아는 무슨 말인가 하려다가 그만두더니 겨우 입을 뗐다. "폴은 지금…… 음…… 친구 만나러 갔어."

"아." 카르멘은 그 대답이 왜 그리 어렵게 나오는지 알 수 없었다.

"그건 그렇고." 리디아가 활기차게 화제를 바꾸었다. "피로연

대책을 세웠단다."

카르멘에게 하는 말이었다. 그 이야기를 모르는 사람이 자기뿐이라는 걸 카르멘은 이내 알아차렸다.

"아." 카르멘은 이번에도 같은 소리를 냈다. 어떻게 할지 물어봐야 하는 상황이라는 건 알았다.

"뒤뜰에서 하려고. 커다란 천막을 빌렸거든! 재밌을 것 같지 않니?"

"네, 재밌겠네요." 카르멘은 남은 오렌지주스를 마저 마시며 대답했다.

"너도 알겠지만, 어제는 정말 실망했어." 리디아가 말을 이었다. "하지만 기운을 차리기로 했단다. 앨버트가 피로연을 집에서 연다는 기막힌 아이디어도 생각해냈고. 정말 멋진 방법이지 뭐니."

"네…… 정말 멋지겠네요." 카르멘이 말했다. 은근히 비꼰 것에 죄책감을 느꼈지만 아무도 눈치채지 못한 듯했다.

"자, 이제." 아빠가 의자를 뒤로 밀며 말했다. "테니스 클럽에 가자."

카르멘은 자리에서 벌떡 일어났다. "네, 가요." 마침내 약속했던 테니스 시합을 하게 되었다. 카르멘은 밖으로 나와 아빠의 베이지색 새 차에 올라탔다.

"우리 예쁜이." 차가 출발한 뒤 아빠가 말했다. "리디아 전남편에 대해 말했던 거 기억하지? 그 얘기는 혼자만 알고 있으면 좋겠구나. 리디아가 그 부분에 아주 예민하거든."

카르멘은 고개를 끄덕였다.

"내가 이런 말을 하는 건 폴이 오늘 아버지를 만나러 가기 때문이야. 애틀랜타에 있는 재활센터에서 지내는데, 폴이 한 달에 한 번 가서 대개 하룻밤 자고 오거든."

이유는 몰라도 카르멘은 울음이 나올 것 같았다.

"크리스타는 안 가나요?"

"그애는 아빠와 연락하는 걸 안 좋아해. 소식을 들으면 많이 괴로운가봐."

자기 아빠를 부끄럽게 여기는 거야. 카르멘은 생각했다. 분명 리디아 역시 전남편을 수치스럽게 생각하고 있을 것이다. 좀더 나은 새사람을 찾고 옛사람은 잊어버리는 것이다.

"그렇게 가족을 저버려서는 안 되는데." 카르멘은 중얼거렸다. 그리고 창문 쪽으로 얼굴을 돌렸다. 며칠 만에 처음으로 진짜 울고 있었다.

"우리 영화에 처음으로 인터뷰할 사람을 찾았어." 베일리가 흥분해서 말했다.

티비는 발끈해서 전화기에 대고 큰 목소리로 되물었다. "우리 영화?"

"미안. 네 영화지. 나는 도와주기로 했고."

"누가 너보고 도와달랬어?" 티비가 따졌다.

"부탁할게, 응? 제발." 베일리는 매달렸다.

"이봐, 베일리. 할 일이 그렇게도 없니?" 갑자기 침묵이 흘렀다. 티비의 말이 전화선을 따라 울리는 듯했다. 심각한 병을 앓는 아이에게 이런 말은 해서는 안 되는 걸까.

"네시 삼십분에 인터뷰 약속을 잡아놨어. 네 일이 끝날 시간에." 베일리는 물러서지 않았다. "원한다면 그전에 너희 집에 들러서 필요한 장비를 챙겨갈게."

"대체 누구를 인터뷰하겠다는 건데?" 티비가 지친 목소리로 물었다.

"월먼 건너편 세븐일레븐 알지? 거기서 전자오락을 하는 애야. 가장 어려운 기계에 10위까지 기록을 싹쓸이했어."

티비는 코웃음을 쳤다. "그다지 적합한 인물 같지는 않은데."

"그럼 이따 만나는 거다?"

"어떻게 찍을지 아직 계획도 제대로 안 세웠어." 티비는 냉정하게 대답했다. 그렇다고 당장 딱히 다른 선택지가 있는 것도 아니었고, 베일리 역시 그 사실을 알았다.

티비의 일이 끝날 때쯤 베일리는 당연하다는 듯 나타났다.

"오늘은 어땠어?" 베일리가 절친한 친구처럼 물었다.

형광등 불빛 아래 몇 시간 동안 일하며 티비는 뇌가 타버리는 것 같았다고 생각했다. "서서히 죽어갔어." 티비가 대답했다. 말이 입 밖으로 튀어나가기가 무섭게 후회했다.

"그러니까 어서 가자." 베일리는 카메라를 챙기며 말했다. "낭비할 시간이 없어."

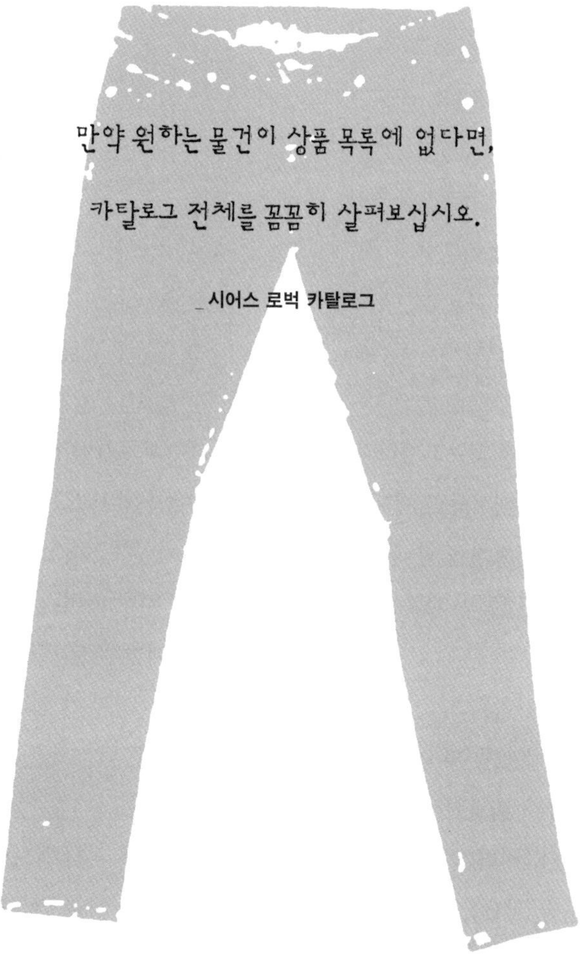

만약 원하는 물건이 상품 목록에 없다면,

카탈로그 전체를 꼼꼼히 살펴보십시오.

_시어스 로벅 카탈로그

브라이언 맥브라이언과 처음 인사를 나누자마자 티비는 웃음거리를 위해서라면 제대로 찾아왔음을 알아차렸다. 그는 루저의 특징이란 특징을 한데 모아놓은 듯한 인물이었다. 비쩍 마른 몸과 창백한 얼굴, 피부는 우유 표면에 생기는 얇은 막처럼 푸르데데한 흰색이었다. 일자 눈썹에 잔뜩 기름진 개똥 색깔 머리카락, 이끼처럼 이를 덮은 치아교정기, 툭툭 내뱉는 말투. 이 인터뷰는 베일리에게 맡겨야 했는데.

티비와 베일리가 세팅하는 동안 브라이언은 '드래건 마스터'를 했다. 티비는 베일리가 임시로 만든 막대에 능숙하게 마이크를 다는 모습을 마지못해 감탄하며 쳐다보았다. 가게 안팎에서 끊임없이 소음이 들려와 마이크 없이는 도저히 인터뷰를 할 수 없었다. 베일리는 정말 이런 일이 처음일까?

티비는 주변 촬영부터 시작했다. 비현실적인 핑크빛을 띤 호스티스 스노볼 케이크를 클로즈업했다가 배나 화이트*의 이국적인 아기 소식을 요란하게 전하는 타블로이드판 신문 가판대를 지나 슬림 짐 육포가 진열된 계산대를 죽 훑었다. 그런 다음 계산대 뒤에서 일하는 남자를 비추며 롱테이크를 끝맺었다. 남자는 마치 티비가 〈60분〉**에서 나온 기자라도 되는 것처럼 냅다 얼굴을 손으로 가리며 소리쳤다. "카메라 치워! 카메라 치우라니까!"

티비는 가게 정문 쪽으로 이동하면서 베일리의 웃는 모습을 카메라에 담았다. 그러고는 어깨를 들썩이며 용과 한판 승부를 벌이는 브라이언의 뒷모습을 찍었다. 거기서 촬영을 중단하고 인터뷰를 할 수 있도록 카메라를 세팅했다. "준비됐니?"

브라이언은 몸을 돌렸다. 베일리가 마이크 위치를 잡고 "카메라 돌아간다" 하며 그에게 알렸다.

브라이언은 보통 사람이 카메라 앞에서 그러듯 이상한 각도로 고개를 치켜들지도, 뻣뻣하게 긴장하지도, 옷매무새를 가다듬지도 않았다. 그저 티비를 똑바로 보기만 했다.

"그래, 브라이언, 넌 여기 세븐일레븐에 꼬박꼬박 온다며?" 티

* 퀴즈쇼 〈휠 오브 포춘〉의 사회자로 유명한 미국 여배우.

** 유명 탐사보도 프로그램.

비는 진짜 바보들은 빈정거리는 것도 모른다고 생각하며 말했다.

그는 고개를 끄덕였다.

"여기 얼마나 있어?"

"음, 보통은 꽤 있다가 열한시 정도에 가지."

"그럼 이 편의점은 열한시에 문을 닫나?" 티비가 물었다. 웃음을 참느라 입가에 주름이 잡힐 정도였다.

"아니. 그때가 통금 시간이니까." 브라이언이 설명했다.

"그럼 학기중에는 어때?"

"그때는 세시에서 다섯시까지 있지."

"그렇구나. 방과후 활동이나 달리 하는 일은 없어?"

브라이언은 질문에 담긴 의미를 곱씹는 듯했다. 그러더니 가게 정면 유리창 너머를 가리켰다. "대부분 사람들은 저 밖에서 살고." 그리고 오락기 스크린을 톡톡 두드리며 말했다. "난 여기서 살아."

티비는 그의 솔직하고 침착한 시선에 약간 당황했다. 브라이언 같은 사람은 자기 앞에서 주눅이 들 줄 알았는데.

"그럼 이제 '드래건 마스터' 얘기를 해줄래?" 티비는 자신이 밀리고 있음을 느꼈다.

"보여줄게." 브라이언이 투입구에 25센트짜리 동전을 두 개 넣었다. 이것이야말로 그가 촬영에 동의한 이유임이 분명했다.

"1단계는 숲이고, 시대는 서기 436년이야. 첫번째 원정은 성

배를 찾는 거지."

티비는 브라이언의 어깨 너머로 스크린을 카메라에 담았다. 바라는 만큼 깨끗하게 찍히지는 않았지만 그리 나쁜 편도 아니었다.

"총 28단계고, 시대 배경은 5세기부터 25세기까지야. 이 기계에서 28단계까지 간 사람은 한 명밖에 없어."

"너?" 티비가 물었다. 약간 숨이 가빠졌다.

"맞아. 나야." 그가 말했다. "정확히 2월 13일이었지."

티비는 이 소재가 풍자적인 다큐멘터리에 딱이라는 것을 알았다. 하지만 왠지 모르게 약간 감동을 받았다. "어쩌면 오늘 또 그 고지에 오를 수도 있겠네."

"가능해." 브라이언이 동의했다. "그게 아니더라도 여기에는 모든 세상이 있지."

티비와 베일리는 브라이언의 어깨 너머로 스크린을 뚫어져라 바라보았다. 브라이언이 조종하는 근육질 전사가 충성스러운 부하들과 육감적인 여자를 규합해 전투 태세를 갖추었다.

"7단계까지 가야 용이 나와." 그가 설명했다.

4단계에서는 해상 전투가 벌어졌다. 6단계에서는 반달족이 마을에 불을 질렀지만 브라이언이 여자와 아이를 모두 구해냈다. 티비는 브라이언의 빠르고 정확한 손놀림에 주목했다. 스틱과 버튼이 여러 개 있었지만 브라이언은 아래를 보지도 않고 손을 놀렸다.

두번째 용이 나타나고 몇 분 후 배터리가 다 닳아 카메라가 꺼지는 달칵 소리가 들렸지만 티비는 계속 스크린만 보았다.

기나긴 중세 성 포위 작전이 끝나자 브라이언은 잠시 게임을 멈추고 돌아보았다.

"카메라 배터리 나간 거 같은데." 그가 말했다.

"아, 알고 있어." 티비가 태연한 척 말했다. "이게 세번째 배터리야. 충전해둔 게 더 없는데, 인터뷰는 다음에 끝내는 게 좋을 것 같다."

"그렇게 해." 브라이언이 수긍했다.

"계속 게임해도 괜찮아." 티비가 권했다.

"그래." 브라이언이 답했다.

베일리가 호스티스 과일 파이를 사서 나눠주었고, 그들은 브라이언의 영웅이 24단계에서 용이 내뿜은 불에 타죽을 때까지 구경했다.

다섯시부터 에릭이 달리기 지도를 했다. 브리짓은 에릭이 자신을 보고 기뻐하는지 아닌지 알 수 없었다.

"오늘 우리는 시속 15킬로미터로 달린다." 에릭이 무리를 향해 말했다. "다시 한번 말하지만, 자기 몸은 각자가 잘 알 거야. 그러니 지나치게 무리하지 않도록. 이곳은 더우니까 주의하고,

필요하면 속도를 줄여도 좋아. 이건 훈련이다, 시합이 아니라." 에릭이 브리짓을 똑바로 보고 말했다.

몇 분 동안 준비운동 시간을 준 후 에릭이 물었다. "준비됐나."

에릭은 빠르든 느리든 상관없이 브리짓과 나란히 뛰는 것을 받아들이기로 한 모양이었다. "대단하더라, 브리짓." 에릭이 차분하게 말했다. "진짜 볼만하던데." 브리짓의 경기가 지나쳤다고 생각하는 듯했다. 틀림없었다.

브리짓은 입술 안쪽을 질근질근 씹었다. 부끄러웠다. "내가 미쳤었나봐요. 가끔씩 그래요."

에릭은 딱히 놀랍지도 않다는 얼굴이었다.

"코치님한테 보여주려고 그랬어요." 브리짓이 솔직히 털어놓았다.

에릭은 잠시 생각에 잠겨서 브리짓의 눈을 똑바로 쳐다보았다. 그리고 바로 뒤의 아이가 얼마나 떨어졌는지 거리를 살폈다. "브리짓, 안 돼." 낮은 목소리였다.

"뭐가 안 된다는 거예요?"

"이렇게…… 이런 식의 막무가내는 안 돼." 에릭은 만족스러운 말을 찾지 못하는 듯했다.

"왜요? 코치님을 좋아하면 왜 안 되죠?"

에릭은 브리짓의 단도직입적인 말에 흠칫 놀랐다. 브리짓을 흘끗 보더니 괴로운 듯 말했다. "브리짓, 그게…… 좋게 봐줘서 고맙다. 영광이야. 누가 아니겠어?"

브리짓은 어금니를 악물었다. 고맙다느니, 영광이라느니, 그런 말 따위는 듣고 싶지 않았다. 그런 건 아무래도 상관없었다.

에릭은 속도를 높여 다른 사람들과 거리를 벌리며 말했다. "브리짓, 넌 정말 예뻐. 재능 있고, 그리고…… 또…… 에너지가 넘치지." 한결 부드러운 목소리였다. 에릭은 브리짓의 눈을 바라보았다. "그걸 모르는 건 아니야. 날 믿어도 좋아. 난 분명 알아."

브리짓은 약간의 희망을 느꼈다.

"그렇지만 난 코치고, 넌…… 열여섯 살이야."

"그래서요?" 브리짓이 따졌다.

"무엇보다 이건 잘못된 행동이야. 또 규칙 위반이고."

브리짓은 머리를 묶은 고무줄에서 빠져나온 머리카락을 귀 뒤로 넘겼다. "그런 규칙 따위 상관없어요."

에릭의 얼굴이 다시 굳어졌다. "내겐 선택의 여지가 없어."

할아버지와의 아침식사는 어느덧 일상이 되었지만 어색한 분위기는 여전했다. 특히 그 일이 있고 나서는 더했다.

오늘 아침에는 할아버지가 덜 바삭거리는 시리얼을 먹어서 레나가 자기 시리얼을 아그작아그작 씹는 소리가 유난히 요란스럽게 들렸다.

레나는 할아버지를 주시하며 기회를 엿보았다. 자기와 비슷한 녹회색 눈동자와 마주치려 해보았다. 진심으로 뉘우치는 모습을 보이고 싶었지만 시리얼 씹는 소리가 너무 요란해서 그런 노력도 소용없었다. 주름진 피부 위, 투박한 퀘맨 자국을 보니 부끄러움에 속이 아팠다.

"할아버지……"

할아버지가 고개를 들고 걱정스러운 표정으로 레나를 바라보았다.

"그게, 저……" 레나의 목소리가 떨렸다. 지금 내가 무슨 생각인 거지? 할아버지는 영어도 전혀 모르는데.

할아버지는 고개를 끄덕이며 레나의 손 위에 손을 겹쳤다. 따스한 제스처였다. 그건 사랑과 보호를 뜻했다. 하지만 동시에 이런 뜻이기도 했다. 얘기하지 않아도 돼.

레나는 에피가 오늘 아침 일찍 일어나기를 바랐다. 지난밤에는 에피에게 사정을 설명하자니 너무 피곤하고 혼란스러웠고, 할아버지와 할머니도 아무 말도 하지 않았다. 에피가 할아버지 뺨에 붙은 반창고를 보고 무슨 일이냐고 물었지만 할아버지는 어깨만 으쓱해 보이며 그리스어로 중얼거릴 뿐이었다. 레나는 지금 동생에게 사건의 전말을 이야기하고, 에피의 전매특허인 현실 확인이라도 받고 싶었다. 비록 쓴소리겠지만. 그다음 에피가 할머니에게 모든 것을 알려주고, 할머니가 할아버지에게 설명하면 되는 것이다. 그 이상 좋은 방법은 없다. 하지만 에피는 일어나려는 기척조차 없었다.

레나는 아침식사를 마치고 2층으로 올라가 그림 도구를 가방에 챙겼다. 평소와 똑같이 행동해야 그나마 불안한 마음이 달래질 터였다. 창밖을 내다보았다. 매일 이 시간쯤이면 언덕 아래 대장간으로 가는 길에 노천카페에 들르는 코스토스가 보였다. 하지만 오늘 아침에는 나타나지 않았다. 당연하겠지만.

집을 나서면서 레나는 오늘은 언덕 아래로 내려가보기로 결정했다. 흰 벽에 부딪혀 반사되는 햇살이 눈부셨다. 청명한 빛을 받으니 복잡한 머릿속이 맑아지는 듯했다.

레나는 코스토스의 집 쪽으로 걸어갔다. 길모퉁이의 그 집은 어쩌다 현관문이라도 열려 있는 날이면 거실 끝까지 환히 들여다보였다.

레나는 천천히 걸었다. 집안에서는 사람의 기척이 느껴지지 않았다. 절벽 쪽, 대장간이 있겠다 싶은 쪽으로 계속 걸어갔다. 우연히 코스토스와 마주칠지도 몰랐다. 그러면 말을 걸 수 있을지도 모르고, 자기도 어찌할 도리가 없었다고 표정으로나마 알릴 수 있을지 몰랐다.

코스토스와는 마주치지 못했다. 그래도 계속 걸었다. 좋아하는 교회 아래서 내키지 않는 마음으로 이젤을 세웠다. 종탑 골조를 스케치하려고 목탄을 꺼냈다. 마음이 딴 데 가 있어서인지 손이 쉽게 움직이지 않았다.

레나는 목탄을 내려놓았다. 오늘은 여느 때처럼 자기 자신과 귀중한 시간을 보낼 기분이 아니었다. 물건들을 가방에 집어넣고 다시 언덕을 오르기 시작했다. 이번에는 코스토스와 마주칠지도 모른다. 아니면 에피 소원대로 그애와 쇼핑을 나가, 기념품 가게에서 올리브나무로 만든 어이없는 그릇을 살 수도 있을 것이다.

어쩌면 할머니에게 무슨 일이 있었는지 말할 방법을 찾을 수 있을지도 몰랐다.

긍정적인 쪽으로 생각하기로 했다. 코스토스는 이제 자기를 귀찮게 하지 않을 것이다. 하지만 지금으로서는 그 사실이 그다지 긍정적으로 다가오지 않았다.

카르멘에게,

이번에는 화산 지대로 하이킹을 갔어. 트레스 비르헤네스라는 곳인데, 콰트로 비르헤네스와 이곳은 출입이 허락돼 있대. 연기 냄새가 나는 듯했어. 가이드 말로는 지난 세기 이후 화산 활동이 멈췄다지만.

그러고는 남쪽으로 협곡을 따라 내려가서 고대 인디언들의 바위 벽화를 봤어. 사냥 장면이 죽 이어지다가 거대한 페니스 그림이 줄줄이 나왔어. 다이애나랑 배꼽이 빠져라 웃었단다. 같이 갔던 코치들이 우리를 버스로 끌고 가느라 애먹을 정도였다니까. 정말 재미있었어. 너도 같이 왔으면 좋을 텐데.

아, 바하 생활이 너무너무 즐거워.

사랑을 담아

브리짓

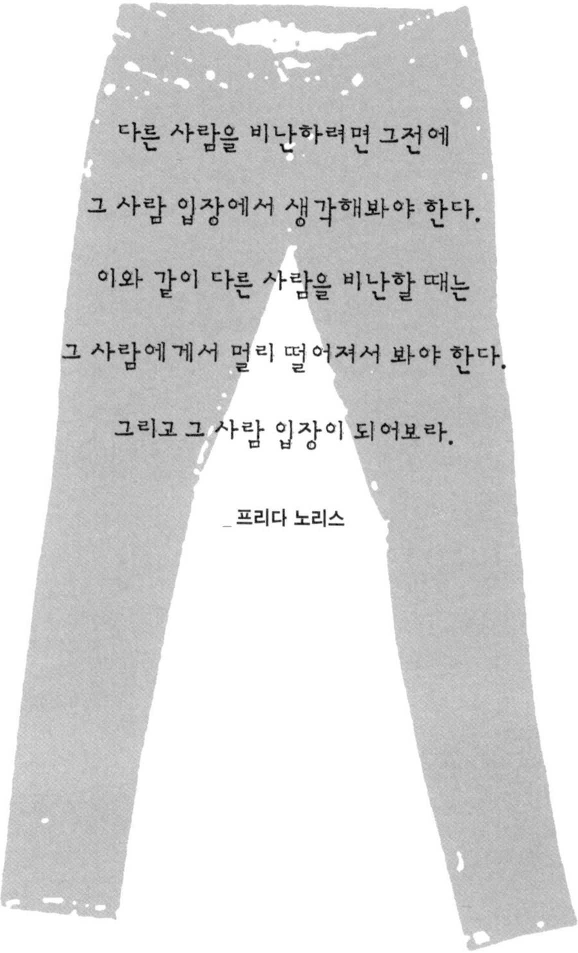

다른 사람을 비난하려면 그전에

그 사람 입장에서 생각해봐야 한다.

이와 같이 다른 사람을 비난할 때는

그 사람에게서 멀리 떨어져서 봐야 한다.

그리고 그 사람 입장이 되어보라.

_프리다 노리스

"바버라, 내 딸 크리스타 알죠?" 화요일 오후 리디아가 의상 디자이너에게 말했다.

크리스타는 환하게 미소지었다.

리디아가 카르멘을 가리켰다. "이쪽은 내……" 말이 멈췄다. 아빠가 크리스타를 소개할 때처럼 리디아도 카르멘을 의붓딸로 소개하려고 마음의 준비를 하는 중인 듯했다. 하지만 결국 리디아는 한발 물러섰다. "이쪽은 카르멘이에요."

"리디아 아줌마가 내 새엄마죠." 카르멘이 아니꼽다는 듯이 대놓고 말했다.

바버라는 완벽한 종 모양 단발로 다듬은 금발이었다. 미소지을 때 보이는 치아는 하얗고 가지런했다. 저렇게 크고 하얀 걸

보니 새로 해넣은 게 틀림없다고 카르멘은 생각했다.

바바라가 카르멘을 보았다. 뒤로 늘어뜨린 헝클어진 머리는 떡졌고, 입고 있는 빨간색 탱크톱은 땀으로 젖어 있었다. "이애가 앨버트의 딸이라고요?" 그녀는 무척이나 놀라는 눈치로 그 말을 확인하듯 카르멘이 아니라 리디아를 향해 물었다.

"이애가 앨버트 딸 맞아요." 카르멘이 직접 대답했다.

아마 자기 말을 주워담고 싶겠지. 결국 돈을 지불하는 사람은 앨버트니까. "그렇다면 아가씨는…… 엄마를 닮은 모양이네요." 바바라가 말했다. 지극히 외교적인 발언이었다.

"그래요." 카르멘이 긍정했다. "우리 엄마는 푸에르토리코 사람이에요. 그래서 제게 그쪽 억양이 남아 있죠. 묵주기도문도 암송하고요."

아무도 그 건방진 말투를 신경쓰지 않는 듯했다. 안 보이는 존재나 마찬가지니까.

"카르멘은 아빠를 닮아서 수학을 잘해요." 리디아가 마지못해 한마디 거들었다. 마음속으로는 카르멘이 앨버트와 닮은 구석이 있다는 것을 전혀 인정하지 않을 테지만.

카르멘은 그녀를 한 대 때리고 싶은 충동을 느꼈다.

"그럼 이제 가봉을 해볼까요?" 바바라가 리디아의 침대에, 아니, 리디아와 앨버트의 침대에 커버에 싼 옷을 한아름 내려놓았다. "크리스타, 너부터 하자."

"아니, 아니에요. 엄마 먼저 하면 안 될까요?" 크리스타가 간청하듯 말했다. 말 그대로 두 손을 꼭 마주잡고 눈을 늘어뜨며.

카르멘이 벽 쪽에 놓인 의자로 사라져 있는 사이, 리디아가 못해도 60미터는 넘을 듯한 빛나는 하얀 드레스를 입고 자랑스럽게 나타났다. 솔직히 카르멘은 십대 자식이 둘이나 딸린 사십대 여자가 결혼식날 거대한 정식 웨딩드레스를 입는다는 게 당혹스러웠다. 드레스 상체는 몸에 꽉 끼고 짧은 소매는 중년 여자의 살찐 팔을 고스란히 드러냈다.

"엄마, 근사해요. 환상적이에요. 정말 눈물이 날 것만 같아요." 크리스타는 실제로는 울지도 않으면서 칭찬을 늘어놓았다.

카르멘은 자신이 무의식중에 매끄러운 마룻바닥을 톡톡 차고 있음을 알아차리고 가만히 자제했다.

그다음에는 사랑스럽고 아담하고 창백한 피부의 크리스타가 분홍색과 보라색이 섞인 호박단 드레스를 입었다. 카르멘은 이들이 자기한테도 똑같은 드레스를 입히려 들지 않기만을 빌었다.

크리스타의 드레스는 허리 부분이 약간 남는 듯했다. "이런." 크리스타가 웃으며 말하자 바버라가 몸에 딱 맞게 핀으로 고정했다. 극악무도한 드레스였지만 흰 피부에 몸매가 밋밋한 크리스타에게는 더없이 잘 어울렸다.

이제 카르멘 차례다. 아무리 투명인간 같은 존재라지만, 같은 디자인에 빳빳하고 반짝거리는 옷감으로 만든, 자신에게는 너무 작은 드레스를 땀에 젖은 피부에 걸치는 순간 카르멘은 비참함과 굴욕감을 느꼈다. 누구도 쳐다볼 수 없었다. 거울에 비친 모습을 볼 생각조차 들지 않았다. 지금의 모습을 평생 악몽으로 남기고 싶지 않았다.

바바라가 못마땅한 눈길로 그녀를 뜯어보았다. "세상에. 음, 꽤 품이 들겠는데요." 바바라는 카르멘의 엉덩이 쪽으로 돌아가 재단하지 않은 옷 솔기를 잡아벌렸다. "그래, 여기를 늘려야겠어요. 옷감이 충분히 남아 있을까 모르겠네. 사무실로 돌아가서 확인해보죠."

이 끔찍한 마녀 같으니라고. 카르멘은 속으로 외쳤다.

카르멘은 드레스를 입은 자기 모습이 얼마나 끔찍한지 잘 알고 있었다. 반쯤은 버번 가의 창녀로, 반쯤은 첫영성체날 요란하게 차려입은 남미 여자로 보일 테지.

바바라는 이어서 꼴사납게 팽팽해진 가슴 부분을 살펴보았다. "여기도 늘려야겠군요." 그녀가 바짝 다가서며 말했다.

카르멘은 재빨리 팔짱을 꼈다. 속으로 명령했다. 내 가슴 가까이 오지 마.

바바라는 실망한 얼굴로 리디아를 돌아보며 그 바보 같은 드레스가 몸에 맞지 않는 게 카르멘의 잘못이라도 되는 양 말했다. "옷을 아예 새로 만들어야 되지 않을까 걱정이네요."

"카르멘 치수를 미리 알려줬어야 하는 건데." 리디아가 억울

하다는 듯 사정을 설명했다. "하지만 앨버트가 꼭 직접 만나 이야기해야겠다고 해서……" 리디아는 그것이 민감한 주제라는 걸 깨닫고 말꼬리를 흐렸다.

"표준 체형에 맞춰 가봉을 해도 대개 맞거든요." 바버라가 카르멘과 그녀의 엉덩이를 비난하듯 흘긋 보며 말했다.

"저는 그만 가봐야겠네요." 카르멘이 바버라에게 말했다. 화가 치민 나머지 가슴이 욱신거리고 입 밖으로 비명이 나올 것만 같았다. 이 이상 바버라에게 모욕을 당하고 싶지 않았다.

"너무 끔찍해서 여기 더는 못 있겠어요." 카르멘은 당황한 리디아에게 "긴소매를 입는 편이 좋을 거예요"라고 덧붙이고는 방을 뛰쳐나왔다.

복도에서 폴과 마주쳐 깜짝 놀랐다. "다들 널 적대시할걸." 폴은 서둘러 지나가는 카르멘에게 낮은 목소리로 말했다. 그 말의 의미도 의미지만, 폴의 입에서 적대시한다라는 긴 말이 나왔다는 사실에 카르멘은 깜짝 놀랐다.

생각대로 됐네. 카르멘은 다시 천천히 걸으며 혼잣말을 중얼거렸다.

"바지 죽여주는데." 여느 때와 같은 시간에 월먼으로 찾아온 베일리가 말했다. 티비는 베일리가 오기를 기다리고 있었다. 더는 그애가 귀찮지 않았다.

아래쪽 선반에 있는 크레파스에 가격표를 붙이던 티비가 몸을 일으켰다. 그리고 자부심을 드러내며 바지를 내려다보았다. "이게 바로 그 바지야." 티비가 말했다. "어제 도착했어." 꼭 가짜처럼 알록달록한 우표가 덕지덕지 붙은 소포를 뜯어 바지를 꼭 끌어안자 레나의 일부를 안은 듯 느껴졌다. 그리스의 냄새 같은 게 풍겼다. 옷감에 스며든 것이리라. 생각지 못했던 올리브오일 냄새도 희미하게 났다. 오른쪽 허벅지 위쪽에 갈색 얼룩이 묻어 있었다. 레나 할아버지의 피가 틀림없었다.

베일리는 눈이 휘둥그레졌다. 얼굴에 동경의 빛이 가득했다. "정말 잘 어울린다." 베일리가 숨죽인 채 말했다.

"내 친구들이 입은 모습을 봤어야 해." 티비가 말했다. 베일리는 티비의 친구들에 대해 갈수록 자주 물었고 편지에 담긴 소식도 궁금해했다. 그러다보니 티비도 갈수록 자신과 베일리를 위한 또다른 바깥세상을 만들어내는 듯한 기분이 들었다.

"이 바지 입고 무슨 일이 있었대?" 베일리가 물었다. 그것이 마법의 바지라는 사실을 철석같이 믿는 투였다.

"그게, 절반은 바지를 입고 일어난 일이고, 절반은 벗고 일어난 일이야. 레나 알몸을 어떤 남자애가 봤대. 그래서 레나 할아버지가 그애를 패주려고 했다는 거야." 그 생각을 하자 티비는 웃음을 참을 수가 없었다. "레나가 어떤 애인지 안다면, 이게 얼마나 심각한 문제인지 알 텐데."

"레나라면 그리스에 있는 친구잖아." 베일리가 말했다.

"맞아."

"그럼 브리짓은 아직 바지 안 입어봤어?" 왠지 베일리는 브리짓에게 관심이 많았다.

"응. 카르멘이 다음이고, 그다음이 브리짓이야."

"브리짓은 이 바지를 입으면 무슨 일을 할까." 베일리가 중얼거렸다.

"미친 짓 하겠지 뭐." 티비는 대수롭지 않게 말했다가 후회하며 입을 다물었다.

베일리는 잠시 티비를 살폈다. "내가 보기에 넌 브리짓을 많이 걱정하는 것 같아."

티비는 생각에 잠겼다. "아마 그럴 거야." 베일리의 말을 천천히 곱씹어보았다. "우리 모두 조금씩은 그런 것 같아."

"그애 엄마 때문에?"

"응. 그 이유가 제일 커."

"아파서 돌아가신 거야?" 베일리가 물었다.

"아파서 돌아가신 건…… 정확히 말하면 몸이 아프셨던 건 아니야." 티비는 조심스럽게 말을 이었다. "심한…… 우울증이셨어."

"그랬구나." 베일리는 더는 그 문제에 대해 묻지 않았다. 나머지는 그저 짐작에 맡기는 듯했다.

"그럼…… 넌 이 바지 입고 아직 별다른 일 없었어?" 베일리가 물었다.

"스프라이트를 엎질렀고, 영수증 미발급 때문에 덩컨한테 혼났어."

베일리가 미소지었다. "미발급?"

"내가 손님한테 영수증 주는 걸 깜박했거든."

"아." 베일리가 말했다. "안됐다."

"그건 그렇고, 파빌리온 갈 준비는 해왔어?" 티비가 물었다.

"응, 장비 챙겨왔어. 배터리도 전부 충전해뒀고."

티비가 월먼에서 일하는 동안에는 베일리가 티비 방에서 먼저 작업을 시작하기로 했다. 티비는 아이맥으로 베일리에게 편집의 기초와 사운드트랙 넣는 법을 가르쳐주었다. 로레타는 베일리가 오면 늘 별말 않고 집으로 들였다. 좀 이상한 일이었지만, 티비는 더이상 신경쓰지 않았다.

파빌리온에 가니 마거릿이 아직 매표소에서 일하는 중이라 두 사람은 기다려야 했다. 극장 로비에 들어서자마자 터커가 보였다. 티비는 헉 하고 숨을 들이마셨다. 터커가 자주 찾는 장소나 어울리는 친구들에 대해 들은 적은 있지만, 여기서 마주치게 될 줄은 미처 몰랐다.

터커는 친구 두 명과 팝콘을 사려고 줄서 있었다. 팔짱을 낀 모습이 초조해 보였다.

"대체 저 남자애 어디가 좋다는 거야?" 베일리가 큰 소리로 물었다.

"내가 본 남자애 중 가장 잘생겼으니까." 티비가 대답했다. 그때 주변을 둘러보던 터커와 눈이 마주쳤다. 자신이 마법의 바지를 입고 있다는 사실이 떠오르자 자신감이 솟구쳤다. 하지만 아직 월먼 작업복 윗도리를 걸치고 있다는 것을 깨닫고 다시 사그라졌다.

몸을 움직여 작업복을 벗어버리면 너무 티가 날까? 터커는 팝콘과 자동차 배터리만한 음료수를 사들고 곧장 티비에게 다가왔다.

"여, 티비. 어떻게 지내?" 터커가 티비의 명찰을 뚫어지게 바라봤다. '찾아주셔서 감사합니다. 전 티비입니다.' 굳이 보지 않아도 터커는 티비의 이름을 알고 있었다. 하지만 그것도 티비의 끝내주는 친구들 덕분이었다.

"잘 지내." 티비가 뻣뻣하게 대답했다. 터커 앞에서는 말을 제대로 하기도 힘들었다.

베일리가 코웃음 치는 소리가 들렸다.

"월먼에서 일하나보네?" 터커가 물었다. 그의 친구 중 한 명이 비웃었다.

"아니. 티비는 그냥 이 작업복이 멋있어서 입고 있는 거야." 베일리가 끼어들었다.

"다음에 보자." 티비는 돌아서며 중얼거리며 인사했다. 그러고는 열기로 후끈한 문밖 보도로 베일리를 끌고 갔다. "베일리, 입 좀 다물고 있어."

베일리도 화난 표정이었다. "왜 그래야 하는데?"

그때 마거릿이 매표소에서 나왔다. "준비 다 됐니?"

티비와 베일리는 서로 노려보았다. "네. 준비됐어요." 티비가 어금니를 악물고 말하며 활짝 웃었다.

"마거릿, 이곳에서 얼마나 일했어요?" 티비는 마거릿이 선택한 조용한 로비 구석 〈클루리스〉 포스터 앞에 자리잡고 질문을 시작했다.

"가만있어보자." 마거릿은 천장을 올려다보았다. "여기서 일을 시작했던 게…… 1971년일걸."

티비는 침을 꿀꺽 삼켰다. 세상에, 거의 삼십 년 전 아닌가. 마거릿을 찬찬히 살펴보았다. 높이 묶은 금발, 짙은 눈화장. 보기보다 나이가 많은 건 분명했지만 그 정도라고는 꿈에도 생각 못했다.

"그동안 본 영화가 대략 몇 편이나 될까요?" 티비가 물었다.

"만 편이 넘지 않을까 싶어." 마거릿이 말했다.

"그럼 그중에서 특히 좋아하는 걸 하나만 꼽으면요?"

"솔직히, 그건 말하기 어렵네." 그녀가 대답했다. "정말 많거든. 이 영화도 아주아주 좋아해." 그녀는 뒤에 걸린 영화 포스터를 엄지손가락으로 가리키고 생각에 잠겼다. "아마 최고의 영화는 〈철목련〉인 것 같아."

"영화 장면들을 통째로 복기할 수 있다는 게 진짜예요?" 티비가 물었다.

마거릿은 얼굴을 붉혔다. "그래. 음, 뭐 자랑할 만한 건 아니야. 어떤 부분들만 기억하는 거니까. 지금 상영중인 영화에도 샌드라 블럭이 사랑스럽게 나오는 장면이 있지. 들어볼래?"

마거릿은 입고 있던 분홍색 카디건을 벗었다. 굉장히 왜소한 몸이었다. 마흔번째 생일이 몇 년 전에 지나기는커녕 아직 사춘기도 오지 않은 듯했다.

살면서 어떤 일들이 있었나요? 티비는 궁금해하며 베일리를 쳐다보았다. 얼굴에 비해 입이 아주 작았다.

"영화 같이 보는 건 어때요?" 베일리가 물었다.

마거릿은 어리둥절한 눈빛이었다. "지금 들어가서 같이 영화를 보자는 말이니? 우리 셋이서?"

"네." 베일리가 대답했다.

"뭐, 그래도 괜찮겠지." 의아해하던 마거릿의 표정이 신이 난 듯 바뀌었다. "좀 전에 말한 사랑스러운 영화가 4관에서 막 시작했거든."

베일리와 티비는 마거릿을 따라 깜깜한 통로를 지나서 가운뎃줄 좌석에 앉았다. "보통은 뒷줄에 앉아서 본단다." 마거릿이 속삭였다. "하지만 이 자리도 정말 좋지, 안 그러니?"

영화 내용은 시시하기 짝이 없었다. 마거릿은 연신 두 사람을 건너다보며 흥미진진하게 반응을 확인했다. 티비는 왠지 슬퍼져서 목이 메었다. 마거릿이 만 편의 영화를 보는 동안 누군가와 함께였던 것은 몇 번이나 될까.

브리짓은 잠을 이룰 수 없었다. 오늘밤은 별이 쏟아지는 모래사장에서도 답답하고 갇힌 느낌이었다. 푹 쉬지 않으면 근육과 관절에 무리가 올 텐데.

침낭에서 나와 바다 쪽으로 걸어갔다. 바다는 평소처럼 잔잔했다. 에릭이 찾아오기를 바랐다. 그가 너무 보고 싶었다.

그때 좋은 생각이 떠올랐다. 이내 좋은 생각은 아니라고 깨달았지만, 그래도 도전해볼 만했다. 그러지 않고는 도저히 견딜 수가 없었다.

브리짓은 조용히 해변을 따라 걸었다. 걸음을 내디딜 때마다 발밑에서 모래가 사각거렸다. 작은 만의 북쪽 끝은 훨씬 적막했다. 거기에 에릭이 다른 코치들과 지내는 숙소가 있었다.

문득 옛일이 떠올랐다. 엄마가 죽은 후 정신과 의사가 몇 달 동안 브리짓을 관찰하고 진단서를 썼다. 브리짓이 절대 봐서는 안 되는 서류였지만 끝내 그녀는 아빠의 책상 서랍에서 그것을 찾아내고야 말았다. 담당 의사 램버트는 이렇게 썼다. '브리짓은 이루려고 하는 목표 앞에서는 외골수가 됩니다. 그러다보면 자

칫 무모해질 수도 있습니다.'

살짝 보기만 해야지. 브리짓은 그렇게 다짐했다. 이제 와서 그만둘 수는 없었다. 이미 도착해버렸다. 입구는 쉽게 찾을 수 있었다. 바람이 통하도록 숙소 정면의 문과 창문이 모두 열려 있었다. 안에는 침대 네 대가 있었다. 하나는 비었고, 두 대에는 대학생 트레이너가 각각 잠들어 있었다. 마지막 네번째 침대에 누워 있는 사람이 에릭이 틀림없었다. 그는 사각팬티만 입은 채 작은 침대에서 기다란 몸을 쭉 뻗고 자고 있었다. 브리짓은 그쪽으로 다가갔다.

에릭이 어떤 기척을 느꼈는지 고개를 들었다. 베개에 도로 누웠다가 눈앞에 뭔가가 있다는 것을 알아차리고서 다시 고개를 홱 쳐들었다. 브리짓을 확인하고 소스라치게 놀랐다.

브리짓은 아무 말도 할 수 없었다. 이런 식으로 에릭의 눈에 띌 생각은 없었다. 하지만 에릭은 브리짓이 무슨 말이라도 할까봐 두려워하고 있었다. 에릭은 침대에서 일어나 비틀거리며 숙소 밖으로 나왔다. 그리고 브리짓의 손을 붙잡고 외떨어진 야자수 아래로 데려갔다.

"브리짓, 지금 뭐하는 거야?" 에릭은 혼란스러운 듯 목소리를 낮춰 물었다. "넌 여기 있으면 안 돼."

"미안해요. 깨울 생각은 없었는데." 브리짓이 말했다.

에릭은 정신을 차리려고 눈을 깜박였다. "그럼 왜 온 건데?"

뒤쪽에서 불어오는 바람에 브리짓의 머리카락이 날려 에릭의 가슴을 스쳤다. 머리카락에도 신경이 있으면 좋을 텐데. 그녀는 속옷 위에 얇은 흰색 티셔츠 하나만 걸치고 있었다. 그를 만지고 싶은 충동을 억누르기가 끔찍이도 힘들었다. "계속 코치님 생각이 났어요. 그냥 잠든 모습이라도 보고 싶어서."

에릭은 뭐라고 말하지도, 움직이지도 않았다. 브리짓은 두 손을 그의 가슴에 댔다. 그러고는 그의 손이 올라와 자기 얼굴로 흘러내린 머리카락을 귀 뒤로 넘겨주는 걸 홀린 듯 바라보았다.

그는 아직 잠에서 완전히 깨지 못했다. 지금 이 순간이 꿈의 연장이라고 생각하는 듯했다. 이 꿈에서 깨어나고 싶지 않아한다. 브리짓은 그런 그의 마음을 알았다. 그에게 팔을 두르고 꼭 껴안았다. "으음." 그가 신음소리를 냈다.

그녀는 그의 몸의 굴곡들을 알고 싶었다. 게걸스럽게, 그의 어깨부터 두꺼운 팔뚝 근육까지 쓰다듬었다. 그러고는 손을 올려 그의 목을 지나 머리카락 사이로 넣었다가 다시 아래로 내려 가슴팍과 탄탄한 복근을 쓰다듬었다. 그 순간 에릭이 정신을 차렸다. 그는 몸을 부르르 떨더니 브리짓의 팔을 꽉 잡고 밀어냈다. "맙소사, 브리짓." 그가 성난 목소리로 으르렁거렸다. 브리짓은 한 발짝 뒤로 물러섰다. "내가 뭐하고 있는 거지? 넌 여기 있으면 안 돼."

브리짓의 팔을 붙잡은 에릭의 손에서 점차 억센 기미가 사라졌다. 자기를 만지도록 내버려두지도 않았지만, 그렇다고 그녀를 보내지도 않았다. "제발 이러지 마. 여기 오면 안 돼." 그는 그녀의 얼굴을 빤히 바라보았다. 동시에 눈은 다른 걸 갈구하고 있었다.

"코치님 생각을 했어요." 브리짓이 진지하게 말했다. "같이 있고 싶었어요."

에릭은 눈을 감고 브리짓의 팔을 놓아주었다. 다시 눈을 떴을 때는 굳은 결심을 한 듯 보였다. "브리짓, 이제 가봐. 그리고 다시는 이러지 않겠다고 약속해줘. 자꾸 이러면 내가 힘들어."

브리짓은 자리를 떴다. 하지만 아무런 약속도 하지 않았다.

아마 에릭의 본심도 그 말과 다르지는 않았을 것이다. 하지만 브리짓의 생각은 달랐다.

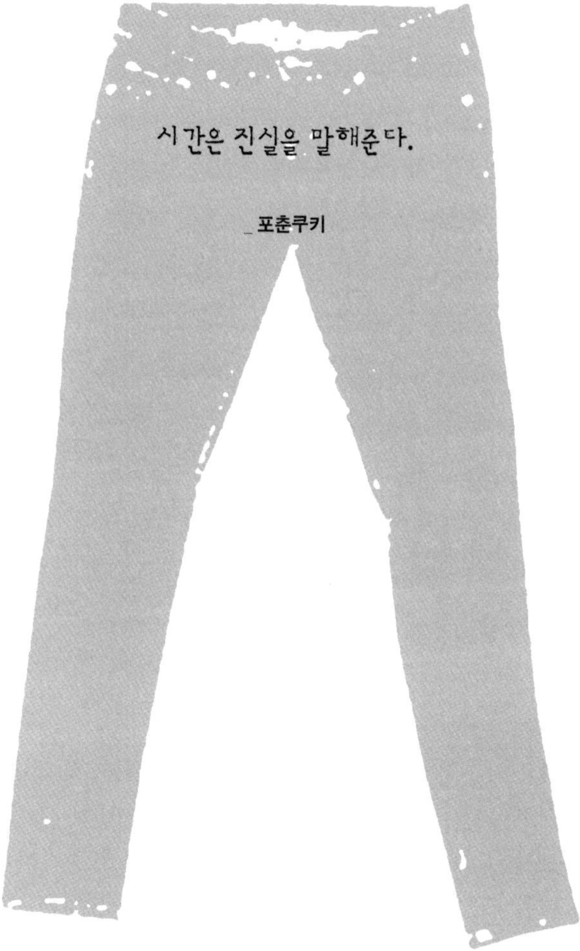
시간은 진실을 말해준다.
_포춘쿠키

“여기 앉을래.” 베일리가 미미의 집 가까이 의자를 끌어당기며 말했다.

미미를 보자 불현듯 떠오르는 게 있었다. “아, 젠장.” 티비가 중얼거렸다.

“왜?”

“어제 하루종일 미미 밥을 안 줬어.” 티비가 갖가지 씨앗이 든 통을 집으며 말했다. 이제까지 이런 적은 한 번도 없었다.

“내가 줘도 될까?” 베일리가 물었다.

“그래.” 허락은 했지만 사실 내키지 않았다. 이제까지 다른 사람이 미미 밥을 준 적은 한 번도 없었다. 티비는 세세한 부분까지 간섭하지 않으려고 일부러 방안을 왔다갔다했다.

베일리는 미미 밥을 주고 나서 다시 자리에 앉았다.

"준비됐어?" 티비가 마이크를 조절하며 말했다.

"그런 것 같아."

"좋아."

"잠깐만." 베일리가 일어났다.

"이번엔 왜?" 티비가 짜증스럽게 물었다. 베일리는 그들의 영화를 위해 인터뷰를 자청했다. 하지만 지금 베일리 모습은 정말로 이걸 하고 싶은 게 맞는지 확신이 없는 듯 보였다.

베일리는 자꾸 꼼지락거렸다. 뭔가 다른 생각이 있는 모양이었다. "그 바지 입어봐도 될까?"

"그 바지라니…… 마법의 바지 말이야?"

"그래. 잠깐 빌려줄 수 있어?"

티비는 망설여졌다. "다른 사람은 몰라도 너한테 안 맞을걸."

"상관없어." 베일리가 말했다. "한 번만 입어볼게. 네가 나보다 그렇게 많이 크지도 않잖아."

"뭐……" 티비는 옷장 깊이 숨겨둔 바지를 초조하게 꺼냈다. 예전에 로레타가 자기 모직 스웨터에 그랬던 것처럼 표백제를 넣고 세탁할까봐 찾기 어려운 곳에 둔 것이었다. "여기." 티비는 베일리에게 바지를 건넸다.

베일리는 냉큼 카키색 카고바지를 벗었다. 베일리의 비쩍 마르고 허연 다리, 엉덩이에서 허벅지까지 퍼져 있는 짙은 멍을 보고 티비는 충격을 받았다.

"윽, 왜 그런 거야?" 티비가 물었다.

순간 베일리는 '묻지 마, 말 안 할 거니까'라는 눈빛을 보이고 바지를 입었다. 아무리 마법의 바지라 해도 베일리에게는 너무 컸다. 체구가 작은 탓이었다. 그런데도 베일리는 행복한 듯 기장이 남아도는 바지를 끌어올렸다.

"이제 만족하니?" 티비가 물었다.

"응." 베일리는 다시 의자에 앉았다.

티비는 카메라를 들고 전원 버튼을 눌렀다. 렌즈를 통해서 보는 베일리는 어딘가 좀 달라 보였다. 속이 비칠 듯 창백한 피부 때문에 눈 주위에 시퍼렇게 멍이 든 것 같았다. "그럼 이제 말해 봐." 티비가 말했다. 베일리가 밝히기 꺼리는 부분이 뭔지 잘 모르니 직접적인 질문을 던지기가 두려웠다.

베일리는 의자 위에 맨발을 올려놓았다. 앙상한 무릎에 팔을 걸치고 팔뚝에 턱을 댔다. 창을 통해 비스듬히 들어오는 햇살에 베일리의 머리카락이 빨갛게 보였다.

"뭐든 물어봐." 베일리가 도전적으로 말했다.

"뭐가 두려워?" 미처 생각하기도 전에 질문이 티비의 입 밖으로 튀어나왔다.

베일리는 생각에 잠겼다. "시간." 그녀가 대답했다. 키클롭스*의 눈처럼 커다란 카메라 렌즈를 통해 보는 베일리는 용감하고 단호했다. 얌전을 빼거나 남의 시선을 의식하는 기색은 찾아볼 수 없었다. "그러니까, 시간이 충분하지 않다는 사실이 두려워." 베일리가 분명하게 말했다. "다른 사람들을 이해할 시간, 그들이 정말로 어떤 사람인지 이해할 시간, 내가 어떤 사람인지 이해받을 시간이 부족해. 누구나 흔히 저지르는 섣부른 판단이나 오해가 무서워. 시간이 없으면 그걸 바로잡지 못하잖아. 난 영화 대신 스냅사진을 보는 게 무서워."

티비는 믿을 수 없다는 눈으로 베일리를 바라보았다. 제 나이보다 훨씬 철학적인, 새로운 모습에 놀랐다. 암에 걸려 똑똑해진 걸까? 화학약품과 X선이 열두 살 아이의 뇌를 이렇게 만들었나?

티비는 고개를 저었다.

"왜 그래?" 베일리가 물었다.

"아무것도 아니야. 그냥 널 볼 때마다 깜짝깜짝 놀라게 되는 것 같아서."

베일리가 미소지었다. "난 네가 그렇게 놀랄 줄 아는 게 좋아."

카르멘에게,

난 지금 우체국에서 이 편지를 쓰고 있어. 이 특급우편 요금이 월먼의 두 시간 시급보다 더 비싸지만, 덕분에 넌 내일이면 소포를 받아볼 수

---

* 그리스신화에 나오는 거인족. 이마 한가운데 커다란 눈 하나가 있다.

있을 거야.

이 바지가 나한테 무슨 의미였는지 아직은 잘 모르겠어. 심오할 수도 있고 아닐 수도 있고. 나중에 알게 되면 말해줄게.

너는 이 바지를 더 잘 써먹을 수 있을 거야. 카르멘이니까.

그만 써야겠다. 창구 여자가 이제 우편물들을 보내야 한대. 흐흐.

사랑을 담아

티비

점심식사 내내 할머니는 뭔가에 쫓기는 듯 보였다. 아무 얘기도 하고 싶지 않다면서 그들에게 계속 말을 걸고 있었다. 레나나 에피가 무슨 화제를 꺼내는 걸 피하고 싶다는 뜻이었다. 할머니는 혼자 말하며 만족스러워했다.

"오늘 아침에 내 친구 레나를 만나지 않았겠니? 그런데 나를 모른 척하는 거야. 상상이 되니? 레나를 꼭 닮은 그 여자는 도대체 누굴까?"

레나는 자지키*를 자기 접시에 덜었다. 한 가지는 확실했다. 아무리 슬퍼도 할머니는 요리를 건너뛰지 않는다.

할아버지는 피라에 볼일을 보러 가고 없었다. 에피가 식탁 너머 레나에게 오만 감정이 섞인 표정을 지어 보였다.

* 그리스의 요구르트 소스.

"코스토스는 이제까지 늘 좋은 아이, 착한 아이였단다. 말해봐야 너는 모르겠지?" 할머니가 중얼거렸다.

레나는 가슴이 미어졌다. 할머니는 코스토스를 사랑했다. 코스토스 때문에 다소 불쾌했던 건 사실이지만, 그는 분명 할머니에게 큰 기쁨을 주는 존재였다.

"할머니." 레나가 말을 끊었다. "아마 코스토스는, 아마 그 사람은……"

"그런 짓을 당했으니, 넌 코스토스를 문제가 많은 애라고 생각하겠지." 할머니는 굴하지 않고 계속 말했다. "그래도 지금껏 그런 모습을 보인 적은 한 번도 없는데."

"그런 짓이라뇨?" 에피가 궁금해하며 물었다.

"할머니, 할머니가 생각하시는 그런 일은 없었어요." 레나는 에피 말을 가로막듯이 우물쭈물 말했다.

할머니는 피곤하다는 듯 손녀들을 보았다. "더는 말하고 싶지 않구나."

식사가 대충 끝나자 에피와 레나는 재빨리 설거지를 하고 그 자리를 벗어났다.

"대체 무슨 일이야?" 집 밖으로 나오기도 전에 에피가 물었다.

"으……" 레나가 신음소리를 냈다.

"뭐야, 다들 무슨 일인데 그래?" 에피가 연신 추궁했다.

레나는 그만 피곤해졌다. "잘 들어, 에피. 내 얘기가 끝날 때까지 고함치거나, 비명을 지르거나, 따지지 마. 약속해?"

에피는 동의했다. 그리고 약속을 지켰다. 하지만 할아버지들이 주먹다짐을 했다는 대목에 이르자 더는 참지 못했다.

"말도 안 돼! 지금 농담하는 거지? 할아버지가? 맙소사."

레나는 고개를 끄덕였다.

"코스토스가 사실을 밝히기 전에 언니가 먼저 얘기해. 안 그러면 바보 되는 거야." 에피가 특유의 영리한 충고를 했다.

"알고 있어." 레나는 기운 없이 대답했다.

"그런데 그 사람은 왜 사실대로 말하지 않았을까?" 에피가 큰 소리로 물었다.

"나도 모르겠어. 그때는 모두 정신이 없었으니까. 그 싸움이 왜 일어났는지 알고나 있는지도 의문이야."

에피는 고개를 가로저었다. "불쌍한 코스토스. 언니한테 푹 빠졌나봐."

"이제는 아니지." 레나가 지적했다.

"그렇겠지."

브리짓:여보세요? 로레타?

로레타:여보세요?

브리짓:로레타, 저 티비 친구 브리짓이에요.

로레타:여보세요?

브리짓(거의 고함을 치며):브리짓이라고요! 저 브리짓이에요. 티비 좀 바꿔주세요.

로레타:아…… 브리짓이라고?

브리짓:예.

로레타:티비 지금 집에 없어.

브리짓:그럼 전화 왔었다고 전해주시겠어요? 여기로는 못 받으니까 제가 나중에 다시 건다고 해주세요.

로레타:여보세요?

그날 밤 카르멘은 저녁식사 직전에 아래층으로 내려갔다. 싸울 만반의 준비가 되어 있었다. 마법의 바지를 입으니 기억들이 다시금 하나하나 떠오르는 느낌이었다. 자기가 누구인지, 사람들로부터 사랑받을 때 어땠는지, 사람들을 어떻게 대했는지. 다시 제 모습을 잃고 투명인간이 되기 전에 아래층으로 내려가서, 진짜 카르멘의 모습으로 아빠와 리디아에게 말할 작정이었다.

리디아는 그 원수 같은 드레스 가봉에 대해 아빠에게 이야기하고 카르멘의 버릇없는 행동에 불만을 털어놓았을 게 틀림없다. 카르멘은 마음의 준비를 했다. 리디아에게 소리칠 자신이 있었다. 리디아의 반격도 들어줄 준비가 됐다. 카르멘은 그럴 필요가 있었다.

"내려왔구나." 식탁에서 숙제를 하던 크리스타가 카르멘을 보고 말했다. 카르멘은 크리스타를 보며 분위기를 살폈다.

"카르멘, 음료수 마실래?" 리디아가 쌀의 양을 가늠해 냄비에 부으며 쾌활하게 물었다.

아빠는 퇴근 후 옷도 갈아입지 않은 채 부엌 입구로 왔다. "안녕, 우리 딸. 오늘은 어떻게 지냈니?"

카르멘은 아빠를 보다가 어안이 벙벙해져서 리디아에게 시선을 돌렸다. 정말 끔찍한 하루였어요! 소리치고 싶었다. 가짜 이를 해 넣은 디자이너가 나를 한껏 모욕하고, 굴욕감을 느끼게 했어요. 난 버릇없이 굴었고요.

하지만 카르멘은 아무 말도 하지 않았다. 대신 멍하니 아빠를 바라보았다. 아빠는 내가 어떤 기분인지 알기나 할까? 이곳에서 얼마나 비참한지?

아빠는 마음을 다잡는 표정이었다. 리디아 역시 그랬다. "냄새가 아주 좋군." 분위기를 깨지 않으려는 듯 아빠가 말했다.

"로스트치킨이에요." 리디아가 지원사격을 했다.

"음……" 크리스타도 로봇처럼 대꾸했다.

이 사람들 대체 뭐야? 모두 뭐하는 짓이야?

"끔찍한 하루였어요." 카르멘은 자신의 말이 허공의 메아리나 다름없음을 알았다. 너무 비참해서 따질 기운조차 없었다.

아빠는 벌써 옷을 갈아입으려 2층 침실로 올라가고 있었고, 리디아는 아무 말도 못 들었다는 듯이 굴었다.

마법의 바지를 입었는데도 투명인간 신세라니. 심지어 음소거 상태가 되었다. 카르멘은 현관으로 성큼성큼 걸어나가 문을 거칠게 닫았다. 다행히 문에서는 요란한 소리가 났다.

재앙을 피하는 데는

삼십육계가 있다.

그중 최선은 줄행랑이다.

_ 무명씨

때로 산책은 마음을 가라앉히는 데 도움이 된다. 그렇지 못할 때도 있지만.

카르멘은 숲 가장자리에 흐르는 시내를 따라 걸었다. 우거진 수풀에 살무사가 숨어 있을지도 몰랐다. 차라리 살무사에 물리면 좋겠다는 심정이었다.

둑에 쌓인 흙무더기에서 큼직한 돌을 집어 시냇물에 던졌다. 돌이 수면에 첨벙 떨어져 바지에 물이 튀자 기분이 좋아졌다. 돌은 개울 바닥으로 가라앉아 막힘없던 물의 흐름을 방해했다. 카르멘은 돌 주위로 휘돌아가는 시냇물을 꼼짝 않고 바라보았다. 마치 원래 그랬다는 양 자연스러웠다. 돌이 좀더 바닥 깊이 가라앉자 시냇물은 다시 전처럼 유유히 흘렀다.

지금쯤이면 저녁식사 준비가 끝났을 것이다. 다들 내가 오기를 기다릴까? 내가 어디 갔는지 궁금하기나 할까? 아빠는 문이 쾅 닫히는 소리를 들었을 것이다. 걱정하고 계실까? 어쩌면 나를 찾아다니고 있을지도 모른다. 래들리 레인을 따라 자기는 북쪽으로 가고 폴을 남쪽으로 보냈을지도 모른다. 리디아가 만든 로스트치킨이 식건 말건 안중에도 없을 것이다. 내가 사라졌으니까.

카르멘은 집을 향해 걸음을 옮겼다. 아빠가 경찰에 신고하거나 다른 조치를 취하는 건 원하지 않았다. 게다가 폴은 친아빠를 만나러 갔다가 오늘 아침에야 돌아왔다. 가뜩이나 머리가 복잡할 텐데.

발걸음이 점점 빨라졌다. 이곳에 온 이후 별로 입맛이 없었는데 지금은 배가 조금 고프기까지 했다. "난 기분이 안 좋으면 잘 안 먹어요." 전날 밤 카르멘은 찜 요리에 손도 대지 않고 그렇게 말했다. 아빠는 아무 말도 하지 않았다.

현관 계단을 오르며 카르멘은 아빠 얼굴을 볼 생각에 가슴이 두근거렸다. 집에 있을까? 아니면 나를 찾으러 밖으로 나갔을까? 리디아와 크리스타만 집에 있을까봐 문을 티나게 열 수도 없었다.

현관문을 살짝 들여다보였다. 부엌에서 불빛이 흘러나왔지만 거실은 어두웠다. 안쪽을 좀더 자세히 보고 싶어서 천천히 집 옆으로 돌아갔다. 바깥은 이미 깜깜해서 카르멘의 모습이 안에서 보일 염려는 없었다.

커다란 전망창에 이르러 부엌 식탁을 본 카르멘은 그대로 얼어붙었다. 숨을 쉴 수가 없었다. 다시 분노가 끓어오르기 시작했다. 목구멍까지 치민 분노의 맛이 입 뒤쪽에서 느껴질 정도였다. 꼭 피맛 같았다. 분노가 아래로도 번져 장이 꼬이는 듯했다. 팔이 뻣뻣해지고 어깨가 굳었다. 그리고 분노는 마치 몽둥이처럼 갈비뼈를 세게 내리쳤다.

아빠는 카르멘을 찾지 않았다. 경찰에 신고하지도 않았다. 로스트치킨과 밥, 당근이 담긴 접시를 앞에 둔 채 식탁에 앉아 있었다.

식전기도를 하는 모양이었다. 아빠가 폴과 크리스타의 손을 잡고, 리디아는 맞은편에 앉아 있었다. 창문으로 리디아의 뒷모습이 보였다. 네 사람은 화관처럼 둥글게 앉아 서로 손을 굳게 맞잡고 고개를 숙인 채 감사기도를 드리고 있었다.

아빠, 엄마, 두 명의 아이. 창밖에는 그들과 어울리지 못하는 여자아이가 우두커니 서서 안을 들여다보고 있었다. 투명인간 같은 존재. 걷잡을 길 없는 분노가 커져만 갔다.

카르멘은 계단을 뛰어내려가 돌멩이 두 개를 주워들었다. 손에 쥐기 쉬운 작은 걸로. 이젠 생각하기 앞서 몸이 먼저 움직였다. 아마 계단으로 올라가서 팔을 들어올렸을 것이다. 첫번째 돌은 창틀에 맞고 튕겨나왔다. 두번째는 창문 한가운데 명중한 듯했다. 유리창이 와장창 깨지는 소리가 들리더니 돌이 폴의 뒤통수 근처를 지나 맞은편 벽에 맞고 아빠 발치에 떨어졌다. 카르멘은 그대로 가만히 서 있었다. 그사이 아빠는 고개를 들어 깨진 창문으로 밖을 내다보고 카르멘을 알아보았다. 두 사람 다 서로를 보고 있고, 그 사실을 알고 있다는 것도.

카르멘은 달리기 시작했다.

티비에게,

난 야외에서 샤워하는 게 너무 좋아. 하늘이 보이잖아. 볼일도 별채에 있는 구닥다리 화장실보다 야외에서 주로 해결해. 난 야생 체질인가봐. 말도 안 된다고? 네 마음에는 안 들지 모르지만, 나한테는 완벽해. 이제는 천장이 막힌 곳에서 샤워를 하면 폐소공포증이 생길 것 같다니까. 뒤뜰에 화장실을 만들어놓으면 사람들이 알아차릴까? 어떻게 생각해? 하하. 농담이야.

나는 실내 체질은 아닌가봐.

사랑을 담아

깊이 사색중인 브리짓

레나는 대장간으로 가는 길에 빵집에 들러 페이스트리 한 봉지를 샀다. "안티오, 예쁜 레나." 빵집 주인 여자가 인사를 건넸다. 작은 마을이라 그런지 동네 주민들은 이제 모두 '수줍음 많고 예쁜' 레나를 알았다. 다만 '수줍음이 많다'는 것은 나이 많은 사람들의 호의적인 해석이고, 레나 또래 아이들은 가차없이 '재수없다'고 생각했다.

빵집을 나와 대장간을 향해 걸었다. 작은 앞마당이 딸린, 벽돌로 지은 낮은 독채 건물이었다. 쌍여닫이문이 활짝 열려 있어서 안쪽에서 타오르는 주황색과 푸른색 불꽃이 들여다보였다. 여기서는 말굽이나 배의 부품을 만드는 게 여전히 중요한 일일까? 문득 코스토스와 그의 할아버지에게 짠한 마음이 들었다. 코스토스의 할아버지는 손자가 가업을 이어 다음 세기에도 이 대장간을 운영하리라 철석같이 믿고 있었다. 하지만 레나가 볼 때 런던정치경제대학에 붙은 코스토스가 그리스의 코딱지만한 마을에서 대장장이로 평생을 보낼 리는 없었다.

레나의 아빠도 지금은 워싱턴의 명망 있는 변호사지만 여전히 할아버지 할머니는 아들이 레스토랑을 잇지 않은 것을 실망스러워했다. 두 분은 아들이 언젠가 제자리로 돌아오리라고 믿었다. "그애는 언제라도 다시 요리를 할 거야." 할머니는 아들의 직업 이야기가 나올 때마다 단언했다. 이 섬과 바깥세상 사이에는 분명 알 수 없는 간극이 존재했다. 노인과 젊은이, 옛것과 새것의 간극처럼.

레나는 잔뜩 긴장해 앞마당 입구에 섰다. 이때쯤 코스토스가 점심식사를 하러 나오곤 했다. 레나는 땀에 젖은 손으로 빵 봉지만 구겨댔다. 이상하게도 자기 모습이 어떻게 보일지 너무 신경 쓰였다. 아침에 머리를 감지 않아서 정수리 부근에 떡이 졌을지도 몰랐다. 코는 햇볕을 받아 분홍색으로 익어 있었다.

문가에 코스토스의 모습이 보이자 레나는 가슴이 두근거렸다. 짙은색 옷을 입고 그을음이 묻은 코스토스는 옛날 사람처럼 보였다. 보호장구를 벗은 머리는 헝클어졌고, 붉게 달아오른 얼굴은 땀으로 번들거렸다. 레나는 코스토스와 눈을 마주치려 애썼다. 제발 날 좀 봐. 하지만 코스토스는 레나를 보지 않았다. 원체 예의가 바른 코스토스는 지나다가 레나를 알아보면 살짝이라도 고개를 끄덕여 인사했다. 하지만 지금은 그녀를 무시하고, 말을 섞을 기회도 주지 않았다.

"코스토스!" 마침내 레나가 큰 소리로 불렀다. 코스토스는 대답하지 않았다. 듣고도 무시하는 건지, 아니면 자기가 너무 뜸을 들이다 타이밍을 놓쳐버린 건지 가늠이 되지 않았다.

카르멘의 다리는 몸과 분리된 듯 제멋대로 움직였다. 시내까지 달려가 그대로 시냇물을 건너 맞은편 둑에 앉았다. 마법의 바지가 지저분해지겠지만, 그것까지 염려하기에는 머릿속이 너무나 복잡했다. 하늘을 올려다보았다. 참나무 잎들이 검은 레이스 무늬를 이루었다. 카르멘은 십자가에 못박힌 듯 양팔을 벌리고 땅바닥에 드러누웠다.

그렇게 한동안 누워 있었다. 꽤 시간이 흐른 듯한데 얼마나 지났는지는 가늠이 되지 않았다. 기도를 하고 싶었다. 하지만 바라는 게 있을 때만 기도를 하는 것 같아서 죄책감이 들었다. 이런 자신의 존재를 정말 하느님에게 알리고 싶은지도 확신이 서지 않았다. '필요한 게 있을 때만 기도하는 소녀.' 하느님도 화를 내실 거야. 지금은 꾹 참고 나중에 진실한 기도를 올리면 하느님도 다시 좋아해주시지 않을까. 그래도 하느님(용서해주세요), 만사가 잘 풀릴 때 기도할 생각을 하는 사람이 얼마나 되겠어요. 착한 사람들이라면 얘기가 다르지만. 하지만 카르멘은 착하지 않았다.

하늘 높이 떠오른 달이 기울기 시작하자 카르멘의 분노도 서서히 가라앉았다. 그제야 머리가 제대로 움직이기 시작했다.

지금 그녀의 머릿속에 떠오른 생각은, 이제 워싱턴의 집으로 돌아가는 수밖에 없다는 것이었다. 하지만 완전히 맨몸이라는 사실도 떠올랐다. 돈도, 현금카드도, 다른 짐도 다 그 집에 있었다. 왜 화가 나면 이성적인 생각을 못하는 걸까? 화가 났을 때 카르멘은 마치 고급 레스토랑에서 음식을 왕창 주문해대는 대식가 같았다. 계산서가 나올 때쯤 그가 어디론가 사라져버리면 제정신인 카르멘이 홀로 남아 설거지를 해야 하는 것이다.

"다시는 튀어나올 생각 마." 카르멘은 성질 고약한 또다른 카르멘에게 중얼거렸다.

어쩌면 줄곧 분노에 몸을 내맡겨왔는지도 모른다. 그게 결과를 좌우하게 내버려두면서. 대개는 이성적이고 양심적인 자아가 내 몸을 통제하는데 말이지. 그래, 가끔은.

이성적인 카르멘, 그 비루한 탕아는 새벽 세시 모두가 잠든 집으로 살짝 숨어들어가(뒷문이 열려 있었다. 일부러 열어놓은 건가?) 조용히 짐을 챙겼다. 나쁜 카르멘은 일부러 소리를 내서 누군가 나와보게 되길 바랐지만, 이성적인 카르멘이 그러지 못하도록 막았다.

이성적인 카르멘은 정류장으로 걸어가 첫 버스가 다니는 새벽 다섯시까지 벤치에서 잠을 잤다. 버스를 타고 시내의 그레이하운드 역까지 가서 현금으로 워싱턴행 버스표를 샀다. 열다섯 정거장만 가면 워싱턴이다.

사우스캐롤라이나에 왔던 이성적인 카르멘은 이제 다시 이성적인 카르멘으로 그곳을 떠나고 있었다. 그사이 몇몇 다른 모습이 조금 나타나기는 했지만.

카르멘은 버스 창 너머 찰스턴 시내를 바라보았다. 아파트 건물과 상점, 음식점은 모두 잠들어 있었다. 평행우주의 카르멘은 재혼하지 않는 아빠와 즐거운 시간을 보내고 있기를.

브리짓에게,

모든 게 엉망이야. 지금은 편지에 제대로 쓰지도 못하겠어. 그저 이 소포를 네가 최대한 빨리 받기를 바랄 뿐이야. 그래서 가장 비싼 특급으로 보내. 이 바지에 대해 할 수 있는 말은, 나를 사랑스럽거나 매력적인 사람으로 만들어주지는 않았다는 거야. 넌 좀더 잘되면 좋겠어. 더 해주고 싶은 얘기는 없냐고? 음…… 이 바지가 네게……

용기? 아니지, 넌 용기가 있다 못해 지나칠 정도야.

힘? 그것도 너한테는 너무 많아.

사랑도 아니야. 지금도 남에게 뿌리고 다닐 만큼 넘쳐나니까.

그래, 이건 어때? 이 바지가 네게 분별력을 주기를 바랄게.

넌 재미없게 그게 뭐냐고 소리지르겠지. 재미없다는 거 나도 알아. 하지만 최근의 내 경험에 따르면 네게 약간이라도 분별력이 생긴다면 큰 도움이 될 거야. 게다가, 너는 우주상에 존재하는 다른 모든 매력을 다 가지고 있으니까.

잘 입어. 포옹과 키스를 보내며

카르멘

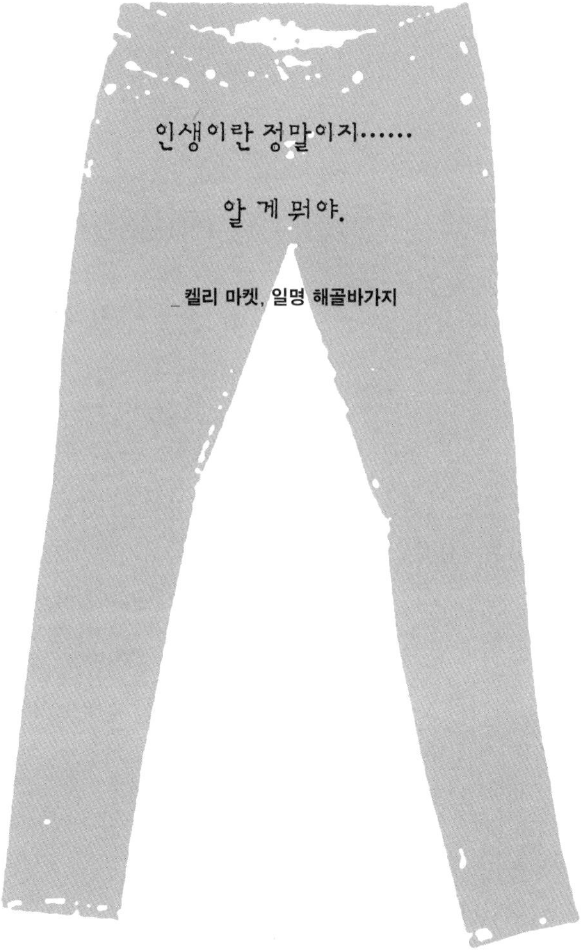

인생이란 정말이지……

알 게 뭐야.

_ 켈리 마켓, 일명 해골바가지

아침식사 시간 내내 브리짓의 머릿속에는 온통 섹스 생각뿐이었다. 절친한 친구들처럼 그녀도 처녀였다. 지금껏 남자친구를 여럿 사귀어봤어도 어디까지나 어린애들끼리 붙어다니는 수준이었다. 그중 두셋과는 키스도 해봤지만 그래봤자 거기까지였고, 육체적 열망보다는 호기심에서 비롯된 것이었다.

하지만 에릭과 같이 있으면 몸에 뭔가 다른 느낌이 찾아들었다. 예전에 슬쩍 맛본 것과는 다른, 더 크고, 더 거칠고, 더 격렬한 느낌. 그녀의 몸은 고통스럽고 뚜렷하게, 너무도 강렬하게 그를 원했다. 하지만 그게 정확히 무엇을 어떻게 하라는 신호인지는 알 수 없었다.

"무슨 생각을 그렇게 해?" 다이애나가 숟가락으로 그릇 밑바닥을 톡톡 치며 물었다.

"섹스." 브리짓이 솔직하게 말했다.

"그럴 줄 알았어."

"아, 그래?"

"응. 어젯밤에 사라졌던 거랑 관련있지?" 다이애나가 은근히 물었다.

"글쎄." 브리짓이 대답했다. "에릭을 만나긴 했어. 하지만 섹스를 하거나 하진 않았어."

"그러고 싶었지?" 다이애나가 물었다.

브리짓은 고개를 끄덕였다. "오늘밤이 그 밤이 되지 않을까." 빼기는 기색 없이 자신감을 드러내려고 애쓰는 투였다.

"오늘밤이 무슨 밤이라고?" 올리가 쟁반을 내려놓고 앉으며 물었다.

"섹스 말이야, 올리비아." 브리짓이 대답했다.

"그렇게 될 거 같아?" 올리가 물었다.

"응." 브리짓은 지난밤 일에 대해 더는 깊이 들어가고 싶지 않았다. 자세히 말하기에는 너무 사적인 부분이었다.

"그 소식이라면 정말 듣고 싶지." 올리가 못 믿겠다는 듯 도발적인 투로 말했다.

브리짓은 참지 못하고 약간 으스댔다. "빨리 얘기해주고 싶어 죽겠네."

셰리가 식탁 앞을 지나가며 말했다. "브리짓, 너한테 소포 왔던데."

브리짓은 자리에서 일어났다. 어떤 소포인지 알 것 같아 머리끝까지 흥분되었다. 아빠에게 부탁했던 옷이 벌써 도착했을 리는 없다. 아빠는 짜기로 유명한 네덜란드 사람이니까 빠른우편을 보냈을 리가 만무하다. 그렇다면 틀림없이……

브리짓은 맨발로 본부 사무실까지 뛰어갔다. 그러고는 조바심을 내며 전화기가 놓인 책상 앞으로 다가가 소리쳤다. "계세요?" 인내심이 미덕일지 몰라도 브리짓에게는 아니었다.

코니의 조수 이브 폴런이 사무실에서 나왔다. "무슨 일이지?"

브리짓은 발을 동동 굴렀다. "저한테 소포 온 거 있어요? 브릴런드예요. V, R, E, E—"

"여기 있다." 이브가 흘긋 돌아보고는 선반에 덩그러니 놓여 있던 소포를 건네주었다.

브리짓은 그 자리에서 소포를 풀어보았다. 이거다! 바지가 온 것이다. 바지는 몹시 예뻤다. 그동안 이 바지가 너무 보고 싶었다. 벌써 약간 더러웠다. 특히 엉덩이 부분이. 누군가 이 바지를 입고 땅바닥에 앉았던 게 분명했다. 그 생각을 하자 웃음이 나왔다. 동시에 친구들이 미치도록 보고 싶었다. 약간이나마 레나, 카르멘, 티비와 함께 있는 기분이었다. 카르멘은 바지 엉덩이에 얼룩이 묻으면 난리법석을 떨었을 테니 필시 레나나 티비 짓일 터였다. 브리짓은 바지를 꺼내 입고 있던 흰색 나일론 반바지 위에 겹쳐 입었다.

편지도 있었다. 그건 나중에 읽으려고 주머니에 쑤셔넣었다.

"정말 끝내주는 바지죠?" 브리짓이 이브에게 물었다. 어쩌겠나, 주변에는 시큰둥한 이브밖에 없는데.

이브는 말없이 보기만 했다.

브리짓은 숙소로 돌아와 축구화와 초록색 운동복 셔츠를 찾았다. 오늘은 코요테컵 챔피언십 첫날이었다. 브리짓이 속한 타코스와 5팀 샌드 플리스의 시합이 있었다. "다이애나! 이것 좀 봐줘!" 브리짓은 소리를 질러대며 다이애나의 얼굴 앞에서 엉덩이를 흔들었다.

"이게 그 돌려 입는 바지야?"

"응! 어때?"

다이애나는 바지를 살폈다. "그냥 청바지네. 그래도 너한테 정말 잘 어울리는 것 같아."

브리짓의 얼굴이 환해졌다. 서둘러 축구화를 신고 경기장으로 달려갔다.

"브리짓, 대체 그게 뭐야?" 몰리 코치가 대뜸 소리를 질렀다.

"뭐가요?" 브리짓은 무슨 말인지 모르겠다는 듯 눈을 깜박였다.

"청바지를 입고 있잖아. 날씨가 얼마나 더운데. 게다가 오늘은 첫 정식경기라는 거 몰라?"

"이건 특별한 바지예요." 브리짓은 인내심을 갖고 설명했다. "뭐랄까…… 마법 같은 게 있거든요. 이 바지를 입으면 더 잘 뛸 수 있을 거예요."

몰리는 고개를 저었다. "브리짓, 바지를 벗으면 훨씬 잘 뛸걸. 어서 벗도록 해."

"괜찮아요." 브리짓은 발을 구르며 간청했다. "네? 제발요."

몰리는 요지부동이었다. "안 돼." 그녀도 더는 웃음을 참을 수 없었다. "진짜 대단하시네요, 아가씨."

"으윽." 브리짓은 마지못해 청바지를 벗고 조심스럽게 접어 사이드라인 쪽에 내려놓았다.

선수들이 경기장으로 나가 대열을 이루기 전에 몰리가 팔로 브리짓의 어깨를 감싸안았다. "마음껏 뛰어봐." 그녀가 말했다. "하지만 너무 일방적으로 밀어붙이지는 말고. 알았지?"

브리짓은 몰리가 나중에 정말 좋은 할머니가 될 거라고 생각했다. 지금은 겨우 스물세 살이지만.

호루라기 소리가 울리자 브리짓은 쏜살같이 달려나갔다. 이번에는 경기를 일방적으로 끌어가지 않았다. 팀 동료들에게도 기회를 주었다. 시합 내내 환상적인 어시스트를 선보였다. 그건 희생적인 행동이었다. 마치 잔 다르크라도 된 기분이었다.

타코스는 1번 시드, 샌드 플리스는 6번 시드를 배정받았으니 타코스가 압도적으로 우위인 것은 당연했다. 하지만 브리짓의 팀이 12 대 0으로 앞서자 몰리 코치가 작전 타임을 불렀다. "좋아, 얘들아, 이제 적당히 하자. 무리할 필요는 없지." 몰리가 브리짓을 흘끗 보았다. "브릴런드, 로드먼하고 포지션 바꿔."

"네?" 브리트니는 뜨악했다. 브리트니 로드먼은 골키퍼였다. 고맙다는 표시를 이렇게 하나?

몰리는 '시키는 대로 해'라는 얼굴이었다.

"알았어요." 브리짓은 툭 내뱉고 시무룩한 얼굴로 골대를 향해 걸어갔다. 골키퍼는 한 번도 해본 적 없었다.

당연히 이 자리에는 에릭도 다른 팀 실력을 살피러 와 있었다. 골대 앞에서 엉덩이에 손을 얹고 있는 브리짓의 모습을 보고 그는 웃음을 참지 못했다. 브리짓이 얼굴을 찡그려 보이자 그도 브리짓에게 얼굴을 찡그렸다. 그래도 다정한 모습이었다.

한창 에릭을 향해 얼굴을 찡그리고 있는데 공이 날아왔다. 브리짓은 반사신경이 뛰어났다. 몸이 자동으로 움직였다. 허공을 가르며 날아오는 공을 잡았다.

하지만 그 순간, 몰리를 포함한 사람들의 얼굴에 실망감이 떠오르는 것을 보았다. 브리짓은 몸을 돌려 골문 깊숙이 공을 던졌다. 모두가 환호성을 질렀다. 경기 종료를 알리는 긴 호루라기 소리가 들렸다. "타코스, 12 대 1로 승리." 심판이 외쳤다.

브리짓은 에릭을 보았다. 에릭은 엄지손가락을 높이 들어 보였다. 브리짓은 무릎을 굽혀 인사하는 것으로 답했다.

바지는 행운을 가져다주었다. 사이드라인에 놓여 있었는데도.

"카르멘! 맙소사! 대체 무슨 일이야?"

속옷에 티셔츠만 걸치고 있던 티비의 방에 카르멘이 불쑥 들어왔다. 카르멘은 돌아오자마자 집에 여행가방을 던져놓고 직장에 있는 엄마에게 전화를 걸고는 바로 이곳으로 달려왔다.

카르멘이 와락 안기는 바람에 티비는 쓰러질 뻔했다. 카르멘은 이어서 티비의 뺨에 키스하더니 곧장 흐느끼기 시작했다.

"세상에, 카르멘." 티비는 채 정리하지 않은 침대로 친구를 데려가 나란히 앉았다.

카르멘은 정말 울고 있었다. 소리내면서. 네 살짜리 아이처럼 어깨를 들썩이며 껵껵대고 울었다. 티비는 카르멘을 꼭 끌어안았다. 티비의 체취와 겉모습은 그대로고 그 행동도 자연스러웠다. 그제야 카르멘은 자기를 정말로, 진심으로 알아주는 누군가가 있는 안전한 곳으로 돌아왔음을 실감했다. 마치 백화점에서 길을 잃었다가 엄마를 다시 만나 안심하고 엉엉 울어대는 아이 같았다.

"뭐야? 왜 그래? 무슨 안 좋은 일 있었어?" 카르멘의 흐느낌이 어느 정도 잦아들자 티비가 부드럽게 물었다.

"정말 끔찍했어." 카르멘이 울먹이며 대답했다. "너무너무 비참했다고."

"무슨 일이 있었는지 말해봐." 가끔은 쌀쌀맞은 눈빛을 쏘는 티비의 눈이 살짝 물기를 머금은 채 근심으로 커졌다.

카르멘은 숨을 몇 번 몰아쉬며 마음을 가라앉혔다. "그 사람들이 저녁 먹는데 내가 창문에 돌을 던졌어."

티비로서는 전혀 예상치 못했던 대답이었다. "네가? 왜 그랬는데?"

"미웠으니까. 리디아, 크리스타." 잠시 멈췄다가 말이 이어졌다. "폴. 모두 멍청해." 카르멘은 퉁퉁거렸다.

"그래. 하지만 그렇게까지 한 이유가 있을 거 아냐." 티비가 카르멘의 등을 쓰다듬으며 물었다.

카르멘이 눈을 깜박였다. 무슨 질문일까. 대체 어디서부터 이야기를 시작해야 하나? "그 사람들은…… 그 사람들은……" 카르멘은 말을 멈추고 생각을 정리했다. 티비가 왜 이렇게 따져 묻는 거지? 어째서 내 심정을 그대로 받아주지 않고 시시콜콜 따지지? "왜 그런 걸 물어보는 거야? 날 못 믿어?"

티비의 눈이 더 커졌다. "물론 너를 믿지. 그냥…… 무슨 일이 있었는지 알고 싶어서 그러는 거야."

카르멘이 발끈했다. "무슨 일이 있었냐고? 난 아빠와 여름방학을 보낼 줄 알고 사우스캐롤라이나에 갔어. 그런데 가봤더니, 세상에! 아빠가 새살림을 차렸더라고. 두 아이에, 커다란 저택, 새 직장까지."

"카르멘, 그건 나도 알아. 네 편지를 읽었으니까. 정말이야."

그제야 카르멘은 티비가 몹시 피곤해 보인다는 걸 알아차렸다. 단순히 수면부족이 아니라 마음이 지친 것 같았다. 콧잔등과 뺨에 박힌 주근깨가 하얀 피부에 대비되어 도드라져 보였다.

"맞네. 미안해." 카르멘이 재빨리 사과했다. 티비와 싸우고 싶지 않았다. 지금은 티비의 애정이 필요했다. "넌 그동안 잘 있었어?"

"그럼, 좋았어. 지겹기는 했지만, 그럭저럭."

"월먼은?"

티비는 어깨를 으쓱했다. "절망적이야. 일상인데, 뭐."

카르멘이 기니피그 우리를 가리키며 물었다. "생쥐는 어때?"

"미미도 잘 지내."

카르멘은 자리에서 일어나 티비를 다시 꼭 끌어안았다. "갑자기 난리친 거 미안해. 널 봐서 정말 행복해. 해줄 이야기가 너무 많아서 잠시 이성을 잃었었나봐."

"아니야. 괜찮아." 티비도 카르멘을 꼭 끌어안았다. 두 사람은 다시 침대에 앉았다. "나한테 전부 말해봐. 무슨 일이 있었대도 무조건 네가 착하고 다른 사람들이 거지같다고 말해줄 거니까." 티비가 약속했다. 평소보다 더 그녀다운 소리였다.

난 착하지 않아라는 말이 튀어나올 것 같았지만, 카르멘은 입을 꾹 다물었다. 그저 한숨을 내쉬고 티비의 침대에 누웠다. 모직 담요가 까끌까끌했다. "그냥…… 거기서는 꼭 투명인간이 된 기분이었어." 카르멘은 생각에 잠겨 천천히 말했다. "아무도 나한테 관심이 없더라. 내가 기분이 안 좋다고 해도 들어주는 사람이 없어. 망나니처럼 굴어도 반응이 없더라니까. 다들 그저 모든 게 완벽한 것처럼 행동해."

"'다들'이라는 건 리디아 얘기야? 아니면 아빠까지 포함해서?" 티비는 마지막 표현을 조심스럽게 지적했다.

"그야, 리디아 얘기지."

"아빠한테도 화난 건 아니고?" 티비가 신중하게 물었다.

카르멘은 몸을 일으켜 앉았다. 왜 그냥 같이 화내주지 않는 걸까? 원래 티비는 분노의 화신이었다. 이유를 따지지도 않고 화부터 냈다. 친구의 적이라면 당사자보다 더 미워했다. "그런 거 아니야! 난 그 사람들 때문에 화난 거야!" 카르멘이 소리쳤다. "그 사람들하고 엮이고 싶지 않다고. 예전처럼 아빠하고 단둘이 지내도록 전부 사라져버리면 좋겠다니까."

티비는 잠깐 물러서는 듯했다. 신중한 눈빛이었다. "카르멘, 하지만…… 네가……" 그러고서 침대 위로 다리를 끌어올렸다. "세상에서 가장 불행한 일을 당한 건 아니잖아?" 티비는 시선을 내리깔고 말했다. "진짜 불행한 사람들에 비하면 그렇다는 얘기야."

카르멘은 멍하니 친구를 바라보았다. 언제부터 바른 생각 아가씨가 된 걸까? 언제 이렇게 균형감각을 갖추게 되셨대? 조금이라도 안 좋은 일이 생기면 스스로를 불쌍히 여기고 모두 남 탓으로 돌리던 티비였다. 가만히 내 말을 들어주기만 하면 되는 지금, 왜 이토록 이성적이지?

"내가 알던 티비는 대체 어디로 가버린 거야?" 결국 카르멘은 허탈한 목소리로 묻고는 그대로 방을 나가버렸다.

보고 싶은 레나,

다큐멘터리 영화는 그럭저럭 잘 진행되고 있어. 기대했던 대로는 아니지만. 베일리가 자기 멋대로 내 조수가 되었단다. 그애에게 부지배인 덩컨을 인터뷰해오라고 했어. 내가 처음 계획했던 만큼 재미있지는 않더라. 하지만 뭔가 멋진 구석이 있어. 웃음이 터져나올 만큼 미쳤다고 생각하는 사람들에게서 그애는 가장 흥미로운 점을 찾아내.

그래, 할아버지들 주먹다짐은 어떻게 마무리됐니? 에피는 어떻게 지내고? 너 자신을 괴롭히지 마, 레나. 우리 모두 널 너무너무 사랑해.

티비

오후에는 그레이 웨일스 팀과 경기가 있었다. 그사이 에릭의 팀 로스 코코스도 첫번째 시합에서 이겼다. 그들은 내일 6팀 본헤드와 붙을 예정이었다. 그리고 모레는 코요테 챔피언십의 하이라이트 경기가 열릴 것이다. 브리짓은 타코스가 결승에 진출

하리라고 확신했다.

선수들은 여섯시까지 기다렸다. 해가 기울고 선선해져 경기를 하기 딱 좋았다. 캠프 참가자 모두 이 순간을 기다렸다. 햇살이 경기장에 예쁜 분홍빛을 드리웠다. 브리짓은 에릭이 있는 쪽을 바라보았다. 그는 땅바닥에 체크무늬 담요를 깔고 다른 사람들과 앉아 있었다. 마시가 뭐라고 하자 에릭이 웃었다. 브리짓은 질투심에 가슴이 아렸다. 그가 다른 여자 때문에 웃는 게 싫었다.

브리짓은 다시 그 바지를 가져왔다. 그리고 조심스럽게 접어 사이드라인 쪽에 가져다놓았다.

몰리가 그런 브리짓을 유심히 바라보았다. 브리짓은 그녀의 표정이 마음에 들지 않았다. 혹시 이번에는 경기 내내 골키퍼를 시키려는 게 아닐까? "브리짓, 넌 오늘 수비수로 뛰어."

"뭐라고요? 말도 안 돼."

"말 돼. 이제 나가봐. 오늘은 미드필드를 넘지 않는 거야." 몰리는 권위적으로 지시했다. 브리짓이 평생 축구 시합이라고는 한 번도 본 적 없는 사람이라는 듯.

"가자, 브리짓!" 사이드라인 쪽에서 다이애나가 소리쳤다. 그 애는 다른 아이들과 함께 살사 소스에 칩을 찍어 먹으며 쉬는 중이었다.

브리짓은 수비 라인에 섰다. 그리고 경기 내내 올리와 조, 다른 아이들이 화려한 플레이를 선보일 수 있도록 뒷받침했다. 어쨌든 상대편의 공격을 막아내는 것만으로도 기분이 좋았다.

3 대 0으로 후반전이 절반쯤 지났을 때 브리짓에게 기회가 왔다. 다른 사람에게 패스하기에는 너무 아까운 상황이었다. 거의 모든 선수가 사이드라인 쪽에서 접전을 벌이고 있었다. 어느새 브리짓도 미드필드 가까이 나와 있었고 상대편 골문까지는 완전히 열린 상태나 마찬가지였다. 자기 팀 수비 쪽으로 공을 패스한 올리의 시야 한쪽에 브리짓이 보였다. 브리짓은 하프라인을 넘지 않았음을 확인하고 솜씨 좋게 공을 차지해 상대편 골문을 향해 힘껏 찼다. 공은 높이 솟아올라 호를 그리며 빠르게 날아갔다. 경기장이 일순간 조용해졌다. 모든 사람의 시선이 공을 따라갔다. 골키퍼가 높이 뛰어올랐다. 공은 골키퍼 머리 위를 지나 그물 한구석 깊숙이 박혔다.

브리짓은 바로 몰리를 쳐다보았다. 이 경기장에서 유일하게 환호성을 지르지 않고 그저 사이드라인에 서 있었다.

"브리짓, 브리짓, 브리짓!" 다이애나와 친구들이 연달아 그녀의 이름을 불렀다.

그후 브리짓은 교체되었다. 몰리가 내년에도 오라고 할지 문득 궁금해졌다. 그리고 잔디에 앉아 살사 소스를 곁들인 칩을 먹으며, 불난 것처럼 얼얼한 입안의 감각과 어깨 위로 내리쬐는 그날의 마지막 햇살을 즐겼다.

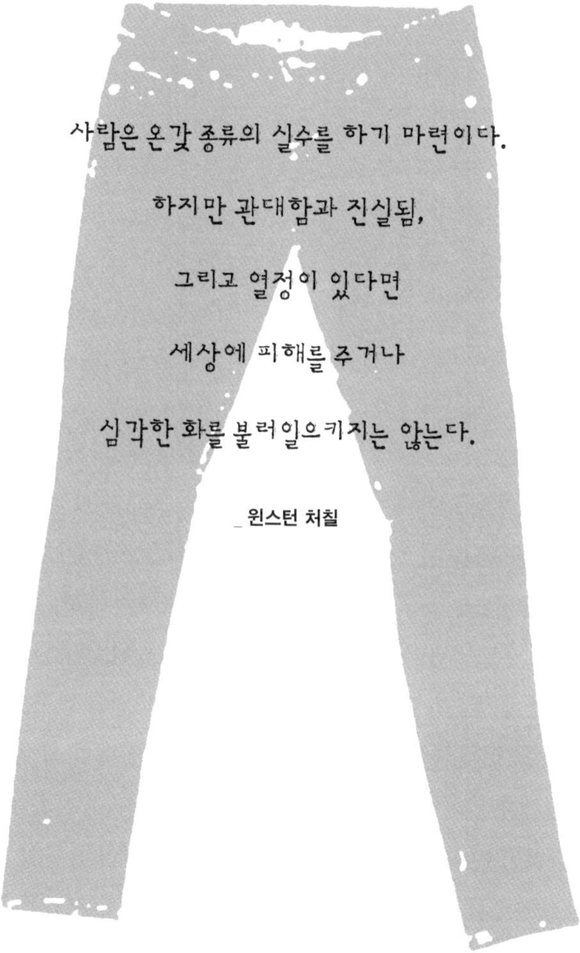

사람은 온갖 종류의 실수를 하기 마련이다.

하지만 관대함과 진실됨,

그리고 열정이 있다면

세상에 피해를 주거나

심각한 화를 불러일으키지는 않는다.

_ 윈스턴 처칠

다시 그림 그리기에 전념할 필요가 있었다. 레나는 코스토스와 마주치려고 날마다 주변을 돌아다녔다. 그가 다시 자신을 따뜻하게 바라보는 날을, 둘 사이에 있었던 일을 사람들에게 사실대로 이야기했는지 확인할 날을 기다렸다. 심지어 그가 이미 다 이야기했기를 바랐다. 레나는 내내 무표정하고 완고한 할아버지 할머니에게 사실을 털어놓을 방법이 없다고 믿었다. 한편으로는 실은 그렇지 않다는 것도 알았다. 불편한 마음에 대한 핑계로 그리 생각해온 것이다.

에피와 멋진 웨이터가 있는 카페를 찾아가 커피를 마실 수도 없었고, 오후에 카마리 해안의 검은 모래사장에서 시간을 보낼 수도 없었다. 별다른 성과 없이 코스토스의 집을 지나 대장간으로 내려가보는 일도 더는 할 수 없었다. 비참하지만 그것이 현실이었다. 남은 건 그림을 그리는 일뿐이다.

연못 옆에 있던 올리브나무 숲에 다시 가보기로 했다. 이제까지 그린 것 중 올리브나무 그림이 가장 마음에 들었다. 연못을 벗어나며 불쾌한 마음에 그림을 함부로 다뤘는데도 다행히 별로 망가지지 않았다. 오늘은 만약을 위해 모자와 수영복도 챙겼다. 그곳에 다시 갈 용기가 나는 것 같았다. 그렇게 큰 용기가 필요한 일도 아니었다.

언덕길은 구 일 전보다 더 가파르게 느껴졌다. 목초지나 바위 풍경도 훨씬 드라마틱하게 보였다. 마침내 그날의 그림 같은 숲이 눈에 들어오자 가슴이 두근거렸다. 그날과 똑같은 자리로 갔다. 땅에 이젤 다리 자국이 고스란히 남아 있었다. 레나는 조심스럽게 화판을 세우고 팔레트에 물감을 짰다. 그녀는 물감 냄새를 사랑했다. 맡으면 기분이 좋아졌다.

따스함을 묘사하기 위해 갈색과 은색을 정확한 비율로 섞었다. 초록색과 파란색도 섞어 생각보다 훨씬 푸른 올리브나무 잎을 칠했다. 잎사귀 하나하나가 하늘을 한 조각씩 머금고 있었다. 레나는 서서히 그림 그리기에 빠져들어갔다. 가장 편안한 순간이었다. 인간이 할 수 있는 한 오래도록 이 상태에 머물러 있었으면 했다. 이럴 때면 겨울잠을 자는 개구리처럼 심장이 멈춘 듯한 희한한 느낌이었다. 그게 좋았다.

어디선가 첨벙 소리가 났다. 레나는 바짝 긴장해 고개를 들고 눈을 깜박거리며 주위를 둘러보았다. 또다시 첨벙대는 물소리가 들렸다. 누가 연못에서 수영하고 있는 걸까?

완벽히 혼자만의 시간을 보내는 줄 알았는데 실은 아니었음을 깨닫는 것만큼 기분 나쁜 일도 없다.

레나는 이젤에서 몇 걸음 떨어진, 연못이 살짝 보이는 나무 쪽으로 다가갔다. 사람 머리가 보였다. 뒤통수였다. 화가 치밀어서 얼굴이 굳었다. 레나는 이곳이 자기만의 공간이기를 원했다. 사람들은 왜 이곳을 내버려두지 않는 걸까?

그 순간 자리를 떠났어야 했다. 하지만 레나는 더 잘 살펴보려고 두 걸음 앞으로 나아갔다. 머리의 주인이 고개를 돌리자 난데없이 코스토스의 얼굴이 나타났다. 그 순간 코스토스도 얕은 연못 안에 있는 자신을 빤히 바라보는 레나를 발견했다.

이번에는 코스토스가 알몸이고, 레나는 옷을 입은 상태였다. 하지만 그때와 마찬가지로 얼굴을 붉히며 몸을 떠는 사람은 레나였고, 코스토스는 그 자리에 가만히 서 있었다.

지난번에는 그에게 몹시 화가 났지만, 이번에 레나는 자신에게 화가 났다. 그때는 코스토스가 뻔뻔하고 건방지다고 생각했다. 하지만 지금은 자신이 그렇다는 걸 알았다. 그때는 자신이 알몸이라는 사실을 집요하게 곱씹었다. 그리고 지금 레나는 그의 몸을 생각하고 있었다.

그때 코스토스는 레나를 훔쳐보고 있던 것이 아니었다. 몰래 따라온 것도 아니었다. 아마 지금의 레나처럼 그도 상대를 보고 놀랐을 것이다.

이제까지는 코스토스가 그녀의 특별한 장소에 침입했다고 생각했다. 그게 아니라 자신이 코스토스의 특별한 장소에 침입한 것임을 레나는 비로소 깨달았다.

레나에게,

오늘밤은 특별할 것 같아. 무슨 일이 일어날지는 모르겠지만, 바지가 옆에 있으니 너나 티비, 카르멘과 조금이나마 함께 있는 기분이야. 그러니 나쁜 일이 생길 리 없잖아.

네가 많이 보고 싶어. 못 본 지 칠 주나 되어가. 나 대신 스파나코피타* 많이 먹어. 알겠지?

브리짓

브리짓은 마법의 바지와 탱크톱을 입은 채 침낭으로 기어들어갔다. 마법의 영향인지 바지는 편안하고 무더위에도 갑갑하지 않았다. 왠지 추운 날씨에는 포근하고 따뜻할 것 같았다.

당연히 잠을 이룰 수 없었다. 계속 누워 있을 수도 없었다. 다

* 시금치를 넣은 그리스의 전통 파이.

리가 가만히 있기를 거부했다. 캠프 주변을 돌아다녔다가는 진짜 나쁜 짓을 하기도 전에 들켜버릴 것 같아 곶 쪽으로 갔다. 바위에 앉아 바지를 무릎 위까지 걷어올리고 발을 물에 담갔다. 문득 낚싯대가 있으면 좋겠다는 생각이 들었다.

어렸을 때 페리와 함께 체서피크 만 동쪽 해변에 놀러갔던 일이 떠올랐다. 두 사람은 매일 물고기를 잡으러 갔다. 페리의 야외활동이라고는 낚시밖에 기억나는 게 없었다. 페리는 매일 월척을 낚았다. 깨끗이 씻어 내장을 빼낼 줄도 알았다. 브리짓은 매일 자기가 잡은 고기를 도로 놓아주었다. 그리고 훗날 와이 강의 모든 물고기들 입술에 구멍이 뚫려 있는 광경을 떠올리며 양심의 가책을 느꼈다.

당시 엄마의 모습은 떠오르지 않았다. 그땐 엄마도 있었는데. 아마 몸이 가장 안 좋은 축에 들던 시기였을 것이다. 그때 엄마는 눈을 보호해야 한다며 덧문을 꼭꼭 닫고 하루종일 침대에 누워 있었다.

하품이 나왔다. 미칠 듯한 에너지가 사지에서 빠져나가자 심한 육체적 피로가 몰려왔다. 어쩌면 이 모험을 내일로 미루고 오늘밤은 푹 자는 편이 나을지도 모른다.

아니면 곧장 에릭에게 갈 수도 있지. 다시 한번 위험천만한 생각이 떠올랐다. 도저히 떨쳐버릴 수가 없었다. 나는 생각한다. 고로 행동한다. 발에 다시 힘이 들어가면서 낮 동안 운동으로 혹사

당한 종아리에 경련이 일었다.

모든 불빛이 꺼져 있었다. 이만하면 충분히 늦은 시간이었다. 돌아보니 해변에는 브리짓의 침낭만 외로이 누워 있었다. 브리짓은 미끄러운 바위 위를 발끝으로 살금살금 걸어갔다.

에릭은 그녀를 기다리고 있을까? 엄청 화를 내겠지. 아니면 두 손 들거나. 어쩌면 둘 다일지도.

그를 막무가내로 밀어붙이고 있다는 걸 브리짓 자신도 알았다. 동시에 자기 자신도 밀어붙였다. 멈출 수가 없었다.

브리짓은 그의 숙소 문을 유령처럼 조용히 열고 안으로 들어갔다. 에릭은 자고 있지 않았다. 몸을 세우고 앉아 있었다. 브리짓을 알아보고는 침대를 빠져나왔다. 브리짓은 현관 밖으로 빠져나와 해변가를 따라 우거진 야자나무 숲을 향해 걸어갔다. 에릭은 셔츠도 입지 않은 사각팬티 차림으로 그녀를 따라왔다. 반드시 그래야만 하는 것도 아닌데.

브리짓은 희망에 부풀었다. 그를 향해 돌아서서 물었다. "내가 올 줄 알고 있었어요?"

어둠 속에서 에릭의 얼굴이 어렴풋이 보였다. "이러면 안 된다고 했잖아." 긴 침묵이 흐른 뒤 에릭이 말했다. "네가 오길 바랐어."

로맨틱한 판타지에 빠져 있을 때마다 브리짓은 상상의 장면을 매만졌다. 앞으로 빨리 감았다가 다시 뒤로 돌리고, 뒤로 돌리고, 뒤로 돌리고. 상상 속에서 자신을 고통스러운 첫 키스의 장면으로 거듭 데려다놓으며 더더욱 완벽하게 다듬었다. 하지만 그 이상은 불가능했다.

에릭과 헤어지고 난 뒤 브리짓은 한참 동안 침낭에 가만히 누워 있었다. 몸이 떨렸다. 눈에 눈물이 가득 고이더니 주륵 흘렀다. 왠지 모를 슬픔 때문에, 낯선 두려움 때문에, 사랑 때문에 감정이 벅차올라 흐르는 눈물이었다. 브리짓은 자기만의 작은 공간이 필요했다. 하늘을 올려다보았다. 평소보다 밤하늘이 유난히 넓었다. 오늘밤은 생각이 하늘 위를 떠돌다가 다이애나의 말처럼 다시는 돌아오지 못할 것만 같았다. 그 무엇도 현실로 느껴지지 않을 때까지 가고 또 가겠지. 생각만이 아니었다. 생각을 하는 자신도 그렇게 될 것 같았다.

브리짓은 에릭에게 매달렸다. 그를 원했다. 뭐가 뭔지도 몰랐고, 어색하고, 두려웠다. 몸속에서 폭풍이 일어 엄청나게 거세지더니 밖으로 터져나왔다. 몸이 붕 떠올라 야자나무 잎사귀에 닿는 기분이었다. 이전까지 한 번도 느껴보지 못한 기분. 선장도 없이 침몰하는 배에 타고 있는 듯했다.

두 사람 사이의 친밀감은 깊이를 헤아릴 수 없었다. 그리고 이제는 그녀의 곁에서 위태롭게 떨며 보살핌을 바라고 있었다. 그녀는 어찌해야 할지 알 수 없었다.

브리짓은 공중에 떠도는 생각들을 연줄을 감듯 다시 끌어당겼다.

가만히 침낭을 말아 옆구리에 끼고 숙소로 들어갔다. 침대에 똑바로 누웠다. 오늘밤만은 생각이 비바람에 시달리는 널빤지로 지은 숙소에서 벗어나지 못하게 할 생각이었다.

티비에게,

난 정말 바보인가봐. 코스토스가 나한테 반해서 날 따라다녔고, 연못에서도 몰래 훔쳐본 거라고 생각했으니 말이야. 그곳에 다시 가보니 그 사람이 수영을 하고 있더라고. 그래, 다 벗고서. 아마 여름날 오후면 그곳에서 늘 수영을 하나봐. 그런데 난 날 쫓아온 거라고 생각했지 뭐니.

게다가 알몸을 보고(하느님 맙소사) 비명을 지르면서(내가) 바보같이 군 거야(이것도 내가). 그런데 어떻게 됐는지 알아? 코스토스가 내 눈을 똑바로 쳐다봤어. 이제까지 그렇게 피하기만 하더니, 드디어 날 봤다고.

네가 여기 있었으면 틀림없이 한바탕 웃었겠지. 같이 있으면 좋겠다.

사랑을 담아

레나

추신:요즘 브리짓한테서 무슨 소식 들은 거 있니?

전화벨이 울렸다. 카르멘은 발신자를 확인했다. 모르는 번호였다. 누구 전화일까? 티비? 리디아? 설마 크리스타? 받아보니 엄마의 상사였다. 이런 전화는 늘 그렇다. 카르멘의 엄마는 법률 사무소에서 비서로 일하는데, 상사라는 사람은 엄마가 자기 베이비시터라도 되는 줄 아는 모양이었다.

"크리스티나 있니?" 브래틀 씨가 평소처럼 다급한 목소리로 물었다.

카르멘은 냉장고 위에 걸린 벽시계를 쳐다보았다. 열시 십사분이다. 대체 왜 이 사람은 이런 시간에 전화를 하는 걸까? 메모해놓은 종이를 잃어버렸다느니, 컴퓨터를 잘못 만졌다느니, 신발끈 묶는 법을 까먹었다느니 하면서 전화를 해댄다. "엄마는 병원에 갔어요. 할머니가 편찮으셔서요." 카르멘은 애처로운 목소리로 말했다. 사실 엄마는 2층에서 텔레비전을 보고 있고, 할머니는 손자들보다 오래 사실 만큼 건강했다. 카르멘은 브래틀 씨를 당황하거나 미안하게 만드는 걸 즐겼다. "자정에나 돌아올 거예요. 들어오는 대로 전화하라고 전해드릴게요."

"아니, 아니야." 브래틀 씨가 황급히 대답했다. "내일 만나서 얘기해도 돼."

"네." 카르멘은 다시 음식들 앞으로 갔다. 브래틀 씨의 유일한 장점은 엄마에게 많은 월급을 주고 인상을 요구해도 결코 거절하지 못한다는 것이다. 마음씨 좋아서가 아니라 엄마가 그만둘까봐 무서워서인 것 같지만, 확인할 길은 없었다.

카르멘은 식탁에 네 가지 음식을 꺼내놓았다. 귤, 크래커, 체다 치즈, 말린 살구. 오늘밤의 주제는 오렌지색이다.

사우스캐롤라이나에서 돌아온 지 이 주 가까이 지났지만 입맛이 돌아오지 않았다. 저녁도 별로 입에 대지 않았던지라 슬슬 배가 고팠다. 흠. 말린 살구를 먹어보기로 하고 봉지에서 하나를 골라 입안에 넣었다. 껍질은 부드러웠지만 막상 입에 넣어보니 퍽퍽했다. 꼭 사람 귀를 씹는 느낌이었다. 카르멘은 그대로 쓰레기통에 뱉어버리고 다른 음식들도 치워버렸다.

2층으로 올라가 엄마의 방을 들여다보았다. 텔레비전에서는 〈프렌즈〉의 예전 에피소드가 나오고 있었다. "같이 볼래? 로스가 레이철이랑 시시덕거리고 있어."

카르멘은 어깨를 축 늘어뜨리고 다시 복도로 나왔다. 로스나 레이철에게만 관심을 쏟는 엄마. 엄마가 〈프렌즈〉 재방송을 보기 전까지는 카르멘도 그 시트콤을 좋아했었다. 카르멘은 침대에 풀썩 쓰러졌다. 엄마의 웃음소리가 벽에 구멍을 뚫을 듯 커서 베개로 머리를 덮어버렸다.

카르멘은 엄마에게 일절 신경을 끄겠다고 다짐했다. 짜증을 내지도, 불평을 늘어놓지도 말아야지. 한숨 금지, 눈 굴리기 금지. 적어도 부모 중 한 사람에게는 관심과 사랑을 받아야 마땅하니까. 혼자 생각했을 때는 쉬울 것 같았는데 막상 엄마를 보면 다짐이 흔들렸다. 특히 엄마가 〈프렌즈〉를 보면서 지나치게 큰 소리로 웃어대거나 컴퓨터를 '바이오'라고 부를 때는 도저히 견딜 수가 없었다.

침대에서 일어나 벽걸이 달력을 보았다. 아빠의 결혼식을 표시해놓지도 않았는데 유독 그 날짜가 도드라져 보였다. 이제 삼주밖에 남지 않았다. 아빠는 내가 결혼식에 참석하지 않는대도 신경이나 쓸까?

카르멘이 사우스캐롤라이나를 떠난 날, 아빠는 바로 엄마에게 전화를 걸어 딸이 무사히 도착했는지 확인했다. 그리고 지난주에 또 전화해서 카르멘의 치과 보험료와 관련해 엄마와 상의했다. 두 사람 사이에 '세금 공제'로 할 얘기가 그렇게 많다는 게 믿기지 않았다. 아빠는 카르멘을 바꿔달라고도 하지 않았다.

물론 카르멘이 전화를 걸 수도 있었다. 그때 일을 사과하거나 적어도 어떤 설명은 할 수 있었다. 하지만 그러지 않았다.

죄책감이라는 감정이 마치 한 번도 길러본 적 없는 고양이처럼 다리 주위를 이리저리 누비더니 침대로 뛰어올라 슬금슬금 다가왔다. "저리 가." 카르멘은 죄책감을 향해 말했다. 죄책감은 옆에서 몸을 비비다가 꼬리로 카르멘의 뺨을 세게 쳤다. 죄책감이란 결코 원하지 않을 때 크게 느껴지는 법. 고양이도 어김없이 고양이털 알레르기가 있는 사람들에게 달라붙는다.

더이상 감정을 억누를 수 없었다. 방법이 없었다. 죄책감을 끄집어내 마음껏 소리라도 지르고 싶었다.

깨진 창문으로 보이던 아빠의 얼굴이 불쑥 떠올랐다. 예상치도 못한 일이었겠지. 충격 그 이상. 정말이지 눈앞의 광경을 어떻게 받아들여야 할지 몰랐을 것이다. 카르멘이 착한 애라고 생각하고 있었을 테니까.

"좋아, 마음대로 해봐." 죄책감은 그녀의 뱃속에 단단히 똬리를 틀고서 오랫동안 사라지지 않았다.

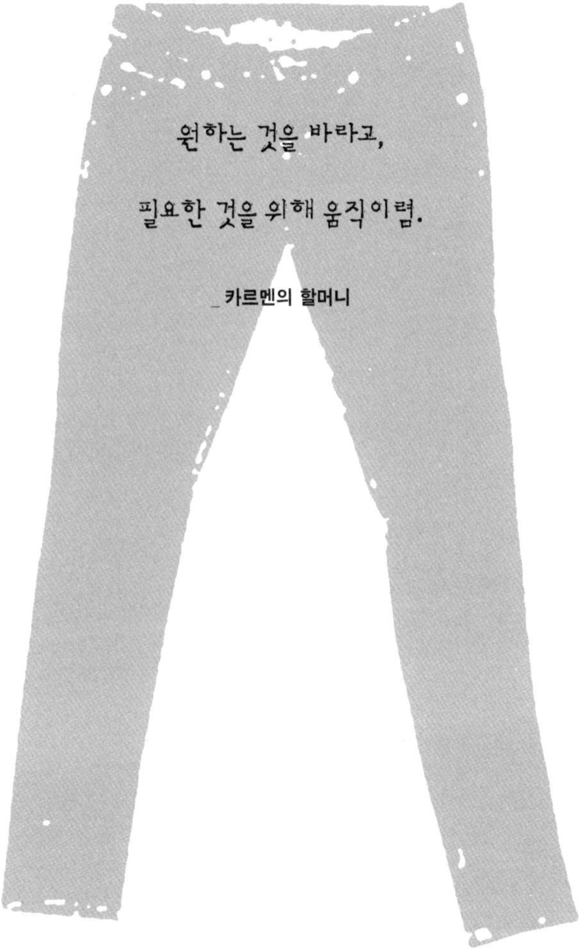

원하는 것을 바라고,

필요한 것을 위해 움직이렴.

_ 카르멘의 할머니

"나 무슨 일 있었게?" 잔뜩 빰이 달아오른 에피가 타일 바닥 위에서 리버댄스*라도 추듯 발을 구르며 물었다.

"뭔데?" 레나가 읽던 책에서 고개를 들고 물었다.

"그 사람이랑 키스했어."

"누구?"

"그 웨이터!" 에피는 거의 비명을 질렀다.

"그 웨이터?"

"그 웨이터! 세상에! 그리스 남자는 미국 애들보다 훨씬 잘해."

---

* 아일랜드의 전통 춤을 현대화한 뮤지컬로, 상반신은 가만히 둔 채 재빠른 발동작을 하는 군무가 유명하다.

에피가 딱 잘라 말했다.

레나는 믿을 수가 없었다. 에피와 자기가 같은 부모에게서 태어났다는 게 믿어지지 않았다. 친자매가 아닐 거야. 우리 중 한 사람은 입양됐을 거라고. 에피는 부모님과 똑 닮았으니 그렇다면 입양아는 레나일 것이다. 어쩌면 나는 할아버지의 사생아일지도 몰라. 알고 보면 산토리니에서 태어났을지도.

"에피, 그 사람이랑 데이트한 거야? 개빈은, 네 남자친구는 어쩌고?"

에피는 흥겹게 어깨를 으쓱했다. 행복한 나머지 죄책감도 못 느끼는 모양이었다. "개빈한테서 돼지껍데기 냄새 난다고 언니가 안 그랬나?"

그건 사실이었다. "하지만 에피, 넌 그 남자 이름도 모르잖아! 대놓고 '웨이터'라고 불렀니? 그건 좀 천박하지 않아?"

"이름 알아." 에피는 태연히 말했다. "안드레아스야. 열일곱 살이고."

"열일곱 살! 에피, 넌 열네 살이야." 그렇게 말하면서 레나는 왠지 자기가 엄격하기 그지없는 학교의 교장이 된 듯한 기분이었다.

"그래서? 코스토스는 열여덟이잖아."

이번에는 레나의 얼굴이 빨개졌다. "뭐, 나는 코스토스랑 데이트 안 했어." 레나는 더듬거리며 말했다.

"그건 언니 잘못이지." 에피는 그렇게 말하고는 밖으로 나가버렸다.

레나는 책을 바닥에 내던졌다. 사실 읽고 있지도 않았다. 너무 비참했고, 정신이 완전히 다른 데 팔려 있었다.

에피는 열네 살이다. 그런데도 레나보다 훨씬 많은 남자애와 키스를 해봤다. 사람들은 레나가 예쁘다고 하지만 실제로 늘 남자친구가 있는 쪽은 에피였다. 결국 에피는 화목한 가정을 꾸리고 행복한 노년을 맞이할 테지. 사랑하는 사람들에게 둘러싸여 즐거운 시간을 보낼 거야. 난 괴팍하고 말라빠진 노처녀가 되어서 에피 가족에게 동정 어린 초대나 받는 신세일지도 몰라.

레나는 그림 도구를 꺼내 준비해두고 창밖 풍경을 내다보았다. 종이에 작은 목탄 덩어리를 갖다댔지만 바다의 수평선을 그리지는 않았다. 대신 누군가의 뺨 윤곽선을 그렸다. 그다음은 목. 그리고 눈썹. 턱. 그러고 나서 턱 아래 음영을 넣었다.

레나의 손이 여기저기 날아다녔다. 평소보다 훨씬 짜임새 없이 그림을 그렸다. 머리선은 이렇게…… 콧구멍은 이렇게…… 귓불은…… 레나는 눈을 감고 그의 귓불 모양을 기억해내려고 했다. 숨이 멎을 것만 같았다. 심장이 멈출 듯했다. 넓은 어깨선이 종이 아래쪽으로 뻗어나갔다. 이제 입을 그릴 차례였다. 언제나 굳게 다물어진 입. 레나는 눈을 감았다. 그의 입술……

눈을 뜬 순간 레나는 자기가 창 아래 서 있는 코스토스를 상상하고 있다고 생각했다. 그러다 그가 정말로 창 아래 서 있음을 알아차렸다. 코스토스가 위를 올려다보고 있었다. 레나는 아래를 내려다보았다. 내 모습이 보일까? 내 그림이 보일까? 안 돼.

가슴이 덜컥 내려앉더니 전속력으로 내달렸다. 문득 동면중에 멈춰 있던 개구리의 심장이 여름이 오면 두 배로 뛰지 않을까 궁금해졌다.

어제의 친구들이 오늘 아침에는 독수리떼가 되어 몰려들었다.

"어떻게 됐어?" 올리가 눈도 제대로 뜨지 않은 브리짓의 침대가에 걸터앉으며 다짜고짜 물었다.

옷을 입던 다이애나도 브리짓이 잠에서 반쯤 깬 걸 보고서 옆으로 다가왔다.

에밀리와 로지까지 몰려왔다. 위험을 무릅쓰는 법이 없는 그 애들은 브리짓 같은 아이를 선망하는 동시에 싫어했다.

브리짓이 자리에서 일어났다. 지난밤에서 천천히 현실로 돌아왔다. 꿈속에서 그녀는 다시 어제의 브리짓으로 돌아가 있었다.

브리짓은 아이들을 둘러보았다. 다들 호기심—흡사 굶주림에 가까운—가득한 눈이었다.

이제까지 브리짓은 셀 수 없을 만큼 많은 영화를 봤다. 에릭과의 만남이 이렇게…… 내밀하리라고는 상상하지 못했다. 그저 일종의 소풍일 거라고 생각했다. 친구들에게 자랑할 만한 모험.

그러면 스스로 강해진 느낌이겠지? 하지만 그렇지 않았다. 심장을 철수세미로 문지른 느낌이었다.

"어서 얘기해봐." 올리가 재촉했다. "말해줘."

"브리짓?" 다이애나가 불렀다.

브리짓은 소리가 제대로 나오지 않을 만큼 목이 잠겨 있었다. "아, 아무 일도." 간신히 말을 내뱉었다. "아무 일도 없었어."

올리의 눈에 브리짓을 재평가하는 기색이 어렴풋이 보였다. 그래, 섹스는 안 했단 말이지. 실망인걸.

다이애나는 긴가민가하는 눈빛으로 브리짓을 바라보았다. 직감적으로 뭔가 다른 일이 있었다는 걸 느꼈다. 하지만 그녀는 신중했다. 아이들이 떠날 때까지 기다렸다가 브리짓의 어깨에 손을 올렸다. "브리짓, 괜찮은 거야?"

다이애나의 다정한 말에 브리짓은 울음을 터뜨릴 뻔했다. 하지만 입이 떨어지지 않았다. 이야기하고 싶지 않아서 다이애나의 얼굴도 똑바로 보지 못했다. "그냥 피곤해." 브리짓은 침낭에 다시 누웠다.

"아침식사 좀 가져다줄까?"

"아니야, 좀 이따 갈게." 브리짓이 대답했다.

혼자 남게 되자 마음이 놓였다. 브리짓은 다시 몸을 말고 잠에 빠져들었다.

한참 후 캠프 스태프 셰리가 브리짓 상태를 보러 들어왔다.

"괜찮니?"

브리짓은 고개를 끄덕였다. 하지만 침낭에서 나오지는 않았다.

"곧 코코스하고 본헤드 준결승전이 열릴 거야. 안 볼래?"

"자는 게 낫겠어요." 브리짓이 말했다. "오늘은 좀 피곤해요."

"그래." 셰리는 돌아서 나갔다. "그 에너지가 언제 다 떨어지나 했다."

두 시간쯤 후 다이애나가 돌아와 코코스가 본헤드를 격파했다고 전했다. 결국 타코스와 코코스가 결승전에서 맞붙게 된 것이다.

"점심 먹으러 가야지?" 다이애나가 물었다. 말투는 가볍지만 걱정스러운 눈빛이었다.

"조금 이따 갈래." 브리짓이 대답했다.

다이애나는 고개를 들었다. "가자, 브리짓. 일어나. 대체 왜 이러는 거야?"

브리짓은 설명할 기력도 없었다. 대신 누가 말해줬으면 했다. "피곤해." 그녀는 말했다. "가끔 이렇게 정신없이 잘 때가 있어. 어떨 때는 하루종일 자기도 해."

다이애나는 고개를 끄덕였다. 브리짓만의 희한한 습성 중 하나라고 납득한 듯했다.

"먹을 거 좀 가져다줄까? 배고플 텐데."

브리짓은 어마어마한 식성으로 유명했다. 하지만 지금은 배가 고프지 않았다. 브리짓은 고개를 저었다.

다이애나는 하나하나 따지듯 말했다. "말도 안 돼. 지난 칠 주 동안 네가 삼 분 이상 실내에 있는 걸 본 적이 없어. 잠잘 때를 제외하고는 가만있는 것도 본 적 없고. 게다가 밥을 안 먹는 건 정말 본 적이 없다고."

브리짓이 어깨를 으쓱했다. "난 천의 얼굴이거든." 확실하지는 않지만 이런 시구가 있었던 것 같다. 아빠는 시를 좋아했다. 브리짓이 어렸을 때는 자주 읽어주었다. 그때로 다시 돌아간다면 얌전히 앉아서 들을 텐데.

아빠에게,

이 돈으로 깨진 창문을 수리해주세요. 리디아의 집에 대한 자부심과 완벽한 냉방시설에 대한 집착을 생각해보면 이미 고쳤을 것 같지만

아빠,

리디아 집에서, 아니, 아빠와 리디아의 집인가요? 어쨌든 그곳에서의 제 행동에 대해서는 뭐라 드릴 말씀이 없어요. 찰스턴에 도착했을 때는 차마 아빠가

아빠와 리디아에게,

제 무례한 행동에 대해 두 분께 사과드려요. 전부 제 잘못이라는 건

알지만, 그래도 제가 하고 싶었던 말을 단 하나라도 들어줬더라면 아마

아빠의 새 가족에게,

행복한 금발 가족이 되기를 바랍니다. 평생 여러분끼리 집안에서 속삭거리며 사시길.

추신:리디아, 그 웨딩드레스 입지 마세요. 팔뚝 굵어 보여요.

카르멘은 가진 돈을 전부 편지봉투에 넣었다. 187달러였다. 남은 동전 90센트까지 탈탈 털어 보내려고 했지만 그건 어린이 프로그램에 나오는 일곱 살배기나 하는 짓 같았다. 게다가 무게 때문에 추가로 드는 우표값이 그보다 더 나갈 것이다. 수학귀신 카르멘의 두뇌가 순식간에 계산한 결론이었다.

카르멘은 편지는 빼고 돈만 넣어 봉투를 봉했다. 받는 사람과 보내는 사람 주소를 정성껏 쓰고, 문을 닫기 전에 우체국으로 서둘러 뛰어갔다. 집안에서 빈둥거리기만 한다고 엄마가 불평했던 그애는 누구였더라?

푹푹 찌는 오후였다. 레나는 타일 바닥에 드러누워 천장을 올려다보며 브리짓을 생각하고 있었다. 최근에 그애가 보낸 편지 때문에 걱정스러웠다. 브리짓은 간혹 자기 흥에 도취되어서 막무가내로 행동했고, 그럴 때마다 레나는 겁이 났다. 평소에는 씩

씩하고 당당하게 헤쳐나가는 아이지만 가끔은 그러다 바위에 부딪혀 좌초하는 것이다.

문득 레나는 간밤의 꿈을 떠올렸다. 꿈속에서 작은 집이 된 레나는 손가락 관절이 하얗게 질릴 정도로 절벽 끝에 매달려 있었다. 무조건 꼭 붙잡아야 할 것 같았다. 머나먼 저 아래 가마솥이 입을 벌리고 있기 때문이었다. 손가락이 아파서 그냥 놓아버리고 싶은 마음과, 절대로 그래서는 안 된다는 마음이 공존했다.

할머니는 소파에 앉아 바느질을 하고 있었다. 에피는 나가고 없었다. 십중팔구 그 웨이터를 만나고 있을 테지.

브리짓 생각 때문인지 꿈 때문인지 아니면 더위 때문인지, 레나는 장난기가 발동해 머릿속에 떠오른 질문을 꺼냈다. "할머니, 코스토스는 왜 할아버지 집에 살아요?"

할머니는 한숨을 내쉬었다. 그러더니 예상 밖으로 순순히 대답해주었다. "정말 슬픈 사연이 있단다. 꼭 알고 싶니?"

레나는 뭐라 말할 수가 없었다. 어쨌든 할머니는 이야기를 시작했다.

"그애 부모는 다른 젊은이들처럼 미국으로 이민을 떠났지." 할머니가 설명했다. "코스토스는 미국에서 태어났단다."

"코스토스가 미국 사람이라고요?"

레나는 더위에 축 늘어져 있던 고개를 간신히 돌렸다. 할머니는 고개를 끄덕였다.

"어디 살았는데요?"

"뉴욕."

"아." 레나가 말했다.

"그애가 태어나고 이 년 뒤에 둘째를 낳았지."

레나는 이야기가 얼마나 슬픈 방향으로 전개될지 상상해봤다.

"코스토스가 세 살 되던 겨울에 온 가족이 산으로 여행을 갔단다. 그런데 끔찍한 차 사고가 난 거지. 그 사고로 코스토스는 부모와 어린 남동생을 모두 잃었단다."

할머니는 이야기를 잠시 멈췄다. 46도가 넘는 무더위 속에서도 레나는 온몸에 소름이 끼쳤다.

다시 입을 연 할머니의 목소리에서 안타까움이 묻어나왔다. "그래서 어린 코스토스는 할아버지 집으로 오게 됐어. 그게 최선의 방법이었으니까."

할머니는 평소와 달라 보였다. 훨씬 편안하고 사려 깊고, 오랫동안 가슴속에 품어온 슬픔이 느껴졌다. "그애는 여기서 그리스 소년으로 자랐단다. 우리 모두 그애를 사랑했지. 이아 마을이 다 같이 그 아이를 기른 셈이야."

"저, 할머니?"

"왜 그러니, 얘야?"

지금이 바로 기회였다. 생각만 하다가 비겁하게 꽁무니를 빼는 짓은 이제 그만둬야 한다. "코스토스는 저한테 아무 짓도 안

했어요. 손끝 하나 대지 않았고, 아무 잘못도 저지르지 않았어요. 할머니가 생각하는 것처럼 좋은 사람이에요."

할머니는 길게 숨을 내쉬었다. 그러고는 바느질감을 내려놓고 소파에 몸을 기댔다. "나도 그럴 거라 생각했단다. 그 일이 있고 나서 얼마 지나지 않아서 말이다."

"진즉 말씀드리지 않아서 죄송해요." 레나는 진지하게 말했다. 마음속 짐을 마침내 털어놓았다는 안도감과 왜 이렇게 오랫동안 말하지 않았을까란 죄책감이 동시에 밀려왔다.

"어쨌든 이 말을 하려고 애썼겠지." 할머니는 다 안다는 듯 말했다.

"할아버지한테 말씀하실 거예요?" 레나가 물었다.

"그 양반도 이미 알고 있을 거야."

레나는 목이 콱 메었다. 할머니에게서 등을 돌리고 눈을 감자 눈물이 흘러내렸다.

코스토스가 그런 일을 겪었다는 사실이 슬펐다. 그리고 그보다 더 깊은 곳에서는, 브리짓이나 코스토스는 모든 것을 잃고도 여전히 누군가를 사랑할 수 있는데 자신은 잃은 게 없는데도 그러지 못한다는 사실이 슬펐다.

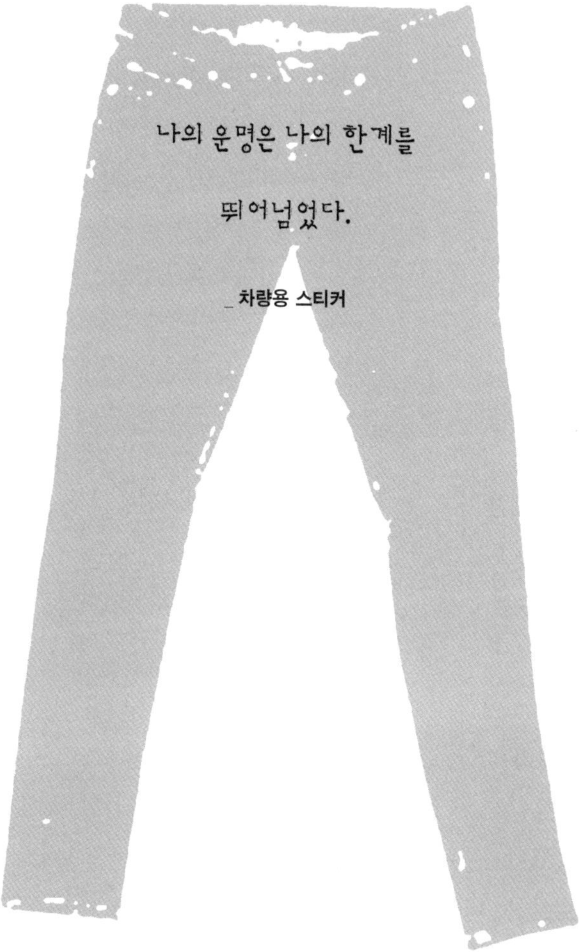

나의 운명은 나의 한계를

뛰어넘었다.

_ 차량용 스티커

브리짓은 숙소 현관으로 나왔다. 적어도 거기서는 바다가 보였다. 손에는 펜과 종이를 들고 있었다. 카르멘에게 바지를 보내야 하는데 오늘은 편지를 쓰기가 너무 힘들었다.

앉아서 펜 뚜껑만 깨물고 있는데 에릭이 다가왔다. 에릭은 난간에 앉아서 물었다.

"몸은 어때?"

"괜찮아요."

"경기 보러 안 왔더라." 에릭이 말했다. 그는 그녀를 만지지 않았다. 그녀를 보지도 않았다. "좋은 경기였어. 다이애나가 경기장을 누비고 다니던데."

두 사람은 시간을 거꾸로 돌리고 있었다. 에릭은 자상한 코치로, 브리짓은 혈기 왕성한 캠프 참가자로 돌아갔다. 지금 에릭은 아무 일도 없었던 것처럼 지내자고 부탁하는 것이다.

브리짓은 자기가 그러고 싶은지 알 수 없었다. "좀 피곤해서요. 어젯밤 일도 그렇고."

에릭은 상기된 얼굴로 손을 앞으로 내밀어 자기 손바닥을 내려다보았다. "그게, 브리짓." 그는 시시하기 그지없는 단어의 조합 중 어떤 게 나은지 고르는 것 같았다. "어젯밤 널 그냥 돌려보냈어야 했어. 네가 들어왔을 때 따라 나가지 말았어야 했지…… 내 잘못이야. 다 내 책임이다."

"거기 간 건 내 선택이었어요." 어떻게 그걸 자기 책임이라 할 수 있는 거지?

"하지만 난 너보다 나이가 많아. 그러니까 내 말은…… 사람들이 이 일을 알면 심각하고 곤란한 상황에 빠지는 건 나란 얘기야."

에릭은 여전히 브리짓을 보지 않았다. 더이상 무슨 말을 해야 좋을지 몰랐다. 이 자리를 떠나고 싶어할 뿐이었다. 브리짓에게는 그의 마음이 똑똑히 보였다. "미안해." 그가 말했다.

브리짓은 쥐고 있던 볼펜을 에릭의 등뒤에 던졌다. 그에게서 저 말만은 정말 듣고 싶지 않았다.

카르멘에게,

바지 보낸다. 난 지금 너무 혼란스러워. 네 충고대로 분별력을 가졌다면 이 모양 이 꼴이 되진 않았을 텐데.

그래서 다시 너한테 보내. 분별력이 있으니. 내게도 조금만 생기면 좋겠다.

사랑을 담아

브리짓

"티비, 카메라 꺼."

"카르멘, 제발 부탁이야. 응?"

"바지 입고 인터뷰 좀 해주라. 응?" 베일리가 부탁했다.

카르멘은 대놓고 어이없다는 표정으로 베일리에게 쏘아붙였다. "난 인터뷰 안 해. 너희가 무슨 코언 형제*라도 돼?"

"카르멘, 그냥 조용히, 한 번만 도와주면 안 돼?" 티비는 짜증을 내면서도 카르멘의 성질을 긁지 않으려 조심했다. 그게 가능하다면 말이지만.

다들 널 적대시할걸. 카르멘은 스스로에게 말했다. 나이들수록 성질은 더 고약해지겠지. 립스틱을 입술 바깥까지 덕지덕지 바르고 레스토랑에서 아이들에게 소리치는 아줌마가 될 거라고.

"좋아." 카르멘은 마법의 바지로 갈아입고 자리에 앉았다. 그리고 카메라를 설치하는 베일리를 유심히 보았다. 베일리는 티

* 미국 독립영화를 대표하는 형제 영화감독.

비와 비슷한 스타일의 옷을 입고 있었다. 붐마이크를 조절하는 모습이 영락없이 꼬마 티비였다. 심지어 눈 밑 다크서클까지 똑같았다. 카르멘은 문득 티비가 왜 열두 살 아이와 어울리는지 궁금해졌다. 친구들이 모두 멀리 떠나고 혼자만 남았으니 어쩔 수 없었겠지.

방이 조용해졌다. 티비가 조명을 손보았다. 두 영화인은 엄청나게 심각해 보였다. 베일리는 마치 성전환한 댄 래더*라도 되는 양 마이크에 대고 중얼거렸다. "카르멘 로웰은 티비의 절친한 친구로, 두 사람은 어릴 때부터……"

그 말에 카르멘은 불편해졌다. "저…… 알다시피 지금 티비와 난 냉전중이야."

티비가 카메라를 껐다. 베일리는 짜증스럽게 고개를 들더니 갈등을 떨쳐내듯 손을 휘휘 내저었다. "너희 서로 좋아하잖아. 티비는 널 좋아해. 그런데 뭐가 문제야?"

카르멘이 믿지 못하겠다는 눈길로 베일리를 노려보았다. "저기요? 열두 살 아니신가요?"

"그런데? 그래도 내 말이 맞아." 베일리가 받아쳤다.

"이제 그만하고 촬영하자." 티비가 말했다.

언제부터 청교도적 직업윤리를 가졌다고 저래?

* 미국의 전설적인 앵커.

"우리가 대판 싸웠다는 사실을 언급도 않고 아무렇지 않게 촬영하는 게 이상하다는 뜻이었어." 카르멘이 말했다.

"좋아, 말했으니 됐네." 티비가 말했다.

대부분의 사람은 충돌을 피하지만 자신은 충돌을 중독자처럼 갈망한다는 사실이 카르멘은 걱정되기 시작했다. 다들 널 적대시할걸. 카르멘은 속으로 되뇌었다. 주머니에 손을 찔러넣고 안감에 달라붙은 모래 알갱이를 만지작거렸다.

"이제 질문할게." 베일리가 말했다. "솔직하게 대답해주면 돼."

요즘 열두 살은 어쩜 이렇게 자신만만할까? 누가 이애한테 오필리아 신드롬*을 알려줘야 해. "알았어." 카르멘이 말했다. "카메라 보면서 말하면 돼?"

"좋을 대로 해." 베일리가 대답했다.

"알았어."

"준비됐지?"

"응."

카르멘은 단정하게 정돈한 자기 침대 위에 다리를 꼬고 앉았다.

"올여름에 아빠가 재혼한다면서?" 베일리가 첫 질문을 했다.

카르멘이 눈을 크게 뜨고 티비를 노려봤다. 티비는 그저 어깨

* 『햄릿』의 등장인물 오필리아에 빗대어, 타인의 생각, 느낌에 지나치게 의존적인 상태를 가리키는 심리학 용어.

만 으쓱해 보였다.

"맞아." 카르멘이 딱딱하게 대답했다.

"언제?"

"8월 19일. 신경써줘서 고맙다."

베일리가 고개를 끄덕였다. "참석할 거야?"

카르멘이 입을 꾹 다물었다가 대답했다. "아니."

"왜?"

"가고 싶지 않으니까."

"아빠한테 화난 거야?" 베일리가 물었다.

"그런 거 아냐."

"그럼, 왜 안 가는데?"

"아빠의 새 가족이 싫으니까. 다들 짜증나." 자기가 쉽게 토라지는 버릇없는 아이처럼 보이리라는 걸 카르멘은 알았다.

"왜 싫은데?"

카르멘은 초조해졌다. 다리를 반대로 꼬았다. "나랑 안 맞아."

"뭐가 안 맞는데?"

"난 푸에르토리코 사람이니까. 엉덩이가 크다고." 카르멘은 저도 모르게 웃어버렸다.

"네가 그 사람들을 싫어하는 거야, 아니면 그 사람들이 너를 싫어하는 거야?"

카르멘은 고개를 갸웃했다. 그리고 잠시 조용히 있다 말했다.

"내 생각에는 둘 다야."

"그럼 아빠는 어때?"

"무슨 소리야?"

"그러니까, 아빠는 전혀 문제가 없냐고."

카르멘은 자리에서 벌떡 일어나 티비를 향해 손을 흔들었다. "잠깐, 잠깐만 멈춰봐. 지금 찍는 이거 무슨 영화야?" 카르멘이 따져물었다.

"다큐멘터리." 티비가 대답했다.

"그건 알아. 대체 무슨 내용이냐고?"

"그냥 사람들에 대한 거야. 그들에게 중요한 것들." 베일리가 대신 말했다.

"얘, 정말로 누가 나나 우리 아빠에게 관심이나 있을 거라고 생각해?"

베일리가 어깨를 으쓱했다. "네가 관심이 있다면."

카르멘은 자기 손톱만 들여다보았다. 하도 물어뜯어서 짧아졌고 주변에는 거스러미가 일었다.

"그런데 돌은 왜 던진 거야?" 베일리가 질문을 이었다. "정말 화가 많이 났었나봐."

카르멘은 입을 딱 벌리고 티비를 노려보았다. "잘한다. 이애한테 다 이야기한 거야?"

"중요한 부분만." 티비가 대답했다.

이유는 모르겠지만 카르멘의 눈에 눈물이 차오르기 시작했다. 카메라 앞에서 눈물이 흘러내릴까봐 눈은 깜박이지 않았다. "아빠한테 화가 난 건 아니야." 카르멘이 강한 어조로 부정했다.

"왜 화가 안 나?"

눈물이 가득 차올랐다. 때로는 눈물이 났다는 사실만으로 스스로가 안쓰럽게 느껴진다. 그리고 그러다보면 더 울고 싶어진다. "그냥 아니야. 아빠한테는 화 안 났어."

노력은 아무 소용 없었다. 눈물이 흐르기 시작했다. 양쪽 눈에서 뺨을 타고 턱을 지나 목으로 주르륵 흘러내렸다. 희미하게 달그락거리는 소리가 들렸다. 붐마이크가 바닥에 떨어져 있었다. 베일리가 옆에 와 앉더니 카르멘을 감싸안으며 뜻밖의 진심 어린 공감을 표했다. "괜찮아." 베일리가 부드럽게 말했다.

카르멘은 완전히 무너졌다. 베일리의 머리에 자기 머리를 기댔다. 이 낯선 꼬마에게 완전히 속마음을 털어놓고 싶었다. 카메라도, 다큐멘터리도, 티비도 잊었다. 몸에 팔과 다리가 달려 있다는 사실도, 세상이 돌아가고 있다는 사실마저 까맣게 잊어버렸다.

잠시 후 티비가 반대쪽 옆에 앉아 카르멘의 허리를 감싸안았다.

"화내도 괜찮아." 베일리가 말했다.

네시에서 칠 분이 지났다. 그런데도 베일리는 아직 월먼에 나타나지 않았다. 티비는 계산대 뒤에 걸린 커다란 벽시계로 다시 시간을 확인했다. 어디 있는 거지? 언제나 티비가 일을 마치는 네시 정각에 나타났는데. 일 분도 늦는 법이 없었다.

티비는 자동문 바깥으로 나갔다. 후끈한 열기를 느끼며 건너편 세븐일레븐으로 갔다. 가끔 베일리는 티비 일이 끝날 때까지 여기서 브라이언과 '드래건 마스터'를 하기도 했다. 그러나 오늘은 브라이언 혼자였다. 브라이언이 고개를 들자 티비는 손을 흔들었다. 그도 손을 흔들어 인사했다.

네시 십팔분이 되자 티비는 정말로 불안해졌다. 어느새 베일리가 하루종일 자기 주위를 맴도는 것에 익숙해졌다. 당연하게 받아들였다. 물론 처음에는 불편했지만 지금은 아니었다.

촬영 장비를 가지러 티비 집에 갔다가 로레타가 문을 열어주지 않아 꼼짝 못하고 기다리는 게 아닐까? 아니면 갑자기 영화 만드는 게 지겨워진 걸까?

베일리가 결코 그럴 아이가 아니라는 걸 티비는 잘 알고 있었다. 하지만 시간은 자꾸 흘러갔다. 팔 분쯤 더 기다린 다음 티비는 자전거에 올랐다. 먼저 자기 집부터 가봤다. 베일리는 없었다. 다시 자전거를 타고 혹시 몰라 월먼 뒤쪽을 지나 베일리의 집으로 향했다.

문을 두드렸지만 아무도 나오지 않았다. 몇 번이고 벨을 눌러도 마찬가지였다. 티비는 집 앞에 서서 베일리의 방 창문을 올려다보며 안에 사람이 있는지 살폈다. 그때 지나가던 이웃 사람이 말을 걸었다.

"그래프먼 가족을 찾아왔니?" 여자가 베일리의 집 대문 앞에 서서 물었다.

"네, 베일리를 찾아왔어요." 티비가 대답했다.

"두 시간쯤 전에 병원에 가는 것 같던데." 여자가 안됐다는 얼굴로 말했다.

티비는 가슴에 커다랗게 덩어리지는 걱정을 다독였다. "아무 일 없는 거죠?"

"그건 잘 모르겠구나." 여자가 말했다. "시블리 병원으로 간다던데."

"고맙습니다." 티비는 큰 소리로 인사하고 자전거로 달려갔다. 병원을 향해 빠르게 페달을 밟았다.

그냥 검사받으러 갔을 거야. 아마 피를 좀 뽑고 백혈병이 얼마나 나았는지 알아보는 거겠지. 분명 괜찮을 거야. 아팠다면 침대에 누워 있었을 텐데 그동안 오만 곳을 나다녔잖아.

정말로 단순히 검사를 받으러 왔다면 내가 여기까지 쫓아온 게 조금 이상해 보일 수도 있겠는데. 땀에 흠뻑 젖은 채 냉방이 잘된 병원 로비로 들어서다 티비는 문득 그런 생각이 들었다.

어떻게 할까 망설이며 서성거리다가, 넓은 출입문으로 들어오는 베일리의 엄마를 보았다. 정장 차림의 그래프먼 부인은 맥도날드 봉투를 들고 있었다.

"안녕하세요." 티비가 그녀 앞으로 불쑥 뛰어들며 인사했다. "베일리 친구예요." 몇 주 전까지만 해도 베일리가 자기들을 친구라고 불렀을 때 거부감을 느꼈던 기억이 어렴풋이 떠올랐다.

그래프먼 부인이 고개를 끄덕이며 살짝 미소를 지었다. "그래. 누군지 알지."

"저, 베일리는 좀 어떤가요?" 티비가 물었다. 다리가 덜덜 떨렸다. 이런, 냉방이 너무 강하군. 멀쩡하던 사람도 병에 걸릴 지경이야. "그냥 검사 받으러 온 거죠?" 같이 들어가자고 권하지도 않았지만 티비는 베일리의 엄마와 나란히 걸으며 물었다. 아주 스토커라도 된 것 같았다.

베일리 엄마가 문득 걸음을 멈추는 바람에 티비는 살짝 앞질렀다. "잠깐 같이 앉을까?" 부인이 말했다.

"네. 좋아요." 티비는 베일리 엄마의 얼굴을 살폈다. 피곤한 듯 눈이 붉게 충혈되어 있었다. 부인도 베일리처럼 입이 작았다.

그래프먼 부인은 티비를 조용한 구석으로 데려가 의자에 앉았다. 마주보는 자리가 없어서 티비는 그녀와 나란히 앉아 상체를 앞으로 기울였다.

"티비, 베일리 상태에 대해 얼마나 알고 있는지 모르겠구나. 아마 그애가 제대로 얘기하지 않았겠지."

티비는 멍하니 고개를 끄덕였다. “아무 말도 안 했어요.”

“저애가 백혈병이라는 건 너도 알지? 혈액암.”

티비는 다시 고개를 끄덕였다. 절박한 마음에 저도 모르게 말이 나왔다. “그래도 치료할 수 있죠? 애들은 보통 낫지 않나요?”

그래프먼 부인은 머리를 들고 있을 힘도 없다는 듯 고개를 한쪽으로 약간 기울였다. “베일리가 백혈병 진단을 받은 게 일곱 살 때야. 화학요법과 방사선 치료를 여덟 차례나 받았고, 작년에는 골수이식을 했지. 지금까지 대부분의 시간을 텍사스 휴스턴에 있는 치료센터에서 보냈단다.” 부인은 피로한 듯 숨을 작게 내쉬며 간신히 힘을 끌어모았다. “가능한 방법은 다 써보고 있는데, 자꾸 재발하네.”

티비는 이가 딱딱 마주칠 정도로 한기를 느꼈다. 팔에 난 잔털이 모조리 일어섰다. “다른 치료법은 없나요? 없는 거예요?” 목소리가 생각보다 커졌다. 무례하게 들릴 정도였다.

베일리 엄마는 마른 어깨를 으쓱해 보였다. “우린 그애가 단 두 달이라도 평범한 아이들처럼 지낼 수 있기를 바랐단다.”

“그렇다면 지금은 베일리가 죽어가게 내버려두고 있단 말인가요?” 티비가 따졌다.

그래프먼 부인은 눈을 깜박거렸다. “모르겠구나…… 뭘 더 할 수 있을지.” 부인이 갈라진 목소리로 말을 이었다. “지금 감염 상태가 심각하다고 해. 제발 견뎌내기만을 기도할 뿐이다.”

잔뜩 부은 눈에 눈물을 글썽이며 부인이 천장을 보았다. "우린 몹시 두려워. 너도 알면 좋겠다."

티비는 갑자기 가슴이 욱신거렸다. 숨결이 거칠어졌다. 심장이 불규칙하게 뛰는 듯했다.

"베일리는 너를 무척 좋아했어." 그래프먼 부인이 말을 이었다. 입가의 주름이 떨렸다. "넌 그애 인생에 가장 특별한 두 달을 만들어줬어. 베일리 아빠와 나는 네가 해준 모든 일에 진심으로 고마워하고 있단다."

"저 그만 가볼게요." 티비가 아주 작게 말했다. 심장이 터질 듯 뛰어서 지금 당장 죽을 것 같았지만, 병원에서는 그러고 싶지 않았다.

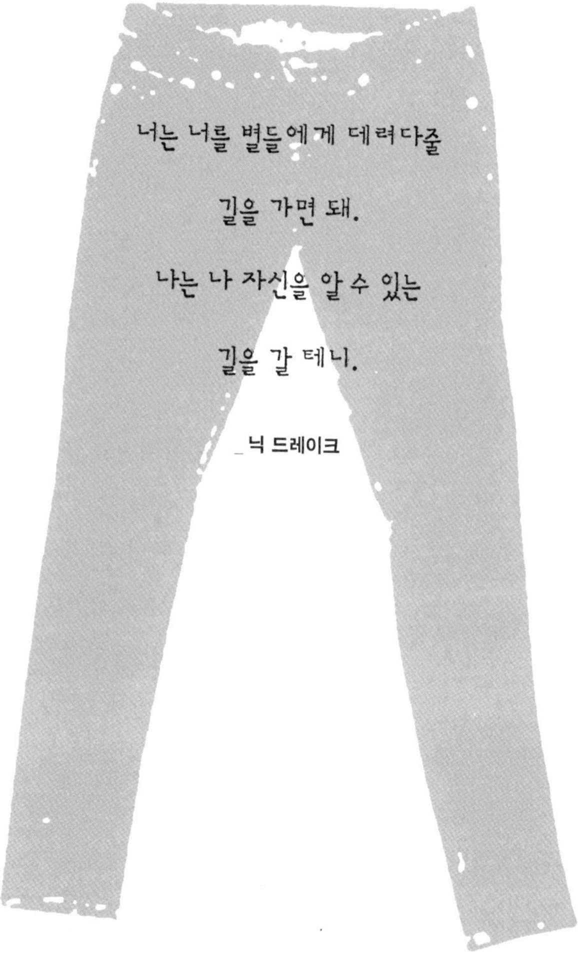

너는 너를 별들에게 데려다줄

길을 가면 돼.

나는 나 자신을 알 수 있는

길을 갈 테니.

_닉 드레이크

8월 초의 어느 아침, 레나는 평소처럼 할아버지와 함께 말없이 아침식사를 마친 후 그림 도구를 챙겨 언덕을 올라 평지로 갔다. 레나의 올리브나무 숲으로 가는 길이었다. 아니, 그의 올리브나무 숲.

늘 가는 자리에 섰을 때 레나는 주변의 빛깔이 6월과 달라졌음을 깨달았다. 수풀은 누렇게 변했고 피어 있는 야생화의 종류도 달랐다. 올리브 열매는 더 통통하게 자랐다. 사람으로 치면 십대에 접어든 셈이다. 바람은 좀더 세졌다. 할머니는 이 바람을 '멜티미'라고 불렀다.

어쩌면 여기서 코스토스를 볼 수 있기를 바랐는지도 모른다. 하지만 그림을 그리다보니 다른 생각은 싹 사라졌다. 레나는 몇 시간 동안 완전히 몰두해 물감을 섞어 그림을 그리고, 풍경을 바라보다 다시 그림을 그렸다. 햇볕이 뜨거워도 의식하지 못했다. 팔다리가 아파도 느끼지 못했다.

그림자가 길게 드리우고 나서야 레나는 현실로 돌아왔다. 그리고 비판적이고 현실적인 눈으로 자기 그림을 바라보았다. 평소 같으면 그러지 않았을 테지만, 레나는 미소를 짓고 있었다.

누구를 위한 그림인지 이제는 알았다. 이 그림, 레나 최고의 그림을 코스토스에게 줄 작정이었다.

자신의 감정을 말로 털어놓을 용기는 도저히 없었다. 이 그림이 레나의 언어가 되어, 이곳이 그의 특별한 장소라는 걸 자기도 알고 있고 많이 미안해한다는 마음을 전해주기를 바랐다.

티비는 월먼에 전화를 걸어 몸이 안 좋다고 말했다. 다리에 경련이 일었고 눈이 씰룩거렸다. 코 피어싱 부분에는 염증이 생긴 듯했다. 그저 자고 싶었다.

자기가 일하는 동안 베일리는 병원에 있다는 게 싫었다. 그 사실을 잠시 잊고 일하다가 네시가 되어도 베일리가 나타나지 않으면 문득 떠오를까봐 싫었다. 잊고 있던 무언가가 다시 떠오르는 건 정말 질색이었다.

티비는 부러운 눈으로 유리상자 안의 미미를 보았다. 미미는 평소보다 훨씬 졸려 보였다. 먹이는 건드리지도 않았다. 미미의 일상은 천천히 흘렀지만, 삶의 속도는 티비보다 훨씬 빨랐다. 왜 그럴까? 미미도 나와 같은 속도로 살면 좋을 텐데.

티비는 다가가 유리상자를 두드렸다. 이런 고통스러운 상황에 세상모르고 잠만 자는 미미에게 짜증이 솟구쳤다. 상자를 열고 집게손가락으로 미미의 보드라운 배를 살짝 찔렀다.

뭔가 잘못됐다. 미미가 이상했다. 몸이 식어 있었다. 방 온도와 차이가 없었다. 티비는 갑자기 공포가 밀려와 미미를 와락 집어들었다. 미미는 두 손 위에 축 늘어져 꿈쩍도 하지 않았다. "미미, 빨리." 티비가 눈물을 글썽거리며 재촉했다. 마치 미미가 장난이라도 친다는 듯이. "일어나."

티비는 미미를 한 손으로 높이 들어올렸다. 미미는 그렇게 붙잡는 걸 싫어했다. 보통 때 같으면 날카롭고 작은 발톱을 세우고 티비의 손목으로 기어내려오려고 버둥댔을 것이다.

어떤 깨달음이 서서히, 동시에 엄청난 속도로 밀려들었다. 이건 더이상 미미가 아니다. 미미의 시체다.

머릿속 어딘가에 벽이 만들어졌다. 지금 여기서 일어나는 일에 대해 그 이상의 생각을 막아주는 벽. 티비의 생각들은 남아 있는 뇌의 좁은 공간에 갇혔다. 실제로 생각을 한다기보다 관제탑의 명령을 따르는 듯한 느낌이었다.

미미를 상자에 다시 넣어. 아니야, 그러면 안 돼. 벌써 냄새가 나기 시작했어. 뒤뜰로 데리고 가.

그럴 순 없어. 티비는 관제탑의 지시에 발끈했다. 미미를 이대로 뒤뜰에 묻어버릴 수는 없었다.

엄마한테 전화를 걸어볼까? 아니면 동물병원에? 아니다. 엄마나 수의사가 뭐라고 할지는 뻔하다.

그때 다른 생각이 떠올랐다. 아래층으로 내려갔다. 어쩐 일인지 집안이 조용했다. 티비는 미미를 무작정 갈색 종이봉투에 넣고, 안이 아늑하도록 입구를 구겨 오므렸다. 그리고 봉투를 냉동실에 넣었다.

별안간 로레타가 꽁꽁 언 미미를 해동해 구이용 팬에 던져넣는 끔찍한 광경이 떠올랐다. 티비는 냉동실 문을 벌컥 열고 먹다 남은 캐서린의 세례식 케이크 뒤편에 미미를 숨겼다. 그 케이크는 누구도 손대거나 치우는 일이 없었다.

자, 됐어. 미미는 아직…… 나도 모르겠다. 그냥 냉동 상태일 뿐이야. 이런 걸 다루는 기술이 있을 거야. 과학기술 말이야. 티비는 확신했다. 과학이 그만큼 발전하려면 십 년 넘게 걸릴 수도 있지만, 조급해하지 않을 것이다. 시간이 있었다.

2층으로 올라온 티비는 침대에 쓰러졌다. 탁자에서 종이와 펜을 가져와 카르멘이나, 브리짓, 레나에게 편지를 쓰려다, 쓸 말이 없다는 걸 깨달았다.

카르멘에게,

그리스에 온 후 아침마다 할아버지와 함께 식사를 해. 말은 한 마디도 안 하고. 이상하지? 할아버지는 나를 괴짜라고 생각할까? 내일은 적어도 그리스어를 세 문장 정도는 외워서 할아버지한테 인사할 거야. 여름이 끝날 때까지 할아버지하고 한 마디도 못하면 내가 패배자로 느껴질 것 같아.

내가 돌아가면 정상이었던 화가 몇 사람만 알려줄래? 내가 그럴 수 있을 성싶지 않아서 그래.

사랑을 담아

레나

카르멘은 감정을 숨기지 않고 거칠게 엄마 방으로 들어가 침대에 엎어졌다. 엄마가 등을 쓸어주었다.

"우리 딸 왔네." 엄마가 중얼거렸다.

"나 아빠한테 화났어." 카르멘은 얼굴을 반쯤 이불에 파묻고 말했다.

"당연하지."

카르멘은 홱 등을 돌려 바로 누웠다. "그 말을 하기가 왜 이렇게 힘든 걸까? 엄마한테 화났을 때는 안 그런데."

"그러게 말이다."

엄마는 잠시 아무 말도 하지 않았다. 하지만 카르멘은 엄마가 할말이 있다는 걸 알았다.

"믿는 사람들한테는 화를 내기 더 쉬운 거 아닐까?" 엄마가 아주 부드러운 목소리로 말했다.

난 아빠를 믿는데. 카르멘은 아무 생각 없이 그렇게 대답하려다가 잠시 생각해보았다. "왜?"

"네가 어떻게 해도 그 사람들이 너를 사랑한다는 걸 믿으니까."

"아빠는 날 사랑해." 카르멘이 곧바로 말했다.

"그야 그렇지." 엄마는 수긍하더니 뭔가 생각하는 눈빛으로 잠시 가만히 있었다. 그리고 카르멘 옆에 와서 누웠다. 숨을 길게 내쉰 후에야 입을 열었다.

"아빠가 떠난 게 네게는 아주 힘든 일이었을 거야."

"당연하지, 안 그렇겠어?" 카르멘도 일곱 살 때 일을 기억했다. 누군가 물어보면 아빠가 한 말을 그대로 옮기곤 했다. "아빠는 일 때문에 간 거야. 하지만 지금보다 훨씬 자주 만날 거야. 우리 모두에게 가장 좋은 방향이지." 그 말을 카르멘은 정말로 믿었을까? 왜 그렇게 말했지?

"언젠가 네가 한밤중에 깨서 물었어. 네가 슬픈 걸 아빠는 아느냐고."

카르멘은 몸을 돌려 손바닥으로 뺨을 감쌌다. "아빠는 알았을까?"

엄마는 망설이다 말했다. "아빠는, 네가 괜찮을 거라고 스스로를 다독였을 거야." 그리고 잠시 멈췄다 입을 열었다. "사람들은 가끔 자기가 원하는 대로 생각하는 법이거든."

"티비, 저녁 먹어라!" 아빠의 목소리였다. 집에 돌아왔나보다.

추웠다. 티비는 플란넬 셔츠와 잠옷 바지 차림으로 몸을 떨었다. 아빠가 또 에어컨을 켠 게 틀림없다. 부모님은 집에 중앙냉방장치를 설치한 후 일 년에 사오 개월 정도는 문을 꽁꽁 닫고 바깥 공기가 들어오지도 못하게 했다.

"티비?"

대답은 해야 하는데. 티비는 멍하니 생각했다.

"티비!"

티비는 문을 살짝 열고 소리쳤다. "먹었어요!"

"그래도 좀 내려오지그러니." 아빠가 소리쳤다. 입버릇처럼 늘 하는 말이라 티비도 대수롭지 않게 여겼다. 방문을 닫았다. 몇 초 후면 무슨 일이 벌어질지 잘 알고 있었다. 니키가 콩을 집어던지기 시작하고 캐서린은 먹은 음식을 크게 게워내고—캐서린은 유아구토 증상이 있다—그러면 부모님도 티비를 까맣게 잊겠지. 부루퉁한 십대 딸 따위.

티비는 머리카락을 만져봤다. 두피 쪽에만 기름이 낀 정도가 아니라 머리카락 끝까지 완전히 떡이 져 있었다. 그 탓에 베갯잇까지 반들반들했다.

"티비? 우리 딸?" 아빠가 또 불렀다. 오늘은 쉽게 단념하지 않왔다.

"후식 먹을 때 내려갈게요!" 티비가 소리쳤다. 그때쯤이면 아빠도 잊어버리겠지.

일곱시였다. 게임쇼가 끝나고 WB 드라마까지 보고 나니 열시였다. 응급실 드라마와 달리 WB 드라마는 실생활과 전혀 상관이 없었다. 다음으로는 VH1 채널에서 티비가 태어나기도 훨씬 전에 약물 과다복용으로 사망한 로커들을 다룬 젠체하는 다큐멘터리를 봤다. 잠자리에서 보기 딱 좋은 프로그램이었다.

전화벨이 울렸다. 엄마가 니키를 임신하자 티비는 자기 전용 전화를 가질 수 있었다. 캐서린이 생겼을 때는 텔레비전이었다. 지금 울려대는 전화가 자기 전화라는 걸 알았지만 티비는 이불 속으로 더 깊이 몸을 파묻었다.

부엌에 있느라 카르멘의 전화를 받지 못할 경우를 대비해 전화벨이 울리고 삼 초 후에는 자동응답기가 작동되도록 해두었다. 50센티미터도 안 되는 거리에서 전화가 울리는 걸 듣고만 있자니 그 삼 초가 몇 시간처럼 느껴졌다. 마침내 자동응답기가 켜졌다.

"티비, 나야. 베일리."

티비는 몸이 얼어붙었다. 전화를 받기가 두려웠다.

"여기 전화번호는 555-4648이야. 전화해줘. 알았지?"

티비는 이불을 휘감은 채 몸을 떨었다. 멍하니 텔레비전 화면의 발기부전 약 광고를 봤다. 잠이나 자고 싶었다.

티비는 아래층 작은 상자 안에서 꽁꽁 얼어가는 미미를 생각했다. 자기도 여기 위층의 커다란 상자 안에서 꽁꽁 얼어붙고 있다고 생각했다.

브리짓은 결승전에 나가기 위해 천천히 옷을 입었다. 다른 애들은 타코에 들어가는 재료 그림들로 셔츠를 꾸몄다. 기력이 있었다면 브리짓도 틀림없이 같이 즐겼을 것이다.

양 팀은 각자 골대를 색색의 종이테이프로 장식했다. 경기장 옆 테이블에는 수박이 잔뜩 쌓여 있었다.

축구화가 헐렁한 듯했다. 그사이 몸무게가 줄었다는 것은 알고 있었다. 브리짓의 신진대사는 쉴새없이 음식을 요구하니까. 하지만 몸무게가 줄었다고 발까지 작아지나?

"브리짓, 어디 있었니?" 몰리가 물었다. 그날 아침에는 비공식 연습이 있었다.

"결승전에 대비해서 푹 쉬었어요." 브리짓이 말했다.

몰리가 다른 것을 감지해낼 만큼 예민한 편이 못 된다는 것이 브리짓에게는 다행이었다.

"좋아, 타코스." 몰리가 말했다. "오늘은 만만치 않은 경기가 될 거야. 로스 코코스는 승승장구해왔어. 다들 어제 경기를 봤겠지만 무척 호흡이 잘 맞는 팀이야. 이기려면 실력을 최대한 발휘해야 해."

지금 브리짓의 정신은 결코 '실력을 최대한 발휘'할 수 있는 상태가 아니었다.

코치는 기대하는 얼굴로 브리짓을 돌아보았다. "준비됐지, 브리짓? 오늘은 마음껏 해봐. 네 마음대로 실컷 뛰어보라고."

그 말에 팀 동료들이 환호했다. 브리짓은 그저 가만히 서 있었다. 이제까지 브리짓은 수비수 자리에, 골대에 묶여 있었다. 공을 몰고 드리블하면 채 2미터도 못 가서 코치의 고함이 날아들었다. "어떻게 하는지 기억도 안 나요." 브리짓이 말했다.

브리짓은 경기 초반부터 움직임이 둔했다. 머뭇거리기만 하고 공을 쫓아가지도 않았다. 공이 와도 바로 패스할 뿐이었다. 그로 인해 타코스 전체가 혼란에 빠지고 무기력해졌다. 이제껏 브리짓의 열성을 바탕으로 굴러온 팀이었다. 로스 코코스가 경기 시작 오 분 만에 두 골을 넣었다.

몰리가 심판에게 작전 타임을 불렀다. 브리짓의 이런 모습은 처음이었다. "브리짓, 왜 그래? 뛰어! 대체 왜 그러는 거야?"

그 순간 브리짓은 코치가 진심으로 미웠다. 그녀는 자신의 권위를 꼭 맞게 사용한 적이 한 번이 없었다. "내가 컨디션이 좋을 때는 엉뚱하게 썼잖아요. 오늘은 컨디션이 안 좋아요. 죄송해요."

몰리 코치는 분통을 터뜨렸다. "지금 나에게 시위하는 거야?"

"그럼 제게 시위를 하셨던 건가요?"

"젠장! 난 코치라고. 널 재능을 믿고 까부는 선수가 아니라 진짜 선수로 만들려고 했던 거야."

"난 진짜 선수예요." 브리짓은 그렇게 말하고 경기장 밖으로 나가버렸다.

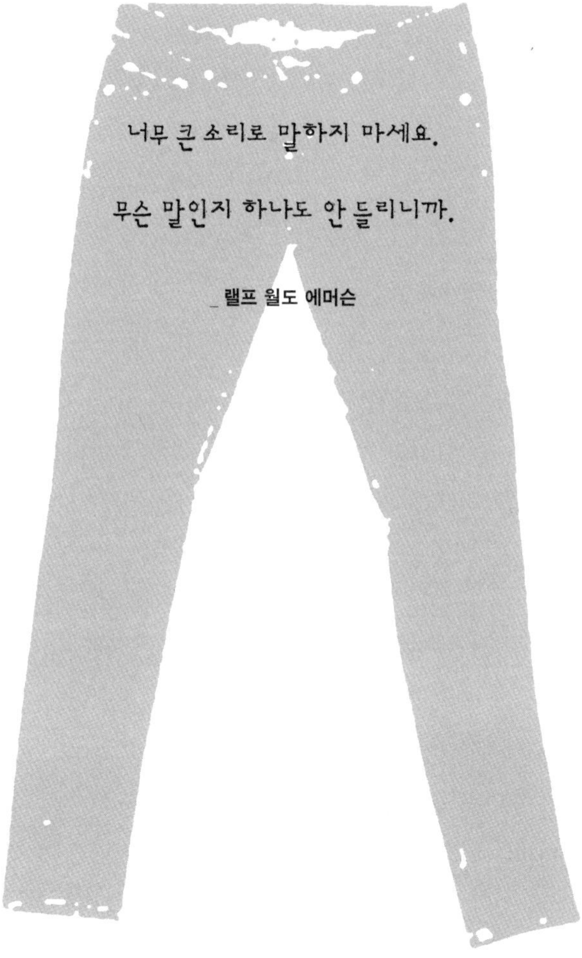

너무 큰 소리로 말하지 마세요.

무슨 말인지 하나도 안 들리니까.

_ 랠프 월도 에머슨

티비는 엔텐만 크림 도넛 상자를 집었다가 크림이 기니피그 먹이처럼 보여 곧장 부엌으로 달려가 상자를 찬장 뒤쪽에 쑤셔 넣었다.

다음으로 아이스크림 생각이 났지만 냉동실 문은 열고 싶지 않았다. 그 대신 공룡 모양 과일 젤리—니키가 제일 좋아하는 간식이다—한 상자를 집어들고 위층으로 올라왔다. 텔레비전 속 리키 레이크*에게 시선을 고정한 채 찐득거리는 색색이 공룡 젤리 여덟 봉지를 체계적으로 씹어먹었다. 은색 포장지는 바닥에 집어던졌다.

* 미국의 영화배우이자 토크쇼 진행자.

〈제리 스프링어 쇼〉를 보는 동안에는 진저에일을 2리터나 마셨다. 그러고 나서 거품이 부글부글한 총천연색 토사물을 게워냈다. 그리고 한동안 홈쇼핑 채널을 봤다.

〈오프라 윈프리 쇼〉를 4분의 3쯤 봤을 때 전화벨이 울렸다. 티비는 볼륨을 올렸다. 오프라의 말을 한 마디도 놓치고 싶지 않았다. 구구절절 와 닿는 말들이었다.

아무리 무시하려 애써도 자동응답기에서 흘러나오는 목소리가 귀에 들어왔다. "저, 티비. 나 베일리 엄마 로빈 그래프먼인데." 한동안 정적. "여기로 전화하거나 와줄 수 있겠니? 전화번호가 555-4648이고, 병실은 448호란다. 엘리베이터를 타고 4층에서 내려서 왼쪽으로 오렴. 베일리가 널 보면 정말 좋아할 거야."

티비는 다시 가슴에 찌르는 듯한 통증을 느꼈다. 심장이 이상했다. 관자놀이도 지끈거렸다. 심근경색과 뇌동맥류가 동시에 오는 것 같았다.

티비는 미미의 상자를 보았다. 톱밥 속에 몸을 웅크리고서 미미의 짭짤한 체취를 맡으며 죽을 때까지 잠들어 있고 싶었다. 그리 어려운 일은 아니었다.

카르멘은 전화를 걸었다. 여자 목소리가 들리자 끊어버리고 싶은 충동을 느꼈지만 참았다. "리디아, 저 카르멘이에요. 아빠 좀 바꿔주시겠어요?"

"그래, 잠깐만 기다리렴." 리디아가 서둘러 대답했다. 예상과 달리 싫은 소리를 하지 않았다.

바로 아빠 목소리가 들렸다. "여보세요?" 목소리에서 안도감과 두려움이 묻어났다.

"아빠, 카르멘이에요."

"그래, 전화해줘서 기쁘구나." 정말 기쁜 듯하긴 했다. "보내준 거 잘 받았다. 생각해줘서 고맙다."

"음…… 다행이네요." 카르멘은 자꾸만 안전지대로 물러나려는 자신을 느끼며 말했다. 사과를 할 수도 있다. 아빠는 무조건 이해해줄 거다. 이 분도 안 돼서 원래 관계로 돌아갈 수 있다. 그리고 계속 그렇게 살아가는 거지.

하지만 카르멘은 싸우기로 했다. "아빠한테 하고 싶은 말이 있어요."

이러지 말라는 아빠의 무언의 압박이 느껴졌다. 아니면 카르멘의 압박이었을까? "말해보렴."

계속해, 어서 말해. 카르멘은 자신을 재촉했다. 절대로 물러서면 안 돼. "나 아빠한테 화났어요." 카르멘은 더듬더듬 말했다. 다행히도 아빠는 조용히 듣고만 있었다.

카르멘은 숨을 한 번 들이쉬고는 엄지손톱 주변을 잡아뜯었다. "아빠도 알겠지만…… 많이 실망했어요. 이번 여름방학은 아빠하고 단둘이 지내는 줄 알았다고요. 정말, 정말로, 아빠는 리디아 아줌마 가족하고 같이 살기로 했다는 이야기를 미리 해야 했어요." 목소리가 떨리고 갈라졌다.

"카르멘, 그건…… 정말 미안하다. 미리 얘기해야 했어. 그러지 못한 건 내 실수다. 정말 미안하구나."

이제 이야기는 끝났다는 투였다. 아빠는 또다시 문제를 덮어버리려 하고 있었다. 상처가 더 커지기 전에 봉합해버리는 것.

하지만 카르멘은 그러기 싫었다. "내 얘기 아직 안 끝났어요." 단호하게 말했다. 아빠는 아무 말도 하지 않았다.

카르멘은 잠시 목소리를 가다듬었다. "아빠에겐 새로운 가정이 생겼어요. 난 거기 어울리지 않고." 목소리가 날카로워졌다. "아빠에게 새로운 가정이 생겼다고요. 아이도 둘이나 있는…… 그, 그러면 난 뭐예요?" 카르멘은 이제 길을 완전히 벗어나 폭주하고 있었다. 자신도 몰랐던 감정들이 날뛰었다. "나랑 엄마는 뭐가 문제였는데요?" 목소리가 심하게 갈라졌다. 눈물이 주룩주룩 흘렀다. 이제는 아빠가 듣건 말건 상관없었다. 계속 말해야 했다.

"왜 우리로 만족하지 못한 거예요? 어째서 떠났어요? 왜 나한테…… 전보다 더 가까워질 거라고 약속했어요?" 카르멘은 잠시 말을 멈추고 숨을 골랐다. "왜, 왜 지키지도 않을 거면서 그런 말을 한 거냐고요?" 카르멘은 죽자사자 흐느꼈다. 울음 때문에 목소리가 커졌다 작아졌다 했다. 아빠가 말을 제대로 알아들을 수 있을까 싶을 정도였다.

"폴은 알코올중독자인 자기 아빠를 매달 한 번씩 만나는데, 왜 아빠는 날 일 년에 두세 번밖에 안 봐요? 난 아무런 잘못도 안 했잖아요?"

카르멘은 완전히 말을 멈추고 목놓아 울었다. 얼마나 오래 울었을까. 마침내 흐느낌이 가라앉았다. 아빠가 전화를 끊어버린 건 아닐까?

수화기에 귀를 대자 희미한 소리가 들렸다. 숨소리였다. 건조한 숨소리가 아니라, 잔뜩 젖어 있었다.

"카르멘, 미안하다." 아빠가 말했다. "정말 미안해."

카르멘은 그제야 아빠를 믿어도 좋다는 걸 알았다. 아빠도 운다는 걸 생전 처음 알았기 때문이다.

티비는 다음날 오후까지 일어나지 않았다. 누군가가 방문을 두드렸다. "그냥 가!" 티비는 소리쳤다.

대체 누굴까? 엄마 아빠는 출근했고, 로레타에게는 이 방에 영원히 얼씬도 하지 말라고 이미 충분히 으름장을 놓았다.

"티비."

"그냥 가라고." 티비가 다시 말했다.

문이 빼꼼 열리더니 카르멘이 고개를 들이밀었다. 티비의 끔찍한 몰골과 바닥과 침대에 수북이 쌓인 쓰레기들을 보자 카르멘의 얼굴이 근심으로 가득찼다. "티비, 무슨 일이야?" 카르멘이 부드러운 목소리로 물었다. "괜찮아?"

"별일 아니야." 티비는 이불 속으로 파고들며 퉁명스럽게 대답했다. "부탁이니까 그만 돌아가줘." 그러고는 텔레비전 볼륨을 높였다. 중간 광고가 끝나면 〈오프라 윈프리 쇼〉가 계속 이어질 것이다.

"뭐 보는 거야?" 카르멘이 물었다.

블라인드를 쳐놓았으니 텔레비전과 거대한 쓰레기 더미 말고는 딱히 보이는 것도 없었다.

"오프라. 저 여자 정말 괜찮은 것 같아." 티비가 툭 내뱉었다.

카르멘은 어지러운 방안을 헤치고 들어가 티비의 침대에 앉았다. 진심으로 티비를 걱정한다는 증거였다. 카르멘은 자기가 어지른 경우를 제외하고 그 어떤 무질서도 혐오하니까. "티비, 무슨 일인지 제발 얘기해줘. 너 이러니까 무섭다."

"아무 말도 하고 싶지 않아." 티비가 차갑게 말했다. "그만 가주면 좋겠어."

그때 다시 전화벨이 울렸다. 티비는 전화기가 방울뱀이라도 되는 양 노려보았다. "받지 마." 그녀가 명령조로 말했다.

삐익. 자동응답기가 작동했다. 티비는 벌떡 몸을 일으키더니 미친듯이 자동응답기의 볼륨 버튼을 찾았다. 그러다 전화기가 바닥에 떨어지고 말았다.

그래도 목소리는 크고 분명하게 흘러나왔다. "티비, 베일리 엄마야. 지금 상황을 알려줘야 할 거 같아서. 베일리 상태가 그다지 좋지 않단다. 감염 때문에……" 티비는 베일리의 엄마가 숨을 들이마시는 소리를 똑똑히 들었다. 폐에 물이 잔뜩 찬 듯한 목소리였다. "우린, 정말 네가 와주기를 바라고 있단다. 베일리에게 아주 큰 힘이 될 거야." 베일리 엄마는 흐느끼는 목소리로 전화를 끊었다.

티비는 카르멘의 얼굴을 볼 수 없었다. 아무것도 보고 싶지 않았다. 하지만 카르멘의 시선이 자기 머릿속을 꿰뚫는 것이 느껴졌다. 어깨를 감싸는 카르멘의 팔이 느껴졌다. 티비는 시선을 돌렸다. 눈꺼풀 안쪽에 눈물이 가득 고였다.

"그냥 가줘. 부탁이야." 티비의 목소리는 떨리고 있었다.

카르멘은 평소처럼 티비의 머리에 키스하고는 자리에서 일어났다.

"고마워." 티비는 카르멘의 뒷모습을 향해 속삭이듯 말했다.

유감스럽게도 카르멘은 여전히 평소처럼 한 시간쯤 지나 또다시 티비의 방에 찾아왔다. 이번에는 노크도 없이 그냥 들어왔다.

"티비, 어서 베일리를 만나러 가." 반쯤 꿈속을 헤매고 있던 티비에게 침대 옆에서 카르멘이 부드럽게 말했다.

"그냥 가라니까." 티비가 잠에 취한 목소리로 말했다. "난 아무데도 못 가."

카르멘이 긴 한숨을 내쉬었다. "갈 수 있어. 내가 바지를 가져왔으니까." 카르멘은 티비의 발 위에 바지를 내려놓았다. 난장판인 방안에서 그나마 유일하게 빈 공간이었다. "어서 이 바지를 입고 가봐."

"싫어." 티비가 거칠게 대답했다.

카르멘은 밖으로 나갔다.

티비는 이를 딱딱 마주치며 온몸을 떨었다. 카르멘은 친구의 심장이 마비됐고, 뇌에 동맥류가 생겼고, 코 뚫은 자리에 염증이 생겼다는 걸 모르나?

티비는 까무러친 듯 몇 시간이나 잠들었다가 깨어났다. 텔레비전에서는 〈제이 레노의 투나잇 쇼〉가 나오고 있었다. 푸르스름한 텔레비전 불빛에 바지가 또렷하게 보였다. 바지는 마치 티비가 아주 나쁜 사람이라고 비난하는 것 같았다. 사실이 그랬다. 바지가 갑자기 발과 발목을 무겁게 내리눌렀다. 무게가 20킬로그램도 넘는 것 같았다. 이렇게 무거운 바지를 입고 어떻게 움직인담? "깜짝 놀랄 일이죠?" 제이 레노가 그녀에게 말했다. 티비는 텔레비전을 쳐다보았다. 방금 저 사람이 한 말이 맞나?

티비는 침대에서 뛰어내렸다. 무서웠다. 심장이 불규칙하게 뛰었다. 너무 늦어버렸으면 어쩌지? 벌써 다 끝났으면 어쩌지?

티비는 잠옷 바지를 벗어던지고 청바지를 입었다. 신발을 꿰어 신고, 지저분한 머리는 하나로 묶었다. 그럭저럭 단정해 보였다.

인도로 뛰어나가고 나서야 티비는 지금이 자정이 가까운 시간인데다 윗도리는 잠옷 바람이라는 걸 알아차렸다. 이 시간에도 병원에 가면 베일리를 만날 수 있을까? 여덟시면 면회시간이 끝나지 않았나?

왔던 길을 되돌아가 차고에서 자전거를 꺼냈다. 시간이 없었다. 베일리는 시간이 두려웠다.

티비는 전속력으로 달렸다. 위스콘신 애비뉴에서 노란불이 깜박였지만 무시했다.

병원 정문은 깜깜했다. 하지만 응급실 입구는 불이 켜져 있었다. 티비는 그곳으로 걸어들어가 비닐의자에서 대기중인 불행한 사람들을 지나쳤다. 이런 곳에서 몇 시간이고 기다리다보면 응급 상황조차 지루하게 느껴진다.

다행히도 접수원은 고개를 숙이고 있었다. 티비는 그녀를 지나쳐 곧장 엘리베이터 쪽으로 걸어갔다.

"어디 가는 거니?" 지나가던 간호사가 물었다.

"저, 그게, 우리, 아, 엄마를 찾아가는 길이에요." 티비는 걸음을 멈추지 않은 채 어설픈 거짓말을 둘러댔다. 간호사는 따라오지 않았다. 티비는 비상구로 올라가 아무도 보이지 않을 때까지 계단참에 숨어 있다가 재빨리 엘리베이터를 탔다.

엘리베이터에는 피곤에 지친 듯한 의사가 타고 있었다. 티비는 변명거리를 찾아 열심히 머릿속을 뒤졌다. 그러다 의사가 자기는 안중에도 없다는 사실을 깨달았다. 분명히 병원의 허술한 경비 체계보다 더 중대한 일을 생각하고 있을 것이다.

4층에서 내리자마자 출입구에 몸을 숨겼다. 사방이 조용했다. 접수대는 왼쪽이었지만, 448호실은 오른쪽이라는 표지가 보였다. 거기서 오른쪽으로 더 가면 간호사실이었다. 티비는 숨을 죽인 채 거미처럼 벽에 바짝 붙어 걸어갔다. 다행히 448호실은 가까웠다. 티비는 살짝 열린 문 안으로 미끄러져들어갔다.

작은 현관에 서서 티비는 망설였다. 소리를 죽인 천장의 텔레비전에서 익살을 떠는 제이 레노가 보였다. 창가 의자에도 베일리의 부모님은 보이지 않았다. 티비는 병실 안으로 들어섰다.

베일리가 달라졌을까봐 두려웠다. 벌써 거죽만 남았으면 어떡하지? 하지만 침대에서 잠든 여자아이는 티비가 알던 바로 그 아이였다. 손목에 바늘을 여러 개 꽂고 콧구멍에 튜브를 꽂았다는 점만 다를 뿐. 티비의 목구멍에서 높은 숨소리가 색색 새어나왔다. 억누를 수 없는 감정이 북받쳐올랐다.

이불을 덮고 누운 베일리는 너무 작아 보였다. 베일리의 목에서 맥박이 팔딱거렸다. 티비는 조심스럽게 베일리의 손을 잡았다. 부러질 것처럼 연약했다. "안녕, 베일리. 나야." 티비가 속삭였다. "월먼에서 일하는 애."

베일리의 몸이 어찌나 왜소한지 침대는 티비가 앉고도 자리가 남았다. 베일리의 눈은 여전히 감겨 있었다. 티비는 베일리의 손을 잡아 가만히 자신의 가슴에 갖다댔다. 자꾸만 눈꺼풀이 내려왔다. 티비는 조심조심 베일리 옆에 누워 베개에 머리를 나란히 뉘었다. 베일리의 머리카락이 뺨을 간질였다. 눈물이 흘러내려 귀를 거쳐 베일리의 머리카락에 떨어졌다. 이래도 괜찮기를 티비는 바랐다.

티비는 여기서 내내 이렇게 베일리의 손을 잡고 있을 생각이었다. 그러면 베일리도 시간이 충분하지 않다고 두려워하지 않겠지.

그날 밤은 코이미시스 티스 테오토쿠, 즉 성모승천 행사가 있었다. 그리스정교에서는 부활절 다음으로 큰 축일이다. 레나와 에피도 할아버지 할머니와 함께 소박하지만 예쁜 교회에서 예배를 드렸다. 작은 퍼레이드가 이어진 다음 온 마을 주민이 먹고 마시며 즐겼다.

할머니가 디저트 준비에 참여해서 레나와 에피도 함께 맛있는 페이스트리에 온갖 견과류를 채운 바클라바를 수십 접시나 만들었다. 헤어질 때가 다가오면서 할머니는 에피에게 강도 높은 요리 훈련을 시키는 중이었다.

레나는 도수가 높고 떫은 레드와인을 마셨다. 와인을 마시니 노곤하고 서글퍼졌다. 방으로 올라가 축제 장소가 멀리 내다보이는 어두운 창가에 앉았다. 레나 나름대로 파티를 즐기는 방식이었다.

인도 아래쪽과 코스토스의 집에서 약간 떨어진 작은 광장에서는 일몰 후 시끌벅적한 축제가 벌어지고 있었다. 음악이 시작되자 남자들은 우조*를 취하도록 마시고 시끌벅적해졌다. 할아버지도 오늘만은 순박한 함박웃음을 지었다.

에피도 와인을 몇 잔 마셨다. 그리스에는 음주연령 제한이 없었다. 사실 할아버지나 할머니는 특별한 일이 있으면 에피와 레나에게 술을 권하기도 했다. 그래서 오히려 술에 별 흥미가 생기지 않았을 것이다. 하지만 오늘밤에는 에피도 빨갛게 달아오른 얼굴로 즐기고 있었다. 레나는 동생이 예의 웨이터 안드레아스와 음악에 맞춰 춤추는 모습을 보았다. 두 사람은 곧 함께 슬그머니 좁은 골목길로 사라졌다. 레나는 걱정하지 않았다. 에피는 가벼워 보여도 굉장히 이성적이다. 남자아이들을 좋아하는 열네 살이긴 하지만 자기 자신까지 포기해버리는 아이는 아니다.

오늘밤, 이아에는 똑같은 보름달 두 개가 휘황찬란하게 떠 있다. 하나는 하늘에, 다른 하나는 바다에. 이 광경을 익히 알고 있지 않았더라면 무엇이 진짜인지 구분할 수 없을 정도다.

달빛 속에서 레나는 코스토스의 얼굴을 보았다. 레나가 사라

* 그리스의 전통술.

진 것을 알아차렸거나 신경쓰는 눈치는 아니었다. 확실히 알 수 있었다.

내게 관심을 가져줘. 레나는 텔레파시로 말했다. 그리고 응답이 돌아오기를 바랐다.

코스토스가 할머니에게 다가가는 모습이 보였다. 할머니는 까치발을 해서 그를 꼭 끌어안고 키스했다. 어찌나 세게 끌어안는지 저러다 목이 졸리지 않을까 걱정스러울 정도였다. 코스토스는 즐거워 보였다. 코스토스가 귓가에 뭐라고 속삭이자 할머니는 미소를 지었다. 그리고 두 사람은 춤을 추기 시작했다.

작은 마을 광장에서 귀엽기 그지없는 불꽃놀이가 시작되었다. 어떤 면에서 이 광경은 굉장히 경외감을 불러일으킨다고, 레나는 미약한 전율을 느끼며 생각했다. 디즈니월드의 화려한 볼거리와는 달리 손수 만든 이 꽃불은 감응할 여지가 있는 달콤한 조악함을 지니고 있다. 이것을 만들기 위해 감내한 수고와 위험을 드러내는 것이다. 반면 세련된 꽃불들은 그것을 감추어버린다.

코스토스가 할머니를 빙글빙글 돌렸다. 할머니는 웃음을 터뜨리면서 균형을 잡았다. 음악이 끝날 때쯤 코스토스는 할머니의 허리를 뒤로 확 젖혀 반으로 접다시피 하며 극적으로 피날레를 장식했다. 레나는 이제까지 그렇게 행복해 보이는 할머니의 얼굴을 본 적이 없었다.

레나는 그 주변에 서 있는 여자아이들의 얼굴을 살폈다. 이아의 몇 안 되는 소녀의 마음을 온통 코스토스가 차지하고 있는 게 분명했다. 하지만 코스토스는 그애들이 아닌 마을의 모든 할머니와 춤을 추었다. 그를 키워주고, 마을을 떠난 자식과 손자 대신 그에게 사랑을 쏟아부은 분들. 이 섬에서 가장 안타까운 사실은 모든 세대가 진짜 삶을 찾아 다른 곳으로 떠난다는 것이다.

눈물이 뺨을 타고 목까지 흘러내렸다. 레나는 자신이 우는 이유를 알 수 없었다.

파티는 늦은 시간에야 끝났다. 레나는 잠을 이룰 수가 없었다. 창가에 앉아 달을 바라보았다. 바다의 달이 산들바람에 흔들리는 모습을 보고 싶었다. 술에 취해 깊은 잠에 빠져 있을 이아의 행복한 주민들을 떠올렸다.

밖으로 몸을 약간 내밀어보니 같은 층의 다른 창가에도 누군가의 팔꿈치가 나와 있었다. 할아버지의 주름진 팔꿈치였다. 할아버지도 방 창가에 앉아 레나처럼 두 개의 달을 바라보고 있었다.

레나는 미소를 띠었다. 마음속에도, 얼굴에도. 산토리니에서 한 가지 사실을 알게 되었다. 레나는 부모님이나 에피와 닮지 않았지만, 할아버지와는 꼭 닮았다. 자존심 강하고, 말수 적고, 겁 많은 할아버지. 운 좋게도 할아버지는 사랑을 주는 법을 아는 사람을 만났을 때 그 사람을 붙잡기 위해 딱 한 번 용기를 냈다.

레나는 두 개의 달에 기도했다. 자기도 그런 용기를 낼 수 있게 해달라고.

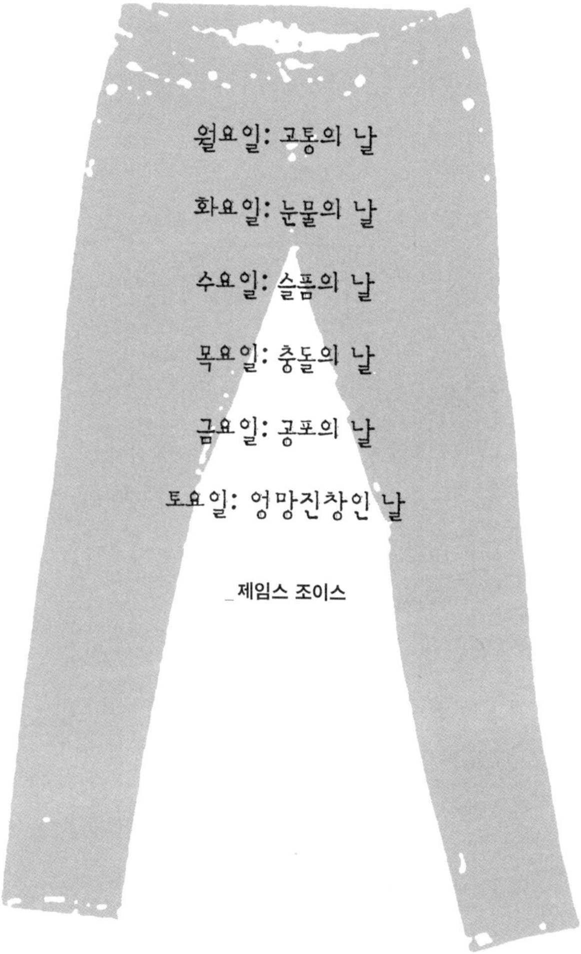

월요일: 고통의 날

화요일: 눈물의 날

수요일: 슬픔의 날

목요일: 충돌의 날

금요일: 공포의 날

토요일: 엉망진창인 날

_제임스 조이스

다음날 아침 레나는 늦잠을 잤다. 아니, 늦잠을 잔 것은 아니었다. 눈이 떠진 후에도 침대 밖으로 나오지 않았다. 무엇을 해야 좋을지 알 수 없었다. 변덕스러운 편이라 의욕이 넘쳤다가도 모든 일에 심드렁해졌다.

에피가 방문을 박차고 들어와 레나의 옷장에서 뭔가를 찾으면서 그런 아침도 끝이 났다. "어디 안 좋아?" 에피가 아무렇지도 않게 레나의 물건을 마구 뒤지면서 어깨 너머로 물었다.

"피곤해." 레나가 대답했다.

에피는 의심스러운 표정이었다.

"어젯밤에 어땠어?" 레나는 동생의 관심을 돌리기 위해 화제를 바꿨다.

에피의 눈이 반짝였다. "진짜 끝내줬어." 그녀가 말을 쏟아냈다. "안드레아스는 키스를 정말 잘해. 미국 남자애들은 비교도 안 돼."

"그 얘기는 전에도 했어." 레나는 새침하게 말했다. "게다가 넌 열네 살이라고."

옷걸이를 헤집던 에피가 문득 손길을 멈췄다. 미동도 하지 않고 가만히 서 있었다.

"왜?" 레나가 물었다. 에피가 조용해지면 괜히 긴장되곤 했다.

"세상에." 에피가 숨을 들이켰다.

"왜!" 레나가 소리쳤다.

종이가 부스럭거리는 소리에 이어 에피 손에 들린 것을 보고 레나는 움찔했다. 그건 코스토스를 그린 그림이었다.

"세상에." 에피는 같은 말을 반복했다. 이번에는 천천히. 그리고 몸을 돌려 전과는 다른 눈으로 자기 언니를 보았다. "믿을 수가 없네."

"왜?" 레나는 머릿속이 새하얘져 그 말밖에 할 수 없었다.

"진짜 믿을 수가 없어."

"왜!" 레나가 침대에서 일어나 앉으며 다시 소리쳤다.

"언니가 코스토스를 좋아하다니." 에피가 비난하듯 말했다.

"그런 거 아니야." 전에는 자기가 코스토스를 좋아한다는 걸 몰랐지만, 지금은 아니었다. 아무래도 거짓말을 하는 기분이었다.

"아니긴 뭐가 아니야. 문제는 언니가 겁이 너무 많아서 어떻게 해볼 생각도 못하고 기운만 빠져 있다는 거지."

레나는 다시 이불 속으로 들어갔다. 언제나처럼 에피는 레나의 복잡하고 괴로운 정신 상태를 한마디로 정의내렸다.

"인정할 건 인정해." 에피가 강하게 말했다.

레나는 그럴 수 없었다. 잠옷 위로 고집스럽게 팔짱만 꼈다.

"좋아, 안 해도 돼." 에피가 말했다. "어쨌든 언니 진심은 알았으니까."

"네가 잘못 안 거야." 레나는 어린애처럼 소리쳤다.

에피가 침대에 와서 앉았다. 사뭇 진지한 표정이었다. "언니, 내 말 잘 들어. 이제 여기 있을 시간이 얼마 안 남았어. 언니는 사랑에 빠졌고. 나 언니가 이러는 거 처음 봐. 그러니까 용기를 내, 응? 가서 마음을 말하라고. 안 그러면 평생 겁쟁이로 살면서 후회할걸."

그 말이 전부 옳다는 걸 레나는 알았다. 어찌나 정곡을 찌르는지 차마 반박조차 할 수 없었다. "하지만 에피." 목소리에 괴로운 심정이 묻어났다. "그 사람은 날 안 좋아하면 어떡해?"

에피는 생각에 잠겼다. 레나는 동생이 확신을 주는 말을 해주길 기대하며 기다렸다. 당연히 언니를 좋아해. 어떻게 안 그럴 수가 있겠어? 라고. 하지만 에피는 그렇게 말하지 않았다.

대신 레나의 손을 잡으며 말했다. "그러니까 용기를 내야지."

병원 침대에서 눈을 뜨니 베일리가 티비를 바라보고 있었다. 아침식사를 가져온 간호사 역시 마찬가지였다. 베일리는 표정이 밝고 간호사는 약간 어이없어하는 얼굴이었다.

"편히 잤니?" 간호사는 눈을 내리깔고 티비를 보며 어렴풋이 미소를 지었다.

티비는 침대에서 내려왔다. "죄송해요." 잠이 덜 깬 목소리였다. 베일리의 베개에 침까지 흘린 듯했다.

간호사는 고개를 저었다. 언짢은 눈치는 아니었다. "그래프먼 부인이 간밤에 네가 여기 있는 걸 보고 많이 놀라셨어." 그녀가 티비에게 말했다. "다음부터는 면회시간에 찾아오렴." 그리고 베일리에게 시선을 돌렸다. "네가 이애를 안다니까 그냥 넘어가는 거야."

베일리가 고개를 끄덕였다. 누워 있기는 했지만 완전히 잠이 깬 눈빛이었다.

"고맙습니다." 티비가 말했다.

간호사는 베일리의 침대 발치에 붙은 진료 기록을 확인했다. "먹기 불편하면 언제라도 불러. 바로 올 테니까." 그러고는 아침식사가 놓인 쟁반을 눈으로 가리켰다.

"괜찮아요." 베일리가 말했다.

병실을 나가기 전 간호사는 매서운 눈초리로 티비를 보며 말했다. "네가 대신 먹으면 안 돼."

"네." 티비가 약속했다.

"이리 와." 베일리가 침대를 톡톡 두드리며 티비를 불렀다.

티비는 베일리의 옆에 앉았다. "안녕." 하마터면 '몸은 괜찮은 거야?'라고 물을 뻔했지만, 간신히 참았다.

"그 바지 입고 왔구나." 베일리가 바지를 유심히 보았다.

"도움이 필요했거든."

베일리는 고개를 끄덕였다.

"미미가 죽었어." 자기 입에서 그 말이 나오다니 믿기지 않았다. 티비는 아무런 전조도 없이 눈물을 펑펑 쏟으며 큰 소리로 울음을 터뜨렸다.

베일리의 얼굴에도 눈물 한 방울이 흘러내렸다. "뭔가 안 좋은 일이 생겼을 줄은 알았어." 베일리가 말했다.

"미안해." 티비가 말했다.

베일리는 사과할 필요 없다는 듯 고개를 저었다. "어젯밤에 네가 온 거 알았어. 좋은 꿈을 꿨거든."

"다행이다."

베일리가 시계를 쳐다보았다. "이제 그만 가봐. 이제 십삼 분밖에 안 남았잖아."

"뭐가?" 티비는 진심으로 당황했다.

"월먼 말이야."

티비가 손을 내저었다. "상관없어."

베일리가 진지하게 말했다. "전혀 상관없지 않아. 거긴 네 직장이잖아. 덩컨도 기다리고 있을 거야. 어서 가봐."

티비는 믿지 못하겠다는 듯 베일리를 쳐다보았다. "정말로 내가 가면 좋겠어?"

"응." 베일리가 조금 누그러진 투로 말했다. "그래도 다시 오면 좋겠어."

"다시 올게." 티비가 말했다.

병원 로비로 내려가니 카르멘이 앉아 있었다. 티비를 보고는 일어나 다가와 꼭 안아주었다. 티비도 카르멘을 끌어안았다.

"지금 일하러 가야 해." 티비가 멍하니 말했다.

카르멘이 고개를 끄덕였다. "데려다줄게."

"자전거 가지고 왔는데."

"그럼 자전거 있는 데까지만 같이 갈게." 카르멘이 말했다.

"잠깐만." 카르멘이 별안간 자동문 앞에서 외쳤다. "나 그 바지가 필요해."

"지금?"

"그래야 할 거 같아." 카르멘이 대답했다.

"지금 내가 입고 있는데?" 티비가 바지를 가리켰다.

카르멘은 티비의 팔을 잡고 화장실로 데려갔다. 그러더니 입고 있던 연하늘색 나팔바지를 벗어 티비에게 내밀었다.

또다시 바지의 마법이 고스란히 입증되는 순간이었다. 마법의 바지로 갈아입자 카르멘이 얼마나 매력적으로 보였는지, 카르멘의 하늘색 바지를 입은 티비가 얼마나 우스꽝스러워 보였는지.

카르멘은 지난 이 주 동안 아침 열시 이전에는 일어나는 법이 없었다. 하지만 8월 19일에는 해가 뜨자마자 침대를 박차고 나왔다. 이제 무엇을 해야 할지 잘 알고 있었다. 카르멘은 그 바지를 입었다. 바지는 편안하고 엉덩이에도 보기 좋게 딱 맞았다. 마치 바지가 카르멘을 좋아하는 듯했다. 카르멘은 표범 무늬 샌들을 신고, 검은색 칼라가 달린 셔츠의 진주 단추를 서둘러 채웠다. 자기 전에 감아둔 풍성한 머리도 손질했다. 그리고 은으로 된 링 귀걸이를 했다.

부엌 식탁 위에 엄마에게 메모를 남겼다. 문으로 향하는데 전화벨이 울렸다. 발신자 번호를 보니 브래틀 씨였다. 카르멘은 전화를 받지 않고 그냥 나갔다. 오늘만은 엄마의 상사를 괴롭히지 않을 것이다.

카르멘은 공항으로 가는 버스를 탔다. 공항에서 아빠가 준 '비상용, 혹은 책 구매용' 신용카드로 어제 비싼 가격에 예매해둔 왕복 항공표를 찾았다.

찰스턴까지 가는 두 시간 동안 세 자리를 차지하고 편안하게 잠을 잤다. 기내식이 나올 때만 잠시 깼다. 오늘은 사과를 먹었다.

찰스턴 국제공항에 도착해서는 잡지를 읽으며 시간을 보내다 택시를 잡아타고 미팅 가에 있는 성공회 교회로 갔다. 이번에는 생기 있는 참나무와 꽃줄기가 수염처럼 늘어진 피칸나무가 훨씬 친숙하게 보였다.

카르멘은 결혼식이 시작하기 몇 분 전에 도착했다. 자리 안내는 이미 끝난 뒤였고 보라색과 하얀색의 거대한 꽃장식 사이에 하객들이 모여 있었다. 카르멘은 잘 보이지 않는 뒷자리에 앉았다. 그곳에는 자기를 아는 사람이 아무도 없었다. 앞에서 두번째 줄에 고모 둘이 보였다. 그 옆에는 누구에게도 환영받지 못하는 아빠의 새어머니가 있었다. 그 외에 아빠 쪽 하객 중에 아는 사람은 없었다. 커플은 커플끼리만 친구가 되고, 두 사람이 갈라서면 그렇게 사귄 친구를 다 잃는다는 건 무척 안타까운 일이다.

그때 옆문으로 아빠가 나타났다. 키 큰 아빠는 턱시도를 입으니 한층 멋있었다. 똑같이 턱시도를 맞춰 입은 폴이 옆에 서 있었다. 아마도 신랑 들러리를 맡은 모양이었다. 울컥 분노가 치솟을 줄 알았지만 그렇지는 않았다. 폴은 진지하게 신랑 들러리 역할을 수행하고 있었다. 그는 아빠와 키도 비슷하고 밝은 머리카락 색도 닮아 잘 어울렸다. 아빠는 운이 좋았다. 카르멘도 그걸 알았다.

결혼행진곡이 흐르자, 먼저 크리스타의 모습이 보였다. 드레스를 입은 모습이 꼭 사탕 같았다. 예뻤다. 카르멘도 인정할 수밖에 없었다. 긴장했는지 얼굴이 창백했다. 음악 소리가 점점 커지다가 극적으로 잠시 멈추더니 리디아가 입장했다.

결혼식에는 분명 뭔가 신비한 힘이 있다. 리디아가 사십대에 우스꽝스러운 드레스를 입었어도 전혀 문제될 게 없었다. 천천히 통로를 걸어오는 그녀의 모습은 우아했다. 결혼식에서 으레 느끼게 마련인 감동이 밀려들었다. 리디아의 미소는 완벽한 신부의 미소였다. 수줍지만 확신에 차 있었다. 아빠의 눈은 그런 완벽한 신부의 모습을 마음껏 즐기고 있었다. 마침내 그녀가 아빠 옆에 서자, 네 가족은 제단 아래 반원으로 둘러섰다.

카르멘은 그 모습에 잠시 가슴이 아렸다. 그들은 너도 저 자리에 섰으면 했어. 저기 네 자리도 있었는데.

첼로 소리와 촛불 냄새, 그리고 목사님의 설교에 취해 카르멘은 최면에 걸린 기분이었다. 자기가 신랑의 딸이라는 사실도, 예식장에 어울리지 않는 옷차림이라는 사실도 잊었다. 영혼이 육체를 떠나 둥둥 떠올라서는 아치형 천장까지 올라갔다. 거기서는 모든 게 보였다. 전체가 한눈에.

결혼식이 끝나고 통로를 따라 행진할 때 아빠가 카르멘을 알아보았다. 그 모습에 천장을 떠돌던 영혼이 몸으로 돌아왔다. 아빠의 얼굴에 떠오른 표정을 보자 이곳에 있고 싶어졌다.

다이애나가 캠프 부엌에서 어찌어찌 브라우니를 구워왔다. 올리는 등을 마사지해주려 했고, 에밀리는 CD플레이어를 빌려주겠다고 했다.

모두 브리짓을 걱정하고 있었다. 브리짓이 잠든 줄 알고 소곤거리며 걱정하는 친구들의 목소리가 들려왔다.

다음날 저녁은 함께 식사를 하러 갔다. 다들 주변에 몰려들어 온갖 보살핌을 주려 하는 게 싫어서였다. 침대 밑에서는 그들이 부지런히 날라온 음식들이 상해가고 있었다.

저녁식사 후 에릭이 찾아와 함께 산책하러 가자고 했다. 쉽사리 잡히지 않던 남자가 그런 제안을 하다니 깜짝 놀랐다. 브리짓은 그를 따라갔다.

두 사람은 코요테 해변에 있는 곳까지 걸었다. 말없이 레저용 차량들을 지나 모래사장 너머 야자나무와 선인장이 자란 외진 곳으로 갔다. 저물어가는 햇살이 두 사람의 등을 붉게 물들였다.

"걱정했어. 어제 경기도 그렇고, 다른 것도 다……" 에릭의 눈이 그 말이 진심임을 말해주었다.

브리짓은 고개를 끄덕였다. "나라고 늘 잘 뛰는 건 아니에요."

"하지만 넌 대단한 재능을 가졌어, 브리짓. 그건 분명히 알아야 해. 누구나 너를 대단한 선수라고 생각해."

브리짓도 여느 보통 사람만큼이나 칭찬을 좋아했다. 하지만 이런 건 아니었다. 그녀는 자기 재능을 분명히 알고 있었다.

에릭은 발로 모래를 팠다. 파낸 구멍에 다시 모래를 채워 평평하게 만들었다. "우리 사이에 있었던 일 때문에 걱정 많이 했어…… 그 때문에 네가 상처받았을까봐. 어쩌면 그때 내가 생각한 것보다 훨씬 힘들어할지도 모르겠다고."

브리짓은 다시 고개를 끄덕였다.

"이제까지 남자와 사귄 적이 많지 않지?" 부드러운 목소리였다. 다른 뜻은 없었다. 그저 브리짓을 도와주려는 마음뿐이었다.

브리짓은 다시 고개를 끄덕였다.

"그래, 진즉에 알았으면 좋았을걸."

"내가 말 안 했는데, 어떻게 알겠어요?"

에릭은 모래 구멍을 더 크게 팠다. 그러고는 또다시 채웠다. "널 처음 봤을 때, 넌 자신감이 넘쳤고, 또…… 굉장히 섹시했어. 난 네가 나이가 많은 줄 알았어. 지금은 아니란 걸 알지만. 그렇게 많지는 않잖아. 이제 막 열여섯 살이 됐지."

"열다섯 살이에요."

그가 신음소리를 냈다. "설마."

"미안해요. 솔직히 말하면 그래요." 브리짓이 말했다.

"좀더 일찍 솔직해질 수는 없었니?"

브리짓의 입가가 떨렸다. 에릭은 미안해하는 표정이었다. 그가 가까이 다가와 브리짓의 어깨에 팔을 올렸다.

에릭이 차근차근 말을 이었다. "너한테 하고 싶은 말이 있어. 앞으로 이런 시간이 다시는 없을지 모르니, 이것만은 기억해주면 좋겠어."

"네." 브리짓이 웅얼거렸다.

에릭은 길게 숨을 내쉬었다. "코치인 내가 이런 말을 한다는 건 힘든 결정이었어. 그러니까 잘 들어." 그러더니 도움이라도 청하듯 하늘을 올려다보았다. "이번 여름, 넌 폭풍처럼 내 인생에 들어왔어. 처음 만났던 그날 이후로 넌 매일 밤 내 꿈에 나타나." 에릭은 손을 들어 브리짓의 머리카락을 어루만졌다. "같이 수영하던 날, 같이 뛰던 날, 같이 춤추던 날, 네 경기를 보던 날…… 나도 알아. 난 그냥 축구에 미친 남자일 뿐이야. 하지만 네가 경기하는 모습을 지켜보면 흥분이 돼."

브리짓은 살짝 미소를 지었다.

"그게 내가 널 두려워하는 이유야. 넌 너무 예쁘고, 너무 매력적이니까. 그리고 나보다 너무 어리고. 너도 인정하지?"

자기가 에릭보다 너무 어린지는 잘 모르겠지만, 그와 함께 했던 행동을 하기에는 너무 어리다는 건 알았다. 브리짓은 고개를 끄덕였다.

"그러니 이제, 이렇게 가까워진 이상 더는 네 곁에 있어선 안 되고, 이런 식의 감정을 가져서도 안 돼."

브리짓은 눈물이 날 것만 같았다. 눈앞이 흐려져서 시야가 흔들렸다.

에릭은 두 손으로 브리짓의 머리를 감쌌다. "브리짓, 잘 들어.

네가 스무 살쯤 날 다시 만날 수도 있겠지. 넌 제일 좋은 명문학교에서도 주목받는 축구선수일 거야. 백만 명쯤 되는 남자들이 나랑은 비교도 안 되게 네 관심을 끌려고 안달하겠지. 그거 알아? 만약 내가 그때 너를 다시 만나게 되면, 네가 아직도 날 좋아하기만을 빌고 있을 거야." 에릭은 브리짓의 머리카락을 소중하게 그러쥐었다. "너를 다시 만나면, 다른 시간, 다른 상황에서, 네게 걸맞은 방식으로 내 마음을 보여줄게. 하지만 지금은 안 돼."

브리짓은 다시 고개를 끄덕였다. 눈물이 흘러내렸다.

브리짓은 에릭의 다짐이 그대로 실현되기를 바랐다. 정말로 그랬다. 에릭 역시 같은 마음임을 알았다. 그의 말이 진실이든 아니든 그가 자기 마음을 달래줄 수 있다고 믿었고, 또 그러기를 진심으로 바랐다.

하지만 브리짓이 원하는 건 이런 게 아니었다. 브리짓이 원하는 건 저 높은 곳의 별들처럼 컸다. 하지만 에릭은 그 아래 해변가에서, 아주 작아서 잘 들리지도 않는 그런 말을 하고 있었다.

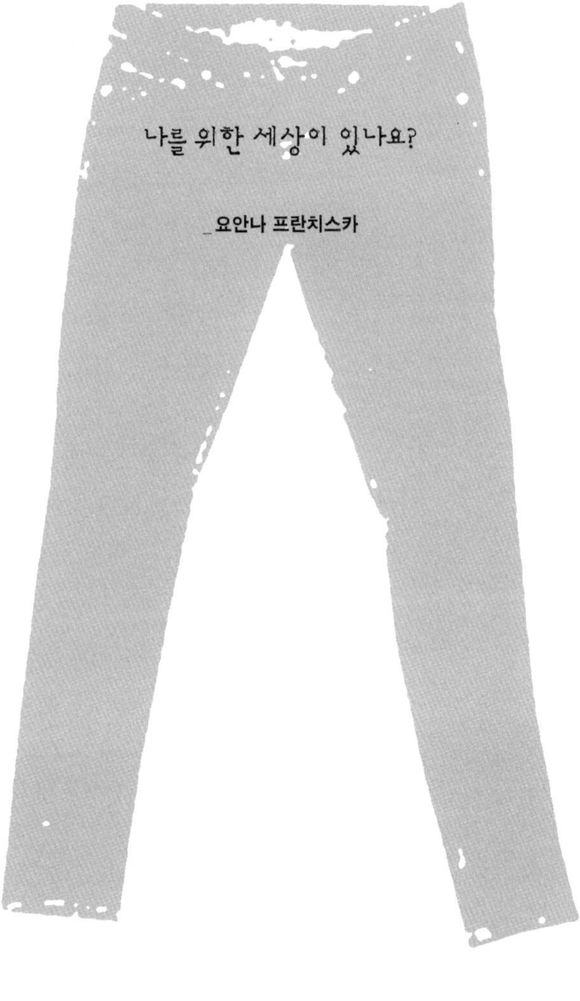

나를 위한 세상이 있나요?

_요안나 프란치스카

아빠는 뒤뜰에 친 천막 아래서 카르멘을 오랫동안 꼭 끌어안았다. 포옹을 풀고 나서도 카르멘에게서 눈을 떼지 않았다. 다행히 아무 말도 하지 않았지만 카르멘은 아빠의 마음을 다 알 수 있었다.

리디아도 카르멘을 안아주었다. 순전히 의무감이었겠지만, 그래도 상관없었다. 리디아가 아빠를 정말 사랑한다면 앞으로 둘의 사이도 좋아질 터였다. 크리스타는 뺨에 가볍게 키스했고, 폴은 악수를 청하며 "잘 돌아왔어"라고 말했다.

카르멘이 청바지 차림이라는 걸 알아차렸겠지만 아무도 그 얘기를 하지는 않았다.

"신부 측 하객분들, 모이세요! 사진 찍을 차례입니다!" 아슬아

슬한 분위기는 안중에도 없는 보조 사진사가 외쳤다. "자, 모두 목련 밑에 서주세요!" 여자가 크리스타의 귀에 대고 큰 소리로 외쳤다. 그들 넷을 빼고 모두 모이기라도 한 양.

음료 테이블로 가려는 카르멘의 손을 아빠가 붙잡았다. "같이 찍자." 아빠가 말했다. "너도 가족이야."

"하지만 난……" 카르멘은 청바지를 가리켰다.

아빠는 상관없다고 손을 저었다. "예쁘기만 한걸." 카르멘은 아빠의 말을 믿기로 했다.

카르멘은 아빠의 새 가족과 함께 사진을 찍었다. 크리스타와 폴과도 찍고, 아빠와 리디아와도 찍었다. 아빠와 둘이 찍기도 했다. 나이든 보조 사진사가 카르멘의 청바지를 보고 못마땅한 표정을 지었지만 뭐라는 사람은 없었다. 카르멘은 리디아가 이런 동화 같은 결혼식에서 가무잡잡한 피부에 청바지를 입은 여자아이가 기념사진을 찍는 것을 막지 않았다는 데 감동할 수밖에 없었다.

결혼식 피로연은 쏜살같이 흘러갔다. 카르멘이 신경질적인 고모들과 잠깐 이야기를 나누는 사이 신랑 신부가 큰 박수를 받으며 춤을 추기 위해 플로어로 나갔다. 잠시 후 폴이 카르멘의 자리로 오더니 "나랑 춤추지 않을래?" 하고 살짝 몸을 숙이며 정중하게 청했다.

카르멘은 자리에서 일어났다. 왈츠는 출 줄 몰랐지만 걱정하지 않았다. 폴에게 손을 맡겼다. 폴은 음악에 맞춰 카르멘을 이끌고 빙글빙글 돌기 시작했다.

불현듯 폴의 여자친구가 생각났다. 카르멘은 어디서 독기 어린 시선이 날아오지나 않는지 주위를 살폈다. 폴도 그런 카르멘을 눈치를 챈 듯했다.

"어디…… 음……" 카르멘은 그 여자애의 이름이 얼른 떠오르지 않았다.

"해골바가지?" 폴이 대신 말했다.

카르멘은 얼굴이 달아올랐다. 폴이 웃음을 터뜨렸다. 딸꾹질까지 해대며 웃는 것이 생각보다 귀여웠다. 폴이 이렇게 웃는 걸 들어본 적이 있었나?

카르멘은 살짝 입술을 깨물며 중얼거렸다. "미안해."

"그애랑은 끝났어." 폴의 그 말에는 조금도 안타까워하는 기색이 없었다.

음악이 끝나자 폴이 뒤로 물러섰다. 저쪽에서 성큼성큼 다가오는 아빠의 모습이 보였다. 댄스플로어를 떠나기 전 폴이 카르멘의 귀에 대고 속삭였다. "네 덕에 네 아빠가 행복해졌어." 정말이지 입을 열 때마다 깜짝깜짝 놀라게 하는 아이다.

아빠는 카르멘을 끌어안고 무대를 크게 돌며 왈츠를 추었다.

"앞으로 어떻게 할 건지 말해줄까?" 아빠가 말했다.

"어떻게 할 건데요?"

"지금부터 너와 같이 있는 순간에는 네게 솔직해지기로 했어."

"좋아요." 카르멘은 수긍했다. 어두컴컴한 눈보라 속에서 하얀빛이 반짝이며 번져가는 것 같았다.

그날 밤 피로연이 끝나고 침실로 올라가는 길에 카르멘은 부엌 창문을 보았다. 창문은 구멍을 중심으로 거미줄처럼 금이 가 있었다. 유리를 갈아끼우지 않고 은색 테이프를 덕지덕지 붙인 채 투명한 플라스틱판을 덧대놓았다. 그 광경을 보자 카르멘은 부끄럽기도 했지만 한편으로는 행복했다.

레나에게,

이제야 이 바지를 제대로 쓴 것 같아. 내 생각에는 티비도 그랬고. 그래서 좋은 기운을 잔뜩 담아 바지를 보내(하하하). 빨리 만나서 무슨 일이 있었는지 다 말해주고 싶어. 오늘 내가 행복했던 것만큼 이 바지가 네게도 많은 행복을 안겨주기를 바랄게.

사랑을 담아

카르멘

티비는 잠옷 상의 바람으로 일하러 갔다. 작업복은 빌려입었다. 덩컨은 퉁명스러운 척했지만, 아프다는 전화를 받은 뒤로 오랜만에 자기를 보고 반가워한다는 것을 분명히 알 수 있었다. 그는 티비가 입은 카르멘의 바지를 칭찬했다.

네시가 되자 티비의 간사한 머리는 이제 베일리가 오겠다고 생각했다. 그러다가 베일리가 병원에 있다는 것을 기억해냈다.

"오늘은 친구 안 오나?" 덩컨이 물었다. 이제는 월먼의 모든 사람이 베일리를 알았다.

티비는 울음이 터질 것 같아서 뒷문으로 나갔다. 그리고 콘크리트 계단 맨 위에 앉아 무릎에 얼굴을 묻었다. 한참을 훌쩍거리며 빌린 작업복 소매로 콧물을 닦았다. 플란넬 잠옷 안에서 땀이 흘러 온몸이 끈적거렸다.

누군가가 앞에 와 섰다. 티비는 고개를 들었다. 잠시 후에야 그가 터커 로라는 걸 깨달았다.

"괜찮니?" 터커가 물었다. 티비는 멍하니 생각했다. 저렇게 온통 검은색 옷을 입고 덥지 않나.

"별일 아니야." 티비는 작업복으로 코를 닦으며 대답했다.

터커는 티비 옆에 앉았다. 너무도 심하게 울고 있던 터라 훌쩍임이 쉽게 그치지 않았다. 터커가 어색하게 티비의 머리를 한 번 쓰다듬었다. 보통 때 같으면 기뻐서 정신을 잃을 일이었다. 떡진 머리가 좀 굴욕적이긴 했지만. 하지만 지금은 그 생각도 잠깐뿐이었다.

마침내 울음이 어느 정도 잦아들자 티비는 고개를 들었다.

"어디 가서 음료수나 마시며 얘기 좀 할까?" 터커가 말했다.

티비는 터커를 주의깊게 살펴보았다. 자신의 눈이 아니라 베일리의 눈으로. 머리에는 젤을 너무 많이 발랐고, 눈썹은 가운데가 뭉텅이로 없었다. 옷차림도 평판도 다 가짜였다. 그를 왜 좋아했는지 티비는 아무리 애를 써도 기억조차 나지 않았다.

"고맙지만 괜찮아." 티비가 대답했다.

"가자, 티비. 장난치는 거 아니야." 마치 티비가 농담으로 받아들였다고, 엄청 멋진 애가 자기한테 관심을 보이는 걸 믿지 못해서 거절하는 거라고 생각하는 투였다.

"그냥 가고 싶지 않아서 그래." 티비는 딱 잘라 말했다.

터커의 얼굴에 모욕감이 고스란히 드러났다.

한때는 엄청 좋아했는데. 지금은 그 이유도 생각 안 나. 티비는 멀어져가는 터커의 뒷모습을 보며 생각했다.

얼마 지나지 않아 앤절라가 밖으로 나왔다. 손톱을 길게 기른 여자. 양손에 쓰레기봉투를 든 그녀는 티비를 보더니 멈춰섰다.

"늘 보이던 꼬마 친구는 많이 아픈 거지?" 앤절라가 물었다.

티비는 놀라서 쳐다보았다. "어떻게 알아요?"

"어린 조카가 암으로 죽었거든." 앤절라가 말했다. "그애 모습이 생각났어."

앤절라 눈에 눈물이 고였다. 그녀는 티비 옆에 앉았다. "안됐구나." 앤절라는 티비의 등을 도닥이며 말했다. 티비는 긴 손톱 끝이 폴리에스테르 작업복에 긁히는 걸 느꼈다.

"네 친구는 정말, 정말 사랑스러운 아이야." 앤절라가 말을 이었다. "어느 날 오후에 널 기다리고 있는 걸 봤어. 일 끝내고 들어가는 길이었는데 그날 엄청 기분이 안 좋았거든. 그때 베일리가 아이스티를 갖다주더니 내가 울면서 고약한 전남편 이야기를 하는 걸 삼십 분이나 들어줬어. 그리고 수요일 오후마다 그렇게 만나기로 했고, 난 매주 베일리를 만났어."

티비는 고개를 끄덕였다. 베일리가 존경스러운 동시에 스스로에게 실망했다. 자신이 앤절라에게 관심을 가진 부분이라곤 손톱밖에 없었으니까.

바지는 진짜 마법이라도 부린 것처럼 레나가 그리스를 떠나기 바로 전날 도착했다. 전 세계를 돌아다니다 온 듯 포장이 너덜너덜해졌지만 바지는 무사했다. 마지막으로 봤을 때보다 구겨지고 후줄근해지고 약간 닳긴 했다. 바지도 레나만큼이나 지쳐 보였지만 워낙 까마득한 옛날부터 그렇게 지내와서 대수롭지 않은 듯했다. 바지는 레나에게 마지막 명령을 내렸다. 코스토스에게 가서 말해, 이 바보야.

레나는 바지를 입었다. 바지는 죄책감 이상의 것을 전해주었다. 바로 용기였다. 신비롭게도 바지는 친구들의 장점을 가져왔고, 다행히 용기가 그중 하나였다. 레나도 자신의 보잘것없는 장점을 바지에 불어넣고 대신 용기를 가져갔다.

바지를 입으니 자신이 무척 매력적으로 느껴졌다. 이래서 손

해볼 건 없지.

예전에 자선 장거리 걷기 대회에 참가해 워싱턴을 가로질러 교외까지 30킬로미터쯤 걸은 적이 있었다. 대장간까지 가는 길이 그보다 훨씬 멀게 느껴졌다.

점심을 먹고 갈까 생각도 해봤다. 하지만 음식이 넘어갈 것 같지 않았다. 그렇다면 망설일 필요가 없었다.

그건 정말 잘한 결정이었다. 길모퉁이에 낮은 건물이 보이는 순간 레나는 속이 울렁거렸지만 빈속이라 게워낼 것이 없었다.

손에 땀이 솟아서 그림에 손자국이 남지 않을까 걱정됐다. 레나는 바지에 양손을 번갈아 문질렀다. 사실 바지에 생긴 축축한 손자국은 입은 사람의 뻔뻔함을 뜻하는 품질보증마크가 결코 못 된다.

앞마당 입구에서 잠시 멈춰 섰다. 계속 걸어. 레나는 마음속으로 바지에게 말했다. 다리보다 바지를 더 믿고 있었다.

혹시 코스토스가 많이 바쁘면 어쩌지? 귀찮게 하는 건 아닐까? 일하고 있는 사람에게 연락도 없이 찾아오다니 큰 실례는 아닐까? 레나 머릿속의 소심한 부분(거의 대부분을 차지한다)은 계속 그런 생각만 했다.

레나는 다시 걸었다. 머릿속에서 극히 작은 부분을 차지하는 용기를 낼 기회가 이번 단 한 번이라는 걸 알고 있었다. 이대로 돌아선다면 다시는 기회가 없을 것이다.

어두컴컴한 대장간 안쪽의 거대한 벽돌 화로에서 쉴새없이 불꽃이 피어오르고 있었다. 누군가 화롯불에 금속을 단련하고 있었다. 큰 키로 봐서 두나스 할아버지는 아니었다.

코스토스는 그녀의 발소리를 들었거나 인기척을 느낀 모양이었다. 어깨 너머로 그녀를 확인하더니 천천히, 조심스럽게 작업 도구를 내려놓고 커다란 장갑과 마스크를 벗었다. 그의 눈에는 여전히 불꽃이 어른거렸다. 불편해하거나 걱정하는 기색은 없었다. 오히려 레나의 표정이 그랬다.

흔히 남자들은 레나와 함께 있으면 긴장하곤 했다. 그러면 레나가 자연스럽게 우위를 차지할 수 있었다. 하지만 코스토스는 달랐다.

"안녕." 레나가 떨리는 목소리로 인사했다.

"왔구나." 코스토스는 침착한 목소리였다.

레나는 안절부절못하며 첫말을 뭐라고 할지 떠올리려 애썼다.

"앉을래?" 코스토스가 대장간 안을 둘로 나누는 낮은 돌벽을 가리키며 말했다. 레나는 거기 앉았다. 어떻게 이야기를 시작할지 여전히 떠오르지 않았다. 문득 손에 든 그림이 생각났다. 레나는 불쑥 그림을 내밀었다. 더 멋지게 전해주려 했는데, 어쩔 수 없었다.

코스토스는 그림을 받아들고 가만히 살펴보았다. 다른 사람들처럼 즉각적인 반응을 보이지는 않았다. 계속 보고만 있었다. 시간이 지날수록 레나는 긴장했다. 하지만 이미 잔뜩 긴장한 상태라 얼마나 더 긴장했는지 알 수도 없었다.

"거기, 혼자만의 장소였죠?" 레나가 불쑥 말했다.

코스토스는 그림에서 시선을 떼지 않은 채 천천히 말했다. "해마다 여름이면 그곳에서 수영을 해. 하지만 기꺼이 공유할 수 있어."

레나는 그 말의 속뜻에 귀를 기울였다. 그러기를 바라는 마음과, 그러지 않기를 바라는 마음이 반반인 듯했다. 그러고 싶지 않은 거겠지. 레나는 그쪽으로 결론내렸다.

코스토스는 그림을 돌려주었다.

"아니에요. 이거 주는 거예요." 레나는 말하다가 갑자기 창피해졌다. "내 말은, 가지고 싶으면 가지라고요. 싫으면 그냥 돌려줘도 돼요. 난 그저……"

코스토스가 그림을 다시 가져가며 말했다. "갖고 싶어. 고마워."

레나는 머리카락을 뒤로 넘겼다. 너무 더웠다. 좋아, 이제 말하라고. 레나는 속으로 스스로를 재촉했다.

"저, 사실은 할말이 있어서 왔어요." 레나는 그렇게 입을 열자마자 자리에서 벌떡 일어나 이리저리 서성였다.

"그래, 말해봐." 코스토스는 여전히 앉은 채 말했다.

"내 말은 그러니까, 그때…… 그때…… 그날 말이에요……" 뭐라고 해야 하지? 레나는 미친듯이 말을 찾았다. "그러니까……

우리가, 음, 연못에서 마주쳤던 날 말이에요."

코스토스는 고개를 끄덕였다. 얼핏 입가에 미소가 스쳐간 듯했다.

"그러니까, 그날요. 그날." 레나는 다시 왔다갔다했다. 아빠의 법률가다운 빠른 걸음걸이를 레나는 물려받지 않았다. "혼란이 있었어요. 어쩌면 이미 알고 있겠지만, 그날 일에 오해가 좀 있었다고요. 아마 내 잘못이겠죠. 하지만 그런 일이 일어날 줄은 정말 몰랐어요. 그다음에는……" 레나는 말을 끝맺지 못했다. 흘낏 불꽃을 쳐다보았다. 그 뜨거운 불길은 쳐다보기조차 쉽지 않았다.

코스토스는 참을성 있게 앉아 있었다.

레나가 이렇게 횡설수설하기 시작하면 대개는 다른 사람들이 끼어들어 구해주었다. 하지만 코스토스는 달랐다. 그저 기다릴 뿐이었다.

레나는 본래 하려던 이야기로 돌아가려 애썼다. 하지만 무슨 이야기를 하려 했는지 기억나지 않았다. "일이 벌어진 뒤에는 이미 늦어버렸죠. 점점 더 꼬여만 갔어요. 얘기를 하려 했지만, 어떻게 말을 꺼내야 할지 몰랐어요. 사람들한테 말하려니까 너무 겁이 났어요. 모두가 생각하는 그런 일은 실제로 일어나지 않았다고 설명하고 싶고, 또 그래야 한다고 생각했지만, 뭐라고 해야 할지 알 수가 없었어요." 레나는 문득 지금이 드라마의 한 장면이라면 좋겠다고 생각했다. 낮 시간대 드라마에선 헛소리를 계속하면 누군가가 뺨을 한 대 때려주니까.

코스토스의 얼굴에 미소가 또렷이 떠올랐다. 좋은 징조일까, 나쁜 징조일까?

레나는 손등으로 인중에 맺힌 땀을 닦아냈다. 그리고 바지를 내려다보며 그것이 마법의 바지라는 걸 떠올리고, 자기가 브리짓이 된 상상을 했다.

"그러니까 정말로 하고 싶은 말은…… 내가 큰 실수를 했다는 거예요. 할아버지들의 말도 안 되는 싸움은 전부 나 때문이에요. 날 몰래 지켜봤다고 말하는 게 아닌데. 그런 게 아니었다는 걸 이제는 알아요." 이제야 좀 괜찮아졌다. 아, 하지만 결정적인 말을 빼먹었다. "그리고 미안해요!" 레나는 소리쳤다. "정말, 정말 미안하게 생각해요."

코스토스는 레나가 말을 마쳤는지 몰라 잠시 기다린 후에 입을 열었다. "사과 받아들일게." 그리고 살짝 고개를 숙였다. 그의 예의바른 성격은 이아 할머니들의 자랑거리였다.

레나는 길게 숨을 내쉬었다. 하느님, 감사합니다. 무사히 사과를 마쳤다. 이제 여기서 멈추고 자존심을 지킨 채 집으로 돌아갈 수도 있어. 정말 무시무시한 유혹이었다. 이런, 정말 유혹적이다.

"할말이 또 있어요." 말을 꺼내버렸다. 레나는 그 사실에 경악하고, 동시에 감탄도 했다.

"무슨 얘기지?" 코스토스가 말했다. 목소리가 좀더 부드러워졌나? 내 바람 때문에 그렇게 들리나?

어떻게 말하면 좋을지 레나는 깊이 생각했다. 그러다 도움을 청하듯 천장을 올려다보았다.

"앉을래?" 코스토스가 다시 한번 권했다.

"못 앉겠어요." 레나는 양손을 움켜쥐며 솔직하게 대답했다.

코스토스는 알겠다는 눈으로 레나를 보았다.

"음, 여기 처음 왔을 때 내가 그다지 친절하지 않았던 거 알아요." 레나는 2라운드를 시작했다. "내게 잘해주었는데, 난 그렇지 않았죠. 아마 그래서 그렇게 생각했을 것 같아요. 그러니까 내가…… 그게……" 레나는 제자리를 빙빙 돌다가 코스토스를 정면으로 보고 섰다.

겨드랑이의 땀자국이 점점 커져 허리까지 내려왔다. 땀은 인중에 맺히고 이마에도 흘러내렸다. 뜨거운 열기와 극도의 긴장감 때문에 피부가 불긋해지기까지 했다.

이제까지 레나는 외모만 보고 자기를 좋아하는 남자애들을 결코 믿지 않았다. 하지만 코스토스가 오늘 생각지도 못한 호의를 보인다면, 그건 레나의 외모 때문만은 아닐 것이다.

"내가 그쪽을 싫어한다고 생각할지도 모르겠지만, 하지만……"

하느님 맙소사. 레나는 쉴새없이 흘러내리는 땀에 익사할 지경이었다. 그럴 수도 있을까?

“하지만 실은 그렇지 않을 거예요. 아마 그 의미는…… 정반대라는 거죠.” 지금 말이 되는 소리를 하고나 있는 걸까? 이다음에는 무슨 말을 해야 하는 거지?

“그러니까 내 말은, 그런 식으로 행동하고 싶지 않았다는 거예요. 그쪽을 좋아하지 않는다거나 아무런 관심도 없다는 듯이 굴고 싶지 않았어요. 왜냐하면 정말…… 정말…… 겉으로 보이는 것과 내 속마음은 다르니까.”

레나는 애원하는 눈빛으로 코스토스를 쳐다보았다. 레나는 노력했다. 그리고 결국 해냈다. 그것이 과연 자기가 할 수 있는 최선이었는지 두려웠다.

코스토스의 눈 속은 레나의 모습으로 가득차 있었다. “레나.” 그가 땀에 젖은 레나의 두 손을 잡고 불렀다. 레나가 최선을 다했음을 이해한 듯했다.

코스토스가 레나를 끌어당겼다. 돌벽에 걸터앉은 그와 서 있는 레나의 머리 높이가 비슷했다. 두 사람의 다리가 스쳤다. 코스토스에게서 희미하게 남성적인 재 냄새가 났다. 레나는 기절할 것만 같았다.

코스토스의 얼굴이 앞에 있었다. 가물거리는 불빛 속에 그늘진, 아름다운 코스토스의 얼굴이. 그의 입술이 바로 앞에 있었다. 그녀의 몸 어디서 그런 용기가 나왔을까. 레나는 살짝 고개를 숙여 그의 입술에 키스했다. 그건 키스이자 질문이었다.

이어서 코스토스가 답했다. 레나를 끌어당겨 양팔로 꽉 끌어안았다. 그의 키스는 깊고도 길었다.

모든 생각이 사라지고 감각만 남았다. 그전에 레나는 마지막으로 생각했다. 천국이 이렇게 뜨거운 곳일 줄 몰랐어.

그대의 눈동자 안에서

나는 완벽해집니다.

_피터 게이브리얼

병원에서 이틀 밤을 보낸 뒤로 간호사들은 면회시간이 끝나는 여덟시가 되자마자 티비를 내쫓았다. 티비는 아직 집에 가고 싶지 않았다. 엄마에게 전화해 영화를 보고 들어가겠다고 말했다. 엄마는 안심한 목소리였다. 엄마도 그동안 티비의 상태가 별로 좋지 않다는 걸 알아챈 모양이었다.

티비는 저멀리 반짝이는 세븐일레븐의 불빛을 보았다. 불빛이 자기를 손짓해 부르는 듯했다. 안쪽 '드래건 마스터' 앞에 웅크리고 있는 브라이언을 보자 기뻤다.

주위를 둘러보던 브라이언이 자기를 바라보는 티비를 발견하고 환하게 미소지었다. "안녕, 티비." 브라이언이 수줍게 인사했다. 티비가 잠옷 바람에 꼴이 엉망진창인 것조차 알아차리지 못했다.

"몇 단계야?" 티비가 물었다.

브라이언은 자부심을 숨기지 않고 대답했다. "25단계."

"대단하다!" 티비는 감탄했다.

26단계는 화산이었다. 브라이언이 벌이는 기나긴 영웅적인 전투를 지켜보며 티비는 짜릿한 긴장을 느꼈다. 결국 용암에 파묻히며 끝났지만.

"에이." 티비는 안타까워했다.

브라이언은 가뿐하게 어깨를 으쓱해 보였다. "괜찮은 게임이었어. 매번 이길 수도 없고."

티비는 고개를 끄덕였다. 그리고 잠시 생각에 잠겼다. "저, 브라이언?"

"응?"

"'드래건 마스터' 하는 법 가르쳐줄 수 있어?"

"물론이지." 브라이언이 흔쾌히 답했다.

브라이언은 인내심과 열성을 겸비한 진정한 스승이었다. 그의 가르침을 받아 티비는 용이 처음 등장하는 7단계까지 갔다. 티비가 택한 육감적인 여전사가 배에 칼을 맞고 장렬히 전사했을 때조차 브라이언의 얼굴에는 자부심이 넘쳤다. "타고난 용 사냥꾼이구나!" 브라이언이 칭찬했다.

"고마워." 티비는 그의 칭찬에 정말로 기분이 좋아졌다.

"베일리는 좀 어때?" 브라이언이 심각한 얼굴로 물었다.

"지금 병원에 있어."

브라이언이 고개를 끄덕였다. "알아. 점심시간에 병원에 갔다 왔어." 그러더니 문득 뭔가 생각난 표정을 지었다. "잠깐 기다려 봐. 보여줄 게 있어." 그는 다 해진 배낭 안을 뒤졌다. "베일리한테 갖다줘."

티비는 그것을 보았다. '드래건 마스터'의 홈 버전인 '드래건 워리어' 복사판이 들어 있는 세가 드림캐스트 게임기였다. "정품만큼 좋진 않아. 그래도 연습하기엔 괜찮을 거야." 브라이언이 설명했다.

티비 눈에 눈물이 고였다. "베일리가 정말 좋아할 거야."

한참 뒤 티비는 올드 조지타운 로드를 걷고 있었다. '드래건 마스터'의 후유증은 심각했다. 마음은 벌써 8단계에 가 있었다. 최근 들어 뭔가에 대한 기대로 이렇게 들뜨기는 처음이었다.

어쩌면 브라이언 맥브라이언은 뭔가 중요한 걸 깨달았는지도 몰라. 티비는 걸으면서 생각했다. 행복이란 거창하게 모든 환경이 바뀌는 게 아니라, 내 삶의 모든 것이 제자리에 있는 게 아닐까. 소소한 기쁨들이 모여 만들어지는 것. 슬리퍼를 신고 미스 유니버스 대회를 시청하는 것. 바닐라 아이스크림을 얹은 브라우니를 먹는 것. '드래건 마스터'를 7단계까지 마스터하고 20단계가 더 남았다는 사실을 아는 것.

어쩌면 행복이란 그런 사소한 것들에서 커지는지도 모른다. 횡단보도에 도착하자마자 신호등이 파란불로 바뀌면 좀 커지고, 칼라 안쪽에 붙은 상표 때문에 간지러우면 좀 작아지는 정도로. 누구의 일상에서나 일어나는 일들. 어쩌면 그날그날 주어진 행복의 양은 누구든 똑같을지 모른다.

어쩌면 세계에서 가장 유명한 연예인이든 성가신 괴짜든 상관없을지도 모른다. 어쩌면 친구가 죽어가고 있을지라도.

어쩌면 지금까지 그렇게 행복을 누려왔을 것이다. 어쩌면 그것이 우리가 앞으로 바랄 수 있는 전부인지도 모른다.

그리스에서의 마지막날 아침, 할아버지와 마지막 아침식사를 했다. 레나는 할아버지와 이야기를 나누기 위해 종이에 그리스어를 써서 준비해두고는 터질 듯한 행복감 속에 아침을 맞았다. 여름의 마지막을 멋지게 장식하기 위해서였다. 시리얼을 맛있게 먹는 할아버지를 보며 레나는 말을 시작하면 좋을 타이밍을 살폈다.

할아버지는 레나를 슬쩍 보고 미소를 지었다. 그때 레나는 중요한 사실을 깨달았다. 이것이 자연스러운 방식이다. 두 사람이 좋아하는 방식. 대부분의 사람은 대화를 나눠야 친밀하고 편안한 관계라고 생각하지만, 레나와 할아버지는 달랐다. 두 사람은 그저 시리얼을 같이 먹는 일상만으로도 친밀감을 형성했던 것이다.

레나는 준비해둔 문장을 잊고 그냥 시리얼을 먹기로 했다.

레나가 우유를 따르려는 순간, 할아버지가 레나의 손을 부드럽게 잡으며 말했다. "넌 내 손녀야."

레나도 그 사실을 분명히 알았다.

이틀 뒤 티비는 평소처럼 베일리의 침대에 앉아 있었다. 티비도 베일리의 상태가 점점 악화되고 있다는 걸 알았다. 베일리는 딱히 두렵거나 침통해 보이지 않았다. 하지만 의료진의 태도는 달랐다. 간호사들은 티비와 마주칠 때마다 시선을 피하곤 했다.

베일리는 '드래건 워리어'를 하고 베일리의 아빠는 창가 의자에 앉아 졸고 있었다. 베일리는 피곤한지 베개에 머리를 기댔다. "네가 대신 할래?" 베일리가 티비에게 물었다.

티비는 고개를 끄덕이고 게임기를 넘겨받았다.

"친구들은 언제 와?" 베일리가 졸린 목소리로 물었다.

"카르멘은 돌아왔어. 레나와 브리짓은 다음주에 올 거고."

"좋겠다." 베일리가 말했다. 눈을 감았다 다시 뜨기까지 걸리는 시간이 점점 더 길어졌다.

티비는 삐 소리를 내는 병실 모니터가 어제보다 두 대 더 늘어난 것을 알아차렸다.

"브라이언은 어때?"

"정말 대단해. 걔 덕분에 내가 10단계까지 갔다니까." 티비가 말했다.

베일리는 미소지었다. 눈은 감은 채였다. "정말 괜찮은 남자애지." 베일리가 중얼거렸다.

티비는 웃다가 예전에 베일리가 했던 말을 떠올렸다. "그래. 네가 제대로 봤고, 내가 틀렸어. 언제나 그렇지만."

"그렇지 않아." 베일리가 말했다. 얼굴이 천사처럼 새하얬다.

"그렇다니까. 난 사람들을 잘 알지도 못하면서 멋대로 판단했어." 티비가 말했다.

"하지만 넌 생각을 바꿨잖아." 베일리가 말했다. 목소리가 점점 늘어지고 가라앉았다.

티비는 '드래건 워리어'를 잠시 멈췄다. 베일리는 잠든 것처럼 보였다.

"계속해." 베일리가 속삭이듯 말했다.

여덟시에 간호사가 들어와 내보낼 때까지 티비는 베일리 곁에서 계속 게임을 했다.

레나에게,

문제가 생겼어. 이런 일이 일어날 줄은 몰랐어. 너한테 털어놓고 싶지만 편지로는 쓰기 힘들어. 그냥…… 이상해. 나 자신이 낯설게 느껴져.

브리짓

레나에게,

도무지 잠을 잘 수가 없어. 무서워. 너와 이야기하고 싶어.

브리짓

레나는 아테네에서 돌아오는 비행기 안에서 브리짓의 편지를 읽었다. 여름에 온 편지들이었는데, 공항으로 가는 길에 우체국에 들러 찾아왔다. 비행기는 여러 표준시간대를 통과했다. 떠나고 싶지 않던 이아의 대장간에 이어 바하칼리포르니아의 축구 캠프를 생각하는 레나의 마음은 편치 않았다.

레나는 브리짓을 잘 알았다. 오랫동안 알아왔다. 그래서 많이 걱정이 됐다. 브리짓의 삶은 어느 한순간 변했고, 바로 그때 단절이 생겼다. 브리짓은 항상 활기차고 열정이 넘쳤지만 가끔씩 생각지도 못한 일에 충격을 받곤 했다. 그럴 때면 느릿해지고 불안해했다. 조바심을 냈다. 어떻게 하면 원래대로 돌아갈지 알지 못했다. 때로는 갓난아기처럼 굴기도 했다. 브리짓은 자신의 힘에 의지했다. 그렇게 늘 밀어붙였다. 하지만 정작 원하는 대로 되고 나면 혼자라고 느꼈고, 그것을 견디지 못했다. 브리짓의 엄마는 돌아가셨고, 소심한 아빠와는 사이가 멀었다. 브리짓은 누군가 자기를 지켜줄 사람이 필요했다. 세상이 텅 비어 있지 않다는 걸 보여줄 사람이 필요했다.

에피는 곁에서 코를 골며 자고 있었다. 레나는 몸을 돌려 동생의 어깨를 흔들었다. "에피, 좀 일어나봐. 에피?"

에피는 잠결에 미소를 짓고 있었다. 꿈속에서도 그 웨이터를 만나나보다. 레나는 에피의 어깨를 좀더 세게 흔들었다. "에피, 잠깐만 일어나보라니까."

에피가 마지못해 눈을 뜨며 투덜거렸다. "난 잘 거야." 결혼식 꿈이라도 꾸나보지.

"정말 잘 잔다니까. 그런데 더 중요한 일이 있어."

"나 참."

"잘 들어. 계획을 좀 바꿨어. 알겠니? 난 뉴욕에서 너랑 헤어져서 로스앤젤레스로 갈 거야."

에피 혼자 비행기를 타는 게 마음에 걸렸지만, 지금으로서는 상황을 잘 설명하는 수밖에 없었다. "뉴욕에서 워싱턴까지는 금방이야. 잘 갈 수 있을 거야."

에피의 얼굴이 굳었다. "왜 그러는데?"

"브리짓이 걱정돼서 그래." 에피도 브리짓에 대해 잘 알고 있었다. 브리짓에게 가끔씩 침체기가 찾아오고, 그게 사소한 문제가 아니라는 걸.

"무슨 일이라도 생긴 거야?" 에피가 걱정스럽다는 듯 물었다.

"잘 모르겠어."

"돈은 있고?"

"엄마하고 아빠가 준 돈 남았어." 부모님은 두 사람에게 여름방학 동안 쓰라고 500달러씩을 주었다. 레나는 그 돈에 거의 손 대지 않았다.

"나도 200달러 남았어. 그것도 가져가." 에피가 말했다.

레나는 동생을 끌어안았다. "내일 브리짓하고 같이 집에 갈게. 엄마 아빠한테는 공항에서 전화할 거지만, 그래도 네가 잘 말해 줘, 알았지?"

에피는 고개를 끄덕였다. "언니 꼭 브리짓 엄마 같네."

"필요하다면 그렇게라도 돼야지." 레나가 말했다.

마법의 바지를 기내용 가방에 챙겨넣었다는 사실이 다행이었다.

다음날 아침 열시에 전화벨이 울렸다. 티비는 무슨 전화인지 알 수 있었다. 수화기를 들어보니 흐느끼는 소리가 들렸다.

"그래프먼 부인, 무슨 일인지 알겠어요. 아무 말씀 안 하셔도 돼요." 티비는 눈가로 손을 가져갔다.

장례식은 이틀 뒤 월요일이었다. 묘지 옆에서 예배가 열리고 관이 묻혔다. 티비는 앤절라와 브라이언, 덩컨, 마거릿과 함께 서 있었다. 사우스캐롤라이나에서 돌아온 카르멘도 뒤쪽에 섰다. 모두 조용히 눈물을 흘렸다.

그날 밤 티비는 잠을 이룰 수가 없었다. 새벽 한시부터 세시까지 영화채널에서 방영하는 〈철목련〉을 봤다.

세시 십오분에 캐서린이 우는 소리가 들리자 차라리 반가웠다. 지친 부모님이 깨지 않도록 서둘러 아기 방으로 달려가 유아용 침대에 있던 캐서린을 안고 부엌으로 갔다. 캐서린이 자신의 어깨에 기대도록 한쪽 팔로 그 작은 몸통을 꼭 안고 다른 손으로는 우유를 데웠다. 캐서린이 찡얼거리는 소리가 티비의 귓가를 간질였다.

티비는 침대에 누워 옆에서 캐서린이 젖병을 반쯤 빨다가 잠에 빠지는 걸 지켜보았다. 동생을 바싹 끌어안고는 울음을 터뜨렸다. 캐서린의 헝클어지고 부드러운 머리카락으로 눈물이 떨어졌다.

얼마 후 캐서린이 폭발 소리에도 깨지 않을 만큼 깊은 잠에 빠지자 티비는 아기를 다시 침대에 눕혔다.

새벽 네시가 되었다. 티비는 다시 부엌으로 내려갔다. 냉동실을 열고 미미가 들어 있는 갈색 종이봉투를 꺼냈다. 다른 세상에 들어온 듯한 기분을 느끼며 잠옷에 슬리퍼 바람으로 차고로 향했다. 미미가 들어 있는 봉투를 자전거 핸들에 걸고는 몇 킬로미터 떨어진 묘지를 향해 출발했다. 얼어붙은 미미가 이리저리 흔들렸다.

베일리의 관을 덮은 흙은 아직 부드러웠다. 티비는 그 위의 잔디를 살짝 덜어내고 양손으로 흙을 팠다. 그리고 종이봉투에 키스한 뒤, 구멍에 묻었다. 그 위에 원래대로 잔디를 올려놓았다. 티비는 베일리와 미미가 묻힌 잔디 위에 앉았다. 지평선 너머로 기울어가는 예쁜 달을 바라보았다. 여기서 그들과 함께 머물고 싶은 마음이 굴뚝같았다. 몸을 웅크려 최대한 작고 단순한 존재로 줄어들고 싶었다. 자기가 있든 말든 세상이 알아서 돌아가게 내버려두고 싶었다.

티비는 잔디 위에 누웠다. 몸을 최대한 웅크렸다. 그때 마음이 바뀌었다.

나는 살아 있어. 그들은 죽었어. 난 큰 사람이 되기 위해 노력해야 해. 가능한 한 큰 사람. 베일리에게 약속했다. 계속하겠다고.

물레헤에 도착했을 즈음 레나의 시간과 공간감각은 엉망이 되어버렸다. 택시를 한 번 갈아타고 축구 캠프로 갔다. 해가 저물었는데도 여전히 무더웠다. 이아에서 몇천 킬로미터를 날아왔는데 똑같은 기후라니.

레나는 브리짓이 내일 떠날 예정이라는 걸 알고 있었다. 집에 가는 길에 함께하려면 늦지 않게 캠프에 도착해야 했다. 무슨 수를 써서라도 그래야 했다. 레나는 캠프 사무실에 들렀다가 곧장 브리짓의 숙소로 향했다.

숙소 안은 어두웠지만, 레나는 금세 브리짓을 찾을 수 있었다. 짙은 색 침낭 위로 브리짓의 금발이 보였다.

브리짓이 몸을 일으켜 앉았다. 레나는 브리짓의 슬픈 얼굴을 바라보았다. 동화 속 주인공 같은 머리카락도. "안녕, 브리짓."

레나는 달려가 브리짓을 꼭 끌어안으며 인사했다.

브리짓은 영문을 몰라 어리둥절했다. 눈을 깜박이다가 가늘게 떴다. 마치 상대가 누군지도 잘 모르겠다는 듯 레나를 끌어안는 팔이 머뭇거렸다.

"어떻게 여기까지 왔어?" 브리짓이 놀라며 물었다.

"비행기 타고."

"난 네가 그리스에 있는 줄 알았는데."

"그랬지, 어제까지는. 오늘 네 편지를 봤어." 레나가 말했다.

브리짓은 고개를 끄덕였다. "정말 와줬네."

문득 자신들을 향한 수많은 호기심 어린 시선이 느껴졌다. "좀 걷지 않을래?"

브리짓이 침낭에서 나왔다. 맨발에 헐렁한 티셔츠 차림으로 레나를 숙소 밖으로 안내했다. 브리짓은 원래 자기가 남들 눈에 어떻게 보일지 신경쓰지 않았다.

"정말 아름답다. 여름 내내 그리스에서도 똑같은 달을 봤어." 레나가 말했다.

"네가 여기까지 왔다는 게 믿어지지 않아. 왜 왔어?" 브리짓이 물었다.

레나는 발가락으로 모래를 팠다. "네가 혼자가 아니라는 사실을 알려주고 싶었어."

브리짓의 눈이 커지더니 반짝 빛났다.

"맞다. 뭘 가지고 왔는지 봐봐." 레나가 가방에서 바지를 꺼내며 말했다.

브리짓은 마법의 바지를 두 손으로 꼭 끌어안았다가 입어보았다.

"무슨 일이 있었는지 말해줄래?" 레나는 모래밭에 앉아 브리짓도 옆에 끌어다 앉혔다. "그동안 있었던 일을 다 말해줘. 같이 방법을 찾을 수 있을 거야."

브리짓은 바지를 내려다보았다. 고마웠다. 바지는 버팀대였고, 사랑이었다. 여름방학이 시작될 때 다같이 맹세했던 것처럼. 하지만 지금 여기, 바로 옆에 레나가 있으니 이제 바지도 필요없을 것만 같았다.

브리짓은 하늘을 올려다보았다. 그리고 레나를 보았다. "네가 벌써 문제를 다 해결해버린 것 같아."

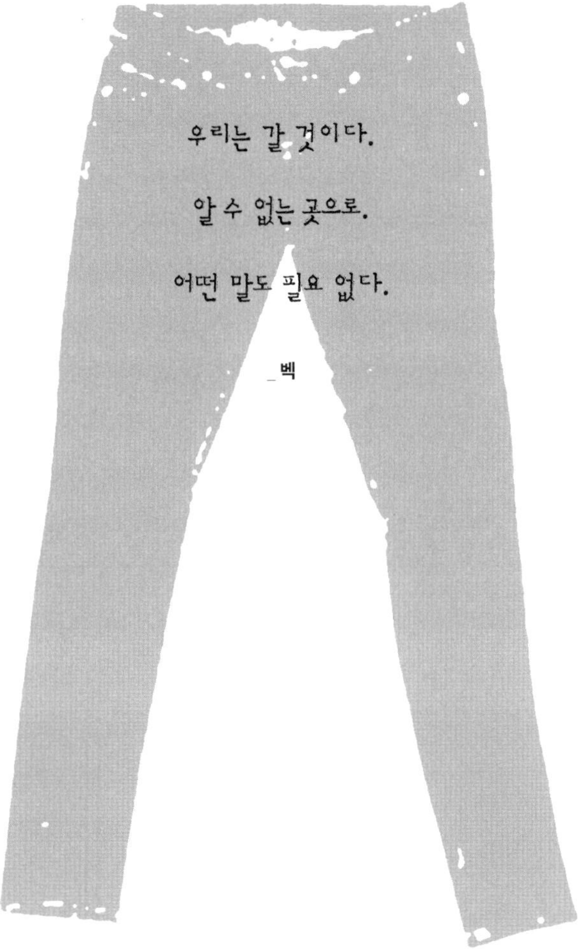
우리는 갈 것이다.
알 수 없는 곳으로.
어떤 말도 필요 없다.
_벡

에필로그

우리에게는 해마다 모두의 생일 한가운데 날 밤늦게 길다 클럽에 모여 축하하는 전통이 있다. 레나의 생일에서 구 일 후, 내 생일에서 구 일 전, 브리짓의 생일에서 이틀 후, 티비의 생일에서 이틀 전이 그날이다. 이 숫자들은 내게 편안함을 준다. 이 우연의 일치가 우리 만남이 운명이라는 증거 같아서. 마치 신이 날짜를 내 다이어리에 직접 적어놓은 것 같았다. 올해의 그날은 우연히도 새 학기가 시작되기 전날이었고, 이 사실 역시 의미심장했다. 딱히 행복한 쪽으로는 아니지만.

산란을 하기 위해 강의 지류를 타고 고향으로 돌아오는 연어처럼, 우리는 길다 클럽으로 돌아왔다. 우리 9월 출생자들의 고향이자, 이제는 우리 우정의 고향인 명예로운 장소다.

평소처럼 티비와 브리짓이 생일 케이크를 준비하고 레나와 내가 장식과 음악을 맡았다. 늘 그러듯 길다 클럽의 잠긴 문은 브리짓이 열었다.

예년 같았으면 여름이 끝나갈 무렵 우리는 표면이 닳은 강바닥의 조약돌처럼 서로에게 지쳐 있었을 것이다. 삼 개월 동안 한시도 떨어지지 않고 붙어 있다보면 서로에게 심드렁해지기 마련이니까. 우리에게 일어났던 몇 가지 사건을 가루가 될 때까지 추억하고, 분석하고, 축복하고, 저주하고, 농담을 하는 게 전부였다.

오늘은 달랐다. 여름 동안 각자 따로 지냈기 때문에 나눠야 할 이야기가 넘쳐났다. 어떤 면에서는 그 여름의 경험과 느낌이 온전히 나 혼자만의 것이라는 사실이 두렵기도 했다. 친구들과 겪은 일은 진짜로 느껴진다. 하지만 나 혼자 겪은 일은 반은 꿈, 반은 상상 같다. 분명 나의 두려움과 소망에 의해 바뀌고 왜곡되었겠지. 하지만 누가 알겠는가? 실제로 일어났던 일보다 본인의 느낌이 더욱 진실에 가까울지.

우리의 목격자는 바지뿐이다. 바지는 모든 것을 지켜보고, 기록했다. 며칠 전부터 우리는 각자의 이야기를 간단한 글과 그림으로 바지에 남기고 있다. 낡은 바지를 예쁘게 탈바꿈하는 작업이다.

오늘밤, 나는 주위의 친구들을 둘러본다. 우리는 낡은 에어로빅 클럽 곳곳에 촛불을 밝히고 한가운데 깔린 빨간 담요 위에 둘러앉아 있다. 평소라면 생일 케이크가 가운데 놓여 있었겠지만, 오늘은 바지에 자리를 내주고 옆으로 물러났다. 가무잡잡하게 탄 두 얼굴과 창백한 티비의 얼굴이 나를 쳐다보고 있다. 촛불에 모두의 눈이 똑같은 빛으로 물들었다. 티비는 과감하게도 브리짓이 멕시코에서 사온 솜브레로*를 쓰고 레나가 아무디 항구를 그려넣은 티셔츠를 입었다. 레나는 브리짓의 신발을 빌려 신었다. 브리짓은 맨발을 앞으로 뻗고 있다. 발톱에는 내가 좋아하는 청록색 페디큐어를 칠한 채. 티비와 레나의 무릎이 맞닿아 있다. 우리는 다시 모여 삶을 나누었다.

하지만 오늘밤은 말수가 적었다. 서로를 더 챙기고 장난은 자제했다. 어찌 보면 아직 서로가 어색한 듯도 했지만 바지가 있기에 편안했다. 바지는 이미 우리의 여름과 완전히 하나였다. 어쩌면 바지가 말을 할 수 없어 다행이었다. 그래서 실제로 일어난 일보다 그때 당시 느꼈던 감정을 떠올릴 수 있으니까. 감정을 고스란히 간직하고 나눌 수 있으니까.

각자에게 일어난 굵직한 사건을 알리지 않은 것은 아니다. 물론 우리는 이야기를 했다. 나는 친구들에게 아빠의 결혼식 이야기를 했다. 우리는 브리짓이 에릭 때문에 얼마나 혼란스러워했는지 알았다. 레나의 코스토스 이야기도 들었다. 그애가 남자애

* 멕시코나 남미 등지에서 쓰는 가운데가 뾰족하고 챙이 넓은 모자.

이야기를 하면서 그런 모습을 보인 건 처음이었다. 베일리에 대해서도 알았다. 티비에게 그 이야기를 꺼낼 때는 각별히 조심해야 한다는 것도 알았다. 하지만 제대로 전하기 어려운 자잘한 사건들이 굉장히 많았다. 아주 미묘한 부분들인데, 그것들을 이해하고, 훗날 그게 어떤 감정이었는지 잊었을 때조차 알아주는 것이 바로 진짜 친구가 보통 친구와 다른 점이다. 우리가 그렇듯이.

그래도, 바지는 우리에게 시간은 충분하다고 장담한다. 잃는 건 없을 것이다. 필요하다면 앞으로 또다른 일 년이 있다. 우리는 이대로 내년 여름까지 함께할 것이며, 그때가 오면 다시 마법의 바지를 꺼낼 것이다. 따로 또 같이, 그렇게 다시 시작할 것이다.

웬디 로지아, 베벌리 호로비츠, 레슬리 모건스타인, 조시 뱅크, 러셀 고던, 로렌 몽치크, 마시 센더스, 진정한 뮤즈 조디 앤더슨에게 감사드리고 싶다.

또한 제이컵 콜린스, 제인 이스턴 브래셰어스, 윌리엄 브래셰어스, 샘, 너새니얼과 곧 태어날 아가에게 사랑 넘치는 감사의 마음을 전한다.

지은이 **앤 브래셰어스**
1967년 미국 버지니아 출생. 2001년 첫 장편소설 『청바지 돌려 입기』를 발표했다. 출간 직후 선풍적인 인기를 모으며 뉴욕 타임스 베스트셀러에 오른 이 작품은 전미도서전에서 청소년 문학상을 수상하고 미국도서관협회가 뽑은 최고의 청소년 소설, 아마존 올해의 책으로 선정되었고, 19개국에 판권이 계약되었다. 그 외 작품으로 『파이어 아일랜드』 『마이 네임 이즈 메모리』 『여기 그리고 지금』 등이 있다.

옮긴이 **공경희**
서울대 영어영문학과를 졸업했다. 성균관대 번역대학원 겸임교수를 역임했으며, 서울여대 영어영문학과 대학원에서 강의했다. 옮긴 책으로 『호밀밭의 파수꾼』 『모리와 함께한 화요일』 『비밀의 화원』 『메디슨 카운티의 다리』 『파이 이야기』 『봄에 나는 없었다』 『좀비—어느 살인자의 이야기』 등이 있다.

문학동네 세계문학
청바지 돌려 입기 1

초판인쇄 2015년 9월 16일 | 초판발행 2015년 9월 30일

지은이 앤 브래셰어스 | 옮긴이 공경희 | 펴낸이 강병선
책임편집 양수현 | 편집 박아름 | 독자모니터 양은희
디자인 엄자영 이원경 | 저작권 한문숙 박혜연 김지영
마케팅 정민호 이미진 정진아 전효선 | 홍보 김희숙 김상만 한수진 이천희
제작 강신은 김동욱 임현식 | 제작처 영신사

펴낸곳 (주)문학동네
출판등록 1993년 10월 22일 제406-2003-000045호
주소 10881 경기도 파주시 회동길 210
전자우편 editor@munhak.com | 대표전화 031) 955-8888 | 팩스 031) 955-8855
문의전화 031) 955-1927(마케팅) 031) 955-2684(편집)
문학동네카페 http://cafe.naver.com/mhdn | 트위터 @munhakdongne

ISBN 978-89-546-3765-7 04840
978-89-546-3764-0 (세트)

www.munhak.com